गोहनलगुआ

गोहनलगुआ

लोकभारती प्रकाशन

पहली मंजिल, दरबारी बिल्डिंग, महात्मा गाँधी मार्ग इलाहाबाद-1

लोकभारती प्रकाशन
पहली मंजिल, दरबारी बिल्डिंग, महात्मा गाँधी मार्ग
इलाहाबाद-211 001

वेबसाइट : www.lokbharatiprakashan.com
ईमेल : info@lokbharatiprakashan.com

शाखाएँ : 1-बी, नेताजी सुभाष मार्ग, दरियागंज
नयी दिल्ली-110 002
अशोक राजपथ, साइंस कॉलेज के सामने
पटना-800 006 (बिहार)
36-ए, शेक्सपियर सरणी
कोलकाता-700 017

प्रथम संस्करण : 2014

इण्डियन प्रेस प्रा.लि.
इलाहाबाद द्वारा मुद्रित

GOHANLAGUA
by Naseem Saketi

ISBN : 978-81-8031-962-4

मूल्य : ₹ 250

समर्पण

माँ को
जिसके लबों पर
बद्दुआ नहीं होती

'राग दरबारी'-जैसी कालजयी रचना के प्रणेता
ज्ञानपीठ पुरस्कार से सम्मानित

श्रद्धेय श्रीलाल शुक्ल जी का

अशीर्वचन

"नसीम साकेती के लिए कहानी-रचना कल्पना-विलास या कोरी साहित्य-चर्या नहीं है। वे बड़ी गम्भीरता से समकालीन जीवन की विसंगतियों और प्रतारणाओं का सामना करते हैं। फिर भी जीवन के प्रति उनकी अदम्य आस्था है। तभी जहाँ उनकी शैली की सहजता जिन्दगी के अंधेरे पक्ष की इन कहानियों को भी अत्यन्त पठनीय बनाती है, वहीं उनकी वह आस्था मानव की जिजीविषा और उसकी चरम विजय में हमारे विश्वास को मजबूती देती है।"

श्रीलाल शुक्ल

अभिमत

श्री नसीम साकेती कथालेखन की यथार्थवादी परंपरा के एक संवेदनशील रचनाकार हैं। संयोग से यही यथार्थवादी परंपरा हिंदी कथालेखन की मुख्यधारा है। श्री साकेती की कहानियों के कथ्य तत्व बहुत विविधतापूर्ण हैं और मानवीय सरोकारों को अनेक धरातलों पर आकार देते हैं।

कहानियों में मनुष्य के सामाजिक पारिवारिक संबंधों को बारीकी से चित्रित किया गया है और उन संबंधों के आड़े तिरछे आयामों को काफी सहजता और ठंडेपन से देखा गया है। मृत्यु, भूख, गरीबी या उत्पीड़न भी बिना किसी भावुकता का स्पर्श दिए चित्रित किया गया है।

इसी संतुलन के कारण साकेती की कहानियाँ एक खास किस्म की दिलचस्पी पैदा करती हैं और यही वजह है कि ये कहानियाँ पठनीय हैं और इनमें ऐसा बहुत कुछ है जो मन को छू जाता है। कहानियों के कथानक खासे छोटे हैं और इसी वजह से कहानियों में एक धार है। उम्मीद है कि पाठकवर्ग में ये कहानियाँ अपनी उचित जगह पाएँगी।

मुद्राराक्षस

आपसे

कहानी में शिल्प तथा कथ्य इस रूप में उभरे कि कहानी सहज होकर गहरे अर्थ-बोध से उसी तरह सम्पृक्त हो जैसे शब्दों में अर्थ तथा फूलों में सुगन्ध...कहानी समय के यथार्थ तथा समकालीन जीवन-समाज की प्रवृत्तियों को आईना दिखाये। कहानी पढ़ते हुए लगे कि पाठक समय के यथार्थ से रू-ब-रू हो रहा है, क्योंकि लेखक जिस परिवेश में जिया है या जीता है, उसका यथार्थ उसकी रचनाओं में आये बिना रह ही नहीं सकता...1965 के नोबल पुरस्कार विजेता मिखाइल शोल्कोफ़ ने अपनी महलनुमा अट्टालिका से निकलकर दोन के किनारे क़ज़्ज़ाक़ मछुआरों के साथ 16 वर्षों तक क़ज़्ज़ाक़ मछुआरों का जीवन जीकर उनके जीवन पर 'तिखी दोन'-जैसे अपने प्रथम कालजयी जीवन्त उपन्यास की रचना करके नोबल पुरस्कार का सम्मान प्राप्त किया...शाश्वत सत्य है कि जो अपने समय के साथ नहीं होता वह अपने समय के बाद भी नहीं होता।

'गोहनलगुआ' मेरी पहली कहानी है मेरे गाँव की सच्ची घटना है, जो श्रद्धेय श्रीपत राय के सम्पादन में 'कहानी' में प्रकाशित हुई थी, उस समय मैं ग्यारहवीं का विद्यार्थी था। प्रश्नगत कहानी को मैंने अपने पूर्व प्रकाशित कहानी-संग्रहों में क्यों नहीं शामिल किया इसकी भी एक कहानी है।...बात उस समय की है, जब मैं बिसवाँ (सीतापुर) में कार्यरत था, उसी दौरान भीषण बाढ़ उस क्षेत्र में आयी थी, जिससे चारों ओर जल-प्लावन-जैसा दृश्य नज़र आ रहा था। पूरा बिसवाँ नगर बाढ़ की चपेट में आ गया था।

बिसवाँ रेलवे स्टेशन के पीछे रेलवे कॉलोनी में मेरा आवास था, बाढ़ का पानी मेरे आवास की खिड़कियों से होकर बड़े वेग से बह रहा था। मेरी श्रीमती जी अपने

मायके गयी हुई थीं और मैं सीतापुर-परसेण्डी के मध्य स्थित 'गोन नदी' के रेलवे पुल संख्या 55 (जहाँ पानी ख़तरे के निशान से ऊपर बह रहा था) पर उसके बचाव-कार्य के लिए आवश्यक निर्देश देने गया था, 'गोन नदी' का रेलवे पुल तो बच गया लेकिन बिसवाँ-सरैंया के मध्य 'सुमली नदी' पर स्थित रेलवे पुल नम्बर 34 पानी के करण्ट (तेज़ बहाव) का ताब न ला सका और बह गया, रेलवे लाइन लक्ष्मण-झूला बन गयी।

ऐसी भयानक बाढ़ की भयावह स्थिति में मेरे निवास पर केवल एक चौकीदार था, खिड़की से घर के अन्दर पानी आता देखकर वह घबरा गया होगा कि अब वह करे तो क्या करे...ख़ैर उसने गैंगमैनों को बुलाकर घर का सामान जल्दी-जल्दी निकालकर रेलवे स्टेशन के प्रतीक्षालय में रखवा दिया, लेकिन शेल्फ़ पर रखी पत्रिकाओं तथा कुछ पूरी-अधूरी लिखी, प्रकाशित, अप्रकाशित कहानियों की फ़ाइलों को सामानों के मुक़ाबिले पहले हटाना आवश्यक नहीं समझा...मैं सोच रहा हूँ कि देखते-ही-देखते वे बाढ़ के पानी का ग्रास बन गयी होंगी।

जब मैं 'गोन नदी' के पुल से लौटा तो चौकीदार मुझे प्रतीक्षालय में सामान दिखाने ले गया, वह बहुत ख़ुश था कि उसने अपने 'सॉब' का सामान सुरक्षित निकाल लिया, मैंने सामानों पर विहंगम दृष्टि डालकर पूछा, 'मेरी फ़ाइलें कहाँ हैं...?'

उसने जवाब दिया—'सॉब', वह तो बह गयीं। मैं अपना सिर पकड़कर बैठ गया...उन्हीं फ़ाइलों की एक फ़ाइल में 'गोहनलगुआ' भी थी।

मैंने सरस्वती प्रेस से सम्पर्क किया, एक विशेष व्यक्ति को इलाहाबाद भेजा, 'कहानी' में प्रकाशित मेरी अनेक कहानियाँ तो मिलीं लेकिन 'गोहनलगुआ' जिस अंक में प्रकाशित हुई थी उस वर्ष का बण्डल तो मिला, लेकिन मेरी उल्लिखित कहानी का अंक उसमें नहीं था बहन सारा जी ने भी बहुत प्रयास किया लेकिन उन्हें भी कामयाबी नहीं मिली. मुझे मायूसी की चादर ओढ़नी पड़ी, इस बीच मेरे कहानी-संग्रह प्रकाशित होते रहे, लेकिन जब भी मैं कहानी-संग्रह के प्रकाशन की योजना बनाता होता तो मेरी यह पहली कहानी अनायास ही मेरे ज़ेहन में कौंध जाया करती।

कोलकाता में रह रहे प्रखर पत्रकार तथा सशक्त कथाकार भाई श्री सेराज ख़ाँ 'बातिश' ने अनजाने में मेरी दुखती रग पर हाथ रख दिया कि मेरी पहली कहानी कौन-सी थी, मैंने दुःखी मन से 'गोहनलगुआ' का ज़िक्र किया और उसके साथ घटी घटना को बताया, वह बड़ी तन्मयता से मेरी बातें सुनते रहे...कुछ दिनों के बाद उनका फ़ोन आया कि उन्होंने कोलकाता की नेशनल लाइब्रेरी के संग्रहालय से 'गोहनलगुआ' की प्रति प्राप्त कर ली है सुनकर मैं बाग़-बाग़ हो गया मेरा दिल बल्लियों उछलने लगा, मुझे महसूस हुआ जैसे मेरी कोई खोयी हुई, भूली हुई बहुमूल्य

वस्तु मिल गयी हो, मैंने भाई सेराज ख़ाँ 'बातिश' का हार्दिक आभार प्रकट किया और उन्हें बताया कि इस वक़्त मेरा रोम-रोम ख़ुशियों से बोझिल हो रहा है।

जब मैंने प्रस्तुत कहानी-संग्रह के प्रकाशन की योजना बनायी तो मेरे दिल ने कहा—संग्रह का नाम 'गोहनलगुआ' क्यों न रखा जाय...? जो अब आपके सामने है।

और अन्त में 'साहिर' लुधियानवी के शब्दों में—

दुनिया ने तजर्बात व हवादिस की शक्ल में,
जो कुछ मुझे दिया है, वह लौटा रहा हूँ मैं।

अनुक्रम

गोहनलगुआ

'आज आठ बजे रात नईम की दालान में मक़बूल और सईद की पंचायत है, भाइयों!' 'ढब-ढब-ढब' डुग्गी पीटता हुआ सुबराती शेख़ाने की गली की ओर मुड़ गया।

जुगनू की दालान में बैठा हुआ नाज़िश उठकर दालान का पाया पकड़कर सुबराती की ओर देखने लगा और जानना चाहा, किसकी पंचायत है। कामता उधर से आ रहा था, उससे पूछने ही वाला था कि जुगनू ने बड़ी अदा से कहा, 'क्या देख रहे हो यार...?'

—सुबराती पता नहीं किसी पंचायत का ऐलान कर रहा है, नाज़िश पाया छोड़कर आते हुए बोला।

—सारे गाँव में यह ख़बर गरम है और आप इससे बेख़बर!

—कैसी ख़बर! आश्चर्य से नाज़िश ने पूछा।

—बिलकुल नहीं जानते हो, जुगनू पैर से जूते उतारता हुआ बोला।

—बिलकुल नहीं यार, अभी तीन ही दिन तो हुए मुझे बम्बई से आये।

—सईद, मक़बूल के लिए कहते हैं कि वह सुलेमान का बेटा नहीं है, गोहनलगुआ है।

—क्यों?

एक दिन हसन की पंचायत में मक़बूल ने कह दिया था कि सईद चचा आपकी सरासर बेईमानी है, बस तभी से उन्होंने यह बात गाँठ में बाँध ली और उससे ख़ार खाये बैठे हैं। बेचारे का तीन बीघा खेत भी जोत लिया। यकायक खाँसी आ गयी,

खों-खों करने लगे और बलग़म थूककर बोले—यार खाँसी से बहुत परेशान हूँ, साली पीछा नहीं छोड़ती।

नाज़िश ने बात काटकर पूछा,—तब क्या हुआ, जब सईद ने तीन बीघा खेत जोत लिया।

'हाँ, जुगनू सँभलकर बोला'—'बेचारे मक़बूल ने एक दिन जुमा मस्जिद में उज़्र किया कि पंचो साहिबो, मेरे साथ सईद ज़ुल्म कर रहे हैं, तीन बीघा खेत जोत लिये हैं। गाँववाले इसे पहले से भी सुन चुके थे। लानत मलामत करने लगे, उसी गुस्से में सईद ने पूरी जायदाद पर मुक़दमा दायर कर दिया'...चूँकि मक़बूल 'गोहनलगुआ' है, सुलेमान की औलाद नहीं है और सुलेमान मेरे चचा होते थे इसलिए उनके बाद मेरा हक़ पहुँचता है उसका नहीं।'

—सफ़ेद झूठ, ख़ुदा व रसूल का भी उसे डर नहीं—नाज़िश रोष में आकर बोला।

—कैसा डर, उसकी आँखों पर परदा पड़ गया है।

—लेकिन उस मरदूद को यह तो सोचना चाहिए कि ऐसा सफ़ेद झूठ कहीं फलता है। और कौन कहेगा कि मक़बूल सुलेमान का बेटा नहीं है?

—अमाँ कहनेवाले कह ही देंगे—नाज़िश आँख मलता हुआ बोला।

—ग़ारत हो जायेगा, कोई नामलेवा न रह जायेगा।

—पंचायत मक़बूल बटोर रहे हैं क्या?—नाज़िश जूता पहनते हुए बोला।

—तब फिर सईद बटोरेंगे? उन्हें क्या ग़रज़ पड़ी है, मज़े से वहीं अर्ज़ीनवीसी करता है और मुक़दमा भी लड़ता है।

—मक़बूल फ़िक्र की वजह से सूखा जा रहा है।

—बिलकुल यार, देखते नहीं एक-एक पँसुली देख पड़ने लगी है।

—माली हालत भी तो अच्छी नहीं है।

—हाँ, माली हालत तो ठीक नहीं है, औरत का सभी ज़ेवर बिक गया, तीन-तीन दिन तक आग नहीं जलती—जुगनू पनडब्बा खोलते हुए बोला।

—फिर भी शैतान (सईद) को तरस नहीं आता।

पान देते हुए जुगनू ने कहा, 'अरे...! उसका दिल पत्थर का है।'

नाज़िश पान लेते हुए बोला—लेकिन यह हज़म होगा थोड़े।

—क्या हज़म होगा, किसी की हक़तल्फ़ी मामूली चीज़ है। अन्दर से दरवाज़ा खटकने की आवाज़ आयी। नाज़िश उठकर अन्दर गया और फिर दरवाजे का एक पट खोलकर मुँह बाहर निकालकर बोला,—'भाई, रुकियेगा अभी चाय पिलाता हूँ।'

—नहीं यार देर होगी—जुगनू तकल्लुफ़ से बोला।

—देर क्यों? बस चन्द मिनट—और अन्दर घुस गया। कुछ देर बाद एक छोटी-सी सीनी में कप-सासर सज़ाकर लाया और पलँग पर रख दिया, एक कप जुगनू की ओर बढ़ाते हुए बोला—देखिये मीठी है कि और चीनी दें?

—नहीं, मीठी तो कम है।

—लीजिये और चीनी, मैं तो भाई कम मीठी पीता हूँ। चाय पीकर जुगनू जाने लगा, तो नाज़िश ने कहा—पान तो खाते जाइये, अब शाम को नईम की दालान में मिलेंगे ही।

—हाँ-हाँ—जुगनू पान लेकर जाते हुए बोला।

नईम की दालान में एक लालटेन रखी है, जिसकी रोशनी कम कर दी गयी है, उसके चारों तरफ़ पतंगें उड़ रहे हैं, शीशा फूटा है, जिससे कभी-कभी हवा के झोंके से बुझने की नौबत आ जाती है। चार-पाँच आदमी बैठे हैं, लेकिन मलिन-ज्योति में चेहरा साफ़ नहीं दीख पड़ता, कभी-कभी जब हुक़्क़ा का ज़ोर का कश खींचा जाता तो चिलम की आग दहक उठती और रोशनी पैदा हो जाती, और शक्लें साफ नज़र आने लगती हैं। गाँव में दो पार्टियाँ हैं, क़ुरैशी पार्टी और ख़ान पार्टी। मक़बूल को ख़ान साहब के साथ दो-तीन दिन कचहरी में देखने से क़ुरैशी साहब ने समझा कि ख़ान साहब मक़बूल की पैरवी करते हैं तो वह झट से सईद की तरफ़ हो लिये और जी जान से कोशिश करने लगे। दोनों आदमियों का क़ुर्ब व जवार में काफ़ी असर भी था, हाकिम-हुक्काम उन्हीं के दरवाज़े पर क़याम करते थे। क़ुरैशी साहब बाल की खाल निकालनेवाले आदमियों में से थे लेकिन ख़ान साहब बड़े शाहख़र्च थे, रुपये-पैसे की परवाह नहीं करते थे, जैसे कोई आफ़िसर आया कि एक मुर्ग़ा हलाल हुआ और बना मुर्ग़मुसल्लम। दूसरे क़ुरैशी साहब की तरह बेईमानी का साथ नहीं देते थे, उन्हें छक्का-पंजा नहीं आता था, जबकि क़ुरैशी पक्का चार सौ बीस और धूर्त था। मक़बूल नंगे पाँव लुंगी पहने एक लाठी लिये इधर-उधर आता-जाता दिखता है, शायद सम्भ्रान्त व्यक्तियों को बुलाने के लिए दौड़-धूप कर रहा है। थोड़ी देर में गाँव के सभी आदमी हिन्दू-मुसलमान आ जाते हैं, पूरी दालान भर जाती है, लालटेन की बत्ती तेज़ कर दी गयी और एक लालटेन नईम के घर से लाकर टाँग दी गयी, अब काफ़ी रोशनी हो गयी, सब एक-दूसरे की तरफ़ देखने लगे।

चिल्लाऊ दादा ने हुक़्क़ा पर चिलम रखते हुए पूछा—सईद आये कि नहीं?

—अभी नहीं दादा—मक़बूल बोल पड़ा।

—कोई जाकर बुला लावे, सुबराती नाहीं है।

—का है दादा?—सुबराती खड़े होते हुए बोला।

—जाओ, तुम्हीं बुला लाओ।

—अच्छा दादा।

थोड़ी देर के बाद सुबराती ने आकर कहा कि सईद भैया ने कहा है, चलो अभी आ रहा हूँ। लोग गली की तरफ़ देख ही रहे थे कि गली में सईद दिखायी पड़े, किसी ने कहा—आ रहे हैं—और आकर एक किनारे बैठ गये।

चिल्लाऊ दादा ही पंचायत में बोलते थे और उनका फ़ैसला मान्य तथा उचित होता था, बोले—मक़बूल का करे पंचायत बटोरे हो...? अपना उज़्र माजिरा पेश करो।

मक़बूल खड़ा होकर हाथ जोड़कर बोला—पंचो साहिबो! यह बताया जाय कि हम सुलेमान की हक़ीक़ी औलाद हैं कि नहीं।

सबने एक ज़बान होकर कहा—क्यों नहीं? इसमें भी भला शक हो सकता है।

—दूसरे पंचो साहबो, आप लोग जानते हैं कि इन्होंने (सईद ने) खेत जोत लिया है, इनसे पूछा जाय कि आख़िर क्यों जोत लिये हैं?

चिल्लाऊ दादा हुक़्क़ा दीवार की टेक लगाकर रखते हुए बोले—कहो भैया, सईद जौन यह कहा, वका कौन ज़वाब दे थौ?

—जवाब यही है दादा कि इनका कैसा खेत? यह तो गोहनलगुआ हैं। चिल्लाऊ दादा ने कहा—गोहनलगुआ कैसे हैं? का सुलेमान, निर्वसिया रहे?

—तब और का...? ई सुलेमान की औलाद नहीं है, ई सुलेमान की औलाद नहीं हैं अपनी माँ के साथ आये हैं, क्या आप लोग नहीं जानते हैं कि जब एक औरत दूसरी शादी करती है उसके साथ आनेवाला पहले शौहर से जनमा लड़का 'गोहनलगुआ' कहलाता है।

—क्यों झूठ बोल रहे हो? एकदम बेमानी पर फाँड़ बाँध लिये हो, सबने एक ज़वान होकर कहा।

—इसके मानी आप लोग सलाह करके आये हैं, मैं पंचायत को कुछ नहीं मानता, अब तो मुक़दमा अदालत में है, हाईकोर्ट से जीतूँगा तो जीतूँगा नहीं तो बाँसकोट (लाठी) तो है ही।

—और वह वहाँ से बड़े ताव के साथ क़ुरैशी साहब के यहाँ चला आया। पंचो में गौगाई होने लगी, चिल्लाऊ दादा ने कहा—'एको गवाही कहीं पाय नहीं सकते, भला केय कहीं कि मक़बूल सुलेमान का लड़का नहीं हैं, ख़ुदा-रसूल का भी तो डरी!

एक आदमी, जो चिल्लाऊ दादा के बग़ल में ही बैठा था बोला—एक पंचनामा लिखो, सब उस पर दस्तख़त करके मक़बूल का तन-मन-धन से साथ दो।

एक पंचनामा लिखा गया, सभी ने उस पर दस्तख़त किया और उसे मक़बूल को देकर अपने-अपने घर चले गये।

क़ुरैशी साहब रंगपुर से बस चन्द मिनट पहले आये थे, पानी पीकर अब लेटे थे, लालटेन की धुँधली रोशनी में किसी की परछाईं नज़र आयी और नज़दीक आती गयी। आगन्तुक जब बिलकुल नज़दीक आ गया और उसके बाँदरा के बने जूते की चुरुर-मुरुर की आवाज़ क़ुरैशी के कानों में गयी तो उन्होंने मुड़कर देखा कि सईद आ रहा है और बोल उठे—कहो सईद, पंचायत में क्या हुआ?

—क्या हुआ क्या...? सब सलाह—मश्वेरा करके गये आये रहे, आप तो थे ही नहीं।

—क्या बताऊँ, मैंने बहुत कोशिश की, लेकिन पहुँच न सका, बस अभी-अभी आनेवाला था।

—अच्छा अब बताइये क्या किया जाय...? सईद अपनी चारपाई क़ुरैशी साहब की चारपाई के नज़दीक खींचते हुए बोला।

—करना क्या है...? चलो हसन के यहाँ, और उससे कहा जाय कि तुम उत्तर की तरफ मेरे आँगन के सामने खिड़की फोड़ लो (जिसे कुछ दिन पहले तुमने मना कर दिया था) लेकिन कचहरी में चलकर इतना कह दो कि सुलेमान मक़बूल का बेटा नहीं है।

—भला वह कहेगा...? सईद, आश्चर्य से बोला।

—क्यों नहीं...? मैं उसे पहले ही टटोल चुका हूँ।

—कैसा रुख़ था?

—मुझे तो ऐसा मालूम हुआ कि वह ज़रूर राज़ी हो जायेगा।

—एक बात और मज़े की हुई, आज ज़ाहिद और मक़बूल से लड़का-लड़का के झगड़ा में मुँहफुलौवल हो गयी है। मक़बूल ज़ाहिद को बुरा-भला कहता रहा।—सईद ह्रासोन्मुख होकर बोला।

—तब फिर ज़ाहिद से भी कहा जायेगा, अच्छा अब चलो, देर मत.करो—क़ुरैशी साहब उठते हुए बोले। हसन के दरवाज़े पर पहुँचकर क़ुरैशी साहब ने आवाज़ दी—हसन! हो हसन!!

—कह दो, क़ुरैशी साहब आये हैं?

हसन खाना खा रहा था, खाना छोड़कर बिना हाथ-मुँह धोये दौड़ा आया और बोला—अस्सलाम अलैकुम!

—आपको थोड़ा-सा तक़लीफ़ देना चाहता हूँ—क़ुरैशी साहब ने कहा।

—फ़रमाइये, ख़ादिम जिस क़ाबिल है ज़रूर करेगा।

—करना यही है कि खिड़की आप उत्तर की ओर कर लीजिये, लेकिन थोड़ी-सी मैं आपको तक़लीफ़ दूँगा,—रूमाल मुँह पर फेरते हुए—कि कल कचहरी में यह कह दीजिये कि मक़बूल सुलेमान का बेटा नहीं है।—इतने धीरे में कह रहे थे कि कोई

सुन न ले, लेकिन नहीं जानते थे कि दीवारों के भी कान होते हैं। हसन के दिल में आया कि कह दे कि नहीं हो सकता, लेकिन जब उसने खिड़की के बारे में सोचा तो बाग़-बाग़ हो गया और बोला—क़ुरैशी साहब, ठीक है, यह कहना कौन बड़ी बात है।'

—मुझे आपसे ऐसी ही उम्मीद भी थी, थोड़ा-सा तक़लीफ़ और दूँगा कि ज़ाहिद के यहाँ आप भी चले चलिये, उनसे भी बात कर ली जाय।

—चलिये, इसमें तक़लीफ़ क्या, लेकिन ज़रा हाथ-मुँह धोता आऊँ।

ज़ाहिद नमाज पढ़ने के बाद जब नमाज़ पर ही दायें हाथ में तसबीह लिये कुछ पढ़ रहे थे। क़ुरैशी साहब पहुँचते ही बड़े तपाक से मिले। ज़ाहिद अपने ऐनक, जिसकी कमानी टूट गयी थी और जिसे डोरे में लपेटकर बाँधा हुआ था सीधी करते हुए बोले—कैसे आये भैया इतनी रात के?

—आप ही के पास दादा—क़ुरैशी साहब बोले।

—कहो...

—मक़बूल अपने ऊपर घमण्ड करता है दादा, आज आप ही को सैंकड़ों गालियाँ दे रहा था—क़ुरैशी साहब हमदर्दाना लहज़े में बोले।

—देने दो भैया, मुझे भी कभी मौक़ा मिलेगा।

—यह तो है ही दादा, कभी गाड़ी नाव पर कभी नाव गाड़ी पर।

—दादा, सईद की कल तारीख़ है उसी में आपको ले चलना चाहता हूँ।—क़ुरैशी साहब ज़मीन पर रेखा खींचते हुए बोले।

—का करे भैया?

—सिर्फ़ इतना कहना है कि मक़बूल सुलेमान का बेटा नहीं है, और बड़ी ज़ल्दी से कह देते हैं कि हसन भी चलेंगे कहने।

मक़बूल से जले तो थे ही, बोल उठे—यह कौन बड़ी बात है, ज़रूर कहूँगा भैया।

थोड़ी देर बैठने के बाद क़ुरैशी वगैरह चले आये, ज़ाहिद भी उठकर चारपाई पर आकर लेट गये, और उन्हें यह मालूम हुआ कि जैसे कोई कह रहा है...ज़ाहिद! लानत है तुम पर नब्बे वर्ष के हो गये, क़ब्र में पैर लटकाये हो और कल ईमान बेचने जाते हो, दोज़ख़ में भी तुम्हें जगह नहीं मिलेगी, दुनिया और उक़बा दोनों ख़राब कर रहे हो, मक़बूल सुलेमान का बेटा नहीं है, कैसे कहोगे? किस ज़बान से कहोगे? नाश हो जायेगा, तुम्हारी क़ब्र पर चिराग़ जलानेवाला भी कोई नहीं रह जायेगा, इतना सफ़ेद झूठ...? इतने में किसी लड़के ने पुकारा—दादा!—ख़्याल बँट गया, मन-ही-मन में बड़बड़ाने लगे, दाँत पीसते हुए बोले—कुछ भी हो, मक़बुलवा अरे! मक़बुलवा को पा जाऊँ तो कच्चा चबा जाऊँ, जैसे भी हो तो उसकी बधिया बैठा दूँगा कि यह सुलेमान का बेटा नहीं है, माँ के साथ आया है।

हसन साहब घर आये तो उनकी पत्नी ने पूछा—केय रहा...? इतनी जल्दी रही कि बताये ही नहीं, मुँह धोकर भागे।

—क़ुरैशी साहब और सईद आये थे।

—सईद, का करे?—आश्चर्य से बोली।

—कह रहे थे कि आप खिड़की उत्तर की तरफ फोड़ लीजिये।

—बस, यही ख़ातिर?

—नहीं, यह भी कह रहे थे कि इतना कहना है कि मक़बूल सुलेमान का बेटा नहीं है।

—काव? मक़बूल सुलेमान का बेटा नहीं है, कौन निगोड़ा कहेगा भला यह?

—क्यों नहीं रे? इतना कहने में क्या लगता है, अरे, खिड़की फोड़ने को मिल जायेगा।

—खिड़की जाय चूल्हे भाड़ में, और तुम्हें क्या कहूँ, मेरे बच्चों की ज़िन्दगी रहेगी तो दूसरी जगह घर बना लिया जायेगा।

—क्या बक-बक कर रही है पगली?—हसन हँसते हुए बोला।

—तोहरे सिर पर शैतान सवार है, आँख पर पर्दा पड़ा है। अरे मोरे खोदाय, इनको क्या कहूँ! बाप का किया बेटे पर आता है।—भर्रायी आवाज़ में बोली।

—देख, कह रहा हूँ। चुप रह, नहीं तो अच्छा न होगा।

—तुम पर बाल-बच्चन की क़सम, हद्दीस की मार पड़ै अगर कल जाओ।

—तुम्हारे बकने से...?

हसन अपनी चारपाई पर भुन्नाता हुआ जाकर लेट गया।

कचहरी लगी है, जिसे कोई नौकरी नहीं मिलती थी वह टाइप मशीन लेकर कचहरी में डट जाता था, इसी से कचहरी में जिधर नज़र दौड़ाओ टाइप मशीन-ही-मशीन नज़र आती थी। वकील काला कोट और पैण्ट पहने इधर-से-उधर दौड़ रहे थे, पूरी कचहरी आदमियों से भरी हुई थी। मक़बूल एक किनारे बैठा दाना चबा रहा था, थोड़ी दूर पर देखा कि हसन, ज़ाहिद, क़ुरैशी तथा सईद बैठे कबाब-रोटी खा रहे हैं। मक़बूल ने जब हसन को सईद के साथ देखा तो उसका माथा ठनका। तरह-तरह के बुरे-बुरे ख़्यालात दिल में आने लगे। कहाँ आये हैं ये लोग? क्या मेरे ख़िलाफ़ गवाही देंगे। फिर रुककर नहीं! ज़ाहिद चचा इतने परहेज़गार आदमी भला झूठ बोलेंगे? हसन तो सईद का दुश्मन ही है। दूसरे, उन्हीं की वजह से सईद से मेरा बिगाड़ हुआ, अगर मैंने यह न कहा होता कि सईद चाचा आपकी सरासर बेईमानी है तो वह क्यों मेरे ऊपर मुकदमा दायर करते। ख़ान साहब भी उसी वक़्त आ गये और पूछ पड़े—पुकार हुई कि अभी नहीं?

मक़बूल ने धीरे से जवाब दिया—अभी नहीं ख़ान साहब!

—हसन और ज़ाहिद, सईद के साथ टहल रहे थे।

—हाँ! देखा तो !—मक़बूल मन गिराकर बोला।

ये बातें वह सोच ही रहा था कि कचहरी में पुकार हुई—सईद बनाम मक़बूल कोई हाज़िर है?

सईद और मक़बूल ने कहा—हाँ सरकार!

और अपने-अपने वकील को बुलाने दौड़े। वकील के साथ अदालत के दरवाज़े पर पहुँचे। चपरासी ने कहा—मुद्दई अपने गवाहान के अदालत से दूर बैठाये रहें, जब मैं पुकारूँगा तब वह हाज़िर होंगे। मुद्दई और मुद्दाअलैह अदालत में आ जायँ।

थोड़ी देर के बाद मुन्सिफ़ महोदय ने पेशकार से कहा—मुद्दई सईद का गवाह हसन की पुकार करवाइये।

पेशकार ने चपरासी से कहा—मुद्दई सईद के गवाह हसन को पुकारो।

—मुद्दई सईद का गवाह हसन नाम का कोई हाज़िर है?—चपरासी ने पुकार लगायी।

हसन लुंगी बटोरता हुआ दौड़ा और बोला—हाँ साहब!

—इनसे शपथ लो।—मुन्सिफ़ महोदय ने चपरासी से कहा।

—आपकी आयु क्या है?—चपरासी ने पूछा।

—चालीस वर्ष।

—देखिये, आपके सामने गाँधी जी की तस्वीर है, देख रहे हैं न?

—हाँ!—हसन ने उत्तर दिया।

—और सामने देखिये। क़ुरान शरीफ़ रखी है। अच्छा अब कहो—अल्लाह की क़सम जो कुछ मैं कहूँगा सच-सच कहूँगा।

—हसन ने दुहराया।

—मुन्सिफ़ साहब ने हसन से कहा—तुम क्या जानते हो, अपना बयान दो।

—फ़हीम के सिर्फ़ एक लड़का था सुलेमान। सुलेमान की दो शादी हुई लेकिन कोई औलाद नहीं हुई पहली बीबी का जब इन्तकाल हो गया, तो दूसरी मक़बूल की वाल्दा से हुई, तब मक़बूल एक साल का था।

—पहली शादी कहाँ हुई थी?—मक़बूल के वकील ताबिश साहब ने कुछ नोट करते हुए पूछा।

—बिलासपुर।

—तुम सईद के क्या लगते हो ?

—मैं उनका कोई नहीं हूँ, उन्हीं के घर के बग़ल में मेरा भी घर है।

मुन्सिफ़ साहब और पेशकार साहब चुपचाप बयान सुन रहे थे और नोट भी करते जा रहे थे।

चपरासी ने पुकारा—मुद्दई सईद का ज़ाहिद नाम का कोई गवाह हाज़िर है ?

ज़ाहिद लाठी के सहारे चलते हुए अदालत में पहुँचे। उससे भी शपथ ली गयी। ज़ाहिद ने भी वही बयान दिया कि मक़बूल अपनी माँ के साथ आया है।

पेशकार ने परसों की बहस की तारीख कर दिया। सईद हँसता हुआ अदालत से बाहर निकला, मक़बूल का चेहरा फ़क हो गया था, किसी तरह से घर आया तो करीना (मक़बूल की स्त्री) ने बताया कि कल तलैया पर का धान सईद कटवायेंगे, यह भी उसने नहीं पूछा कि मुक़दमा में क्या हुआ आज? मक़बूल ने सुना तो, लेकिन अनसुनी कर गया और चारपाई बिछाकर बिना बिस्तर के ही लेट गया।

गाँव में यह ख़बर फ़ैल गयी कि हसन और ज़ाहिद ने गवाही दी। जो सुनता था यही कहता था—जाओ हसन! तुम्हारी ही वजह से मक़बूल की यह हालत हुई, और तुमने उसका बदला बहुत अच्छा चुकाया, कोढ़ी हो जाओगे, धत्तेरे बेईमान की! तुमने तो सईद से ज़्यादा बेईमानी किया, ज़ाहिद को सब जानते थे बड़े नमाज़ी हैं, दूसरे हाजी, लेकिन वह ख़ब्बीस हाजी नहीं, पाजी है। दुनिया, उक़बा दोनों ख़राब कर लिया उसने, ऐसे आदमियों को जनाज़ा नहीं पढ़ना चाहिए।

सईद ने घर जाकर सुना कि पीरपुर के लट्ठबाज आ गये हैं, और उत्तरवाले घर में हैं, यह सुनकर वह फूला न समाया, उन लोगों से मिलकर क़ुरैशी साहब के यहाँ पहुँच गया और क़ुरैशी साहब से बोला—'चचा, पीरपुर से बदमाश आ गये।'

—आ गये?—क़ुरैशी साहब प्रसन्न होकर बोले।

—हाँ चचा!

—कहाँ हैं?

—उत्तरवाले कोठे पर सबको छुपाये हूँ।

—तब इसके मानी सब काम फिट है।

—है तो, लेकिन थाने पर जाना है।

—कचहरी से लौटते वक़्त मैं थाने पर हो लिया हूँ, दारोग़ा साहब से बातें हो चुकी हैं।

—तब तो चाँदी है।—सईद प्रसन्न होकर बोला।

क़ुरैशी साहब कुछ सोचते हुए बोले—एक काम अगर हो जाता तो बड़ा अच्छा था, अभी-अभी मेरे ज़ेहन में आया है।

—क्या चचा?

—कल्लू दलाल से मिलकर मक़बूल के वकील ताबिश साहब को फोड़ लिया जाये।

—बस-बस चचा, बहुत अच्छा!—सईद ख़ुश होकर बोला—जैसे किसी भूले पथिक को पथ मिल जाये।

क़ुरैशी साहब ने कहा—यहीं जोधपुर में रहता है, चलो इसी वक़्त मिल लें।

क़ुरैशी साहब ने दालान में रखी हुई साइकिल का ताला खोलकर बाहर निकाला और दोनों आदमी चल पड़े।

इधर मुर्ग़ ने बाँग दी और सईद ने कोठे पर जाकर अपने लट्ठबाजों को ठीक किया और पौ फटते-फटते खेत पर डट गये। धान काटा जाने लगा। मक़बूल ने जब सुना कि धान काटा जा रहा है, तो उसके होश उड़ गये। बड़ी देर तक स्तब्ध खड़ा रहा, उसे कुछ न सूझा, सीधे ख़ान साहब के पास गया। ख़ान साहब लोटे में पानी लिये मिसवाक (दातून) कर रहे थे। मक़बूल ने सलाम करने के बाद कहा—चचा, धान कटवा ले रहे हैं, पीरपुर से लट्ठबाज मँगा कर।'

ख़ान साहब ने आश्चर्य से पूछा—पीरपुर से?

—हाँ।

पीरपुर के बदमाशों का नाम सुनते ही ख़ान साहब का दिल दहल उठा और बोले—तो मैं क्या करूँ, तुम्हारी तरफ़ से लाठी चलाने चलूँ?

पीरपुर के बदमाशों का नाम जिसने भी सुना, उसी ने ख़ान साहब की तरह मक़बूल को जवाब दिया। बेचारा मक़बूल निराश होकर घर चला आया।

करीना आये दिन उससे झगड़ा किया करती थी, तलाक़ तो उसकी ज़बान पर रखा रहता था, मक़बूल को देखकर व्यंग्य-बाणों की वर्षा करने लगी—वहाँ धान कट रहा है, और यहाँ तुम मुँह छिपाये घर में बैठे हो, मेंहदी लगाकर चूड़ी पहनकर घर में बैठा करिये आज से, मरद होने का दम भरते हैं, मैं होती तो आज जान दे देती, अकारत है तुम्हारी ज़िन्दगी, मैं औरत ज़ात होकर जाती हूँ लेकिन इस पर भी मक़बूल की कानों पर जूँ तक न रेंगी, वह कल की अदालत में बहस के बारे में सोच रहा था।

सुबह, एकदम सुबह क़ुरैशी साहब और सईद कचहरी में पहुँच गये। मक़बूल भी गिरते-पड़ते 10 बजे के क़रीब कचहरी पहुँचा और अपने वकील ताबिश साहब के वहाँ गया, देखा की वकील साहब हैण्ड बैग लिये कहीं जाने के लिए तैयार हैं वह सलाम करके बोला—साहब आज बहस की तारीख़ है।

—आज तो मैं नहीं रह सकता हूँ, अभी-अभी सुल्तानपुर मेरे घर से तार आ गया कि पहली गाड़ी से चले आओ।

—वकील साहब, सब बना—बनाया काम मिट्टी में मिल जायेगा।

—तो फिर क्या करूँ?

वकील साहब का पैर पकड़कर मक़बूल रोते हुए बोला—मुझे मार डालिये मैं सरकार को आज जाने नहीं दूँगा।

पैर झटककर वकील साहब बोले छोड़, हट, मेरी ट्रेन छूट जायेगी और लम्बे-लम्बे डग भरते हुए स्टेशन की राह ली।

पुकार हुई, मक़बूल मनमारे अदालत में पहुँचा, सईद और उनके वकील पहले ही पहुँच गये थे। मक़बूल ने हाथ जोड़कर कहा—साहब, मेरे वकील, साहब नहीं आ सके।

—लेकिन कोई अर्ज़ी तो नहीं भिजवाया पेशकार बोल उठे

—पता नहीं साहब।

काग़ज़ तैयार नहीं था इसलिए पेशकार मुन्सिफ़ महोदय से विमर्श करने के बाद बोले—अच्छा तावान दीजिये और बहस कल के लिए मुल्तवी कर दी जाती है।

सईद और क़ुरैशी साहब घर चले आये, वह रातभर इधर-उधर दौड़ता रहा।

सवेरा हुआ कचहरी फिर लगी मक़बूल दौड़-दौड़कर वकील साहब के तख़्त पर जाता रहा लेकिन वे आये नहीं थे। इतने में पुकार हो गयी, बेचारा अदालत में दौड़ा गया और अर्ज़ किया—साहब मेरे वकील साहब आज भी नहीं आ पायेंगे। लेकिन मुन्सिफ साहब ने इस पर कोई ध्यान नहीं दिया और सईद के वकील से बहस करने को कहा, सईद के वकील की बहस के बाद फ़ैसला दे दिया—मक़बूल की तरफ़ से कोई सबूत नहीं मिला, सईद के सबूतों तथा गवाहों से पता चलता है कि मक़बूल सुलेमान का बेटा नहीं है, 'गोहनलगुआ' है।

मक़बूल ने जब यह फ़ैसला सुना तो उसके होश फ़ाख़्ता हो गये, चेहरा पीला पड़ गया, अदालत से तेज़ क़दमों से निकल आया, मरते-खपते किसी तरह वह घर पहुँचा और क़रीना से बोला—मैं 'गोहनलगुआ' हूँ सुलेमान का बेटा नहीं हूँ।

करीना ने मक़बूल की तरफ़ देखा उसकी आँखें अस्वाभाविक रूप से जल रही थीं, उनसे जैसे शोले निकल रहे हों...।

•

शैतान की आँत

रोज़ाना की भाँति आज भी हाकर राघव के सेहन में अख़बार फेंक गया था, लेकिन आजकल उसके अन्दर की पहले जैसी अख़बार के इन्तजार की व्यग्रता तथा पढ़ने की उत्सुकता काफ़ूर होती जा रही है, वरना पहले वह हाकर के इन्तज़ार में सेहन में जाने कितनी बार चक्कर काटा करता था, बार-बार गेट की ओर उसकी निगाहें उठ जाया करती थीं और हाकर के आने पर उससे कहना नहीं भूलता था...'मोहन, जल्दी आया करो' जबकि मोहन कॉलोनी में आनेवाले अन्य हाकरों में सबसे पहले आनेवालों में शुमार किया जाता था क्योंकि उसे हाकरी के बाद अपनी नौकरी पर जाना रहता था, जिससे हाकरी तथा नौकरी से प्राप्त रुपयों से वह आज के दौर की बीमार की रात जैसी ज़िन्दगी से थोड़ा-बहुत नजात पा सके, अपनी गृहस्थी की गाड़ी को घसीट सके, बेटी की शिक्षा को परवान चढ़ाने में कोई व्यवधान न आये।

राघव वज़नदार क़दमों तथा बताशेवाली चाल से चलकर बाहर का दरवाज़ा खोलता है, सामने पड़े अख़बार से उसकी नज़रें टकराती हैं, अन्यमनस्क भाव से झुककर अख़बार उठाता है और अन्दर जाकर लॉबी में पड़ी मेंढक कुर्सी में धँस जाता है, अख़बार को बग़ल में रखी गोल शीशा लगी मेज़ पर रख देता है, मेज़ पर रखे चश्मा को उठाकर अपने कुर्ते के दामन से पोंछकर आँखों पर लगाने के बाद अख़बार उठाता है, पहले पृष्ठ पर नज़रें फिसलाता है...महँगाई आसमान को नहीं बल्कि सातवें आसमान को छू रही है...अरहर की दाल सौ रुपये किलो...'दाल-रोटी खायेंगे प्रभु के गुन गायेंगे' आम भावना के मुँह पर ज़ोरदार तमाचा...प्रधानमन्त्री जी, विपक्ष तथा सुप्रीमकोर्ट का कहना है कि महँगाई रोको लेकिन रोके कौन...? केन्द्र तथा प्रदेश एक-दूसरे के पाले में गेंदें उछाल रहे हैं, हाथों में एक ज़बरदस्त मुद्दा...ज्वलन्त समस्या पर भी राजनीति...कितनी बड़ी विडम्बना है कि समाधान की बात से सभी

नदी के दो किनारे बने हुए हैं, समस्या के समाधान से कोसों दूर हैं, जनता जाये चूल्हे भाड़ में...अरहर की दाल की बात तो महँगाई का एक पैमाना मात्र है, परचून की दुकान में जाओ तब पता चलता है कि हर चीज़ के दाम में आग लगी है...सब्ज़ी रसोई से ग़ायब हो चुकी है, प्याज़ सौ रुपये किलो, आलू तीस रुपये किलो जनता-जनार्दन के चेहरों पर मुर्दनी छायी है उनकी दिल की गहराइयों से आवाज़ आती है...'साहेब यह कहा-कही का खेल, गेंद को एक-दूसरे के पाले में उछालना, बन्द कीजिये, कुछ ऐसा करिये की आवश्यक चीज़ों के भाव नीचे आ जायें, यह वही जनता है जो महँगाई के अंगारों पर चलने के लिए विवश है लेकिन चुनाव के समय चुनावी वादों के दर्प के मायावी जाल में फँसकर अपनी पीड़ा को उसी तरह भूल जाती है जैसे स्त्री असहाय प्रसव-पीड़ा को नवजात का मुँह देखकर भूल जाया करती है।

'उसकी नज़रें अख़बार पर धीरे-धीरे आगे फिसलती है...बादल रूठ गये हैं सूखे की मार तथा तपिश से देश-प्रदेश झुलस रहा है, खेती-किसानी चौपट...खेतों में पड़ी दरारों की तरह किसानों के चेहरों को चिन्ता की दरारों ने घेर रखा है...किसान आत्महत्याओं के लिए विवश...मनरेगा में करोड़ों की लूट, फर्ज़ी खाता खोलकर बैंक के चपरासी के खाते में 14 लाख जमा, फिर उच्चाधिकारियों के खातों में कितना जमा होगा सोचने की बात है, मनरेगा तथा वृद्धा-पेन्शन के बदौलत ग्रामप्रधान साइकिल के स्थान पर 'तवेरा' पर चलने लगे...मिलावट तथा नक़ली नोटों की बाज़ार गर्म..., ए.टी.एम. से भी नकली नोट निकल रहे हैं, फ़र्ज़ी एन्काउण्टर...चेन-स्नैचिंग की वारदातें बढ़ीं...आतंकवाद तथा नक्सलवाद अपना पाँव पसार रहा है...भारत को पाकिस्तान से उतना ख़तरा नहीं है ज़ितना चीन से है, वह चक्रव्यूह रच रहा है, हमारी सीमा के सन्निकट रेल तथा सड़कों का जाल बिछा रहा है, जिससे युद्ध के समय अपनी सेना को पलक झपकते ही अपेक्षित स्थानों पर भेज सके, वह अधिक-से-अधिक तेल का भण्डारण कर रहा है, उसके इरादे न तो कभी नेक थे और न ही अब नेक देख पड़ रहे हैं, हमें सचेत हो जाना चाहिए वैसे हमारे जाँबाज़ रण-बाँकुरे युद्ध तो जीत लेते हैं लेकिन जाने क्यों हम टेबिल पर हार जाते हैं...लखनऊ जो बाग़ों का शहर था अब पार्कों, मूर्तियों तथा पत्थरों का शहर होता जा रहा है...देश के प्रसिद्ध भू-वैज्ञानिक डॉ. जोशी ने कहा है...'कितनी बड़ी विडम्बना है कि पार्कों की हरियाली की जगह सड़क के किनारे कच्चे बर्म पर भी इण्टर-लाकिंग टाइल्स लगायी जा रही है, इन्हीं कच्ची जगहों से वर्षा का पानी धरती के अन्दर जाकर जल-स्तर को ऊपर उठाता है लेकिन सीमेण्ट कंकरीट का मोटा बेस बनाकर उस पर इण्टर-लाकिंग टाइल्स लगा देने के कारण वह पानी धरती के गर्भ में न जाकर नालियों तथा नालों से होकर गोमती के सिल्ट भरे पेट में गन्दगी के साथ समा जाता है, वर्षा का पानी ज़मीन के अन्दर न जाने से, 'रिचार्ज' न होने से, जल-स्तर रोज़-बरोज़ नीचे भागता

जा रहा है, आनेवाले दिनों में लखनऊ एक-एक बूँद पानी के लिए तरसेगा, 'महँगा पानी भी आयात करना पड़ेगा अन्य प्रदेशों तथा देशों से'...राहुल गाँधी का दलित-बस्ती में सबसे ग़रीब महिला के यहाँ रात गुज़ारना उसके बनाये साग तथा जली रोटी का खाना...यह सब नाटक है...नाटक कहनेवाले खुद क्यों नहीं वैसा करते हैं...? स्कूल जाती छात्रा को कार से खींचकर चलती कार में ही उसकी अस्मत को तार-तार करने के बाद उसे सड़क के किनारे फेंककर बलात्कारी दिन के उजाले में भाग निकले...।

आजकल अख़बार ऐसी ही ख़बरों से बोझिल रहता है, उसके मन के किसी कोने में विचार उभरा, उसका मन कसैला हो गया। उसने अख़बार पढ़ना बन्द कर दिया, अख़बार को पर्तों में मोड़कर मेज़ पर पटक दिया और सोचने लगा...'क्या ये ख़बरें देश तथा प्रदेश के ज़िम्मेदारों के नज़रों से नहीं गुज़रती होंगी, क्यों नहीं गुज़रती होंगी लेकिन...?

—पापा, मैं कॉलेज जा रही हूँ, जवानी की दहलीज़ पर क़दम रखती उसकी बेटी की आवाज़ ने उसकी सोच के दौड़ते घोड़े की लगाम खींच लिया, तन्द्रा भंग हो गयी, वह सकपकाकर बेटी की ओर देखने लगा और अख़बार में अभी-अभी कुछ देर पहले पढ़ी छात्रा की ख़बर उसके मस्तिष्क के शिराओं में यकायक कौंध गयी जिसका गला उसने तुरन्त ही दबा दिया, क्योंकि उसके सोच के आईने में उसकी बेटी का भी चित्र उभर आया था, कभी-कभी सोची हुई बात सच हो जाती है, उसने अपनी बेटी की ओर देखा और बिना कुछ बोले आँखों के इशारों से उसे जाने के लिए कह दिया, हालाँकि आजकल वह रोज़ाना घट रही घटनाओं से बड़ा सशंकित रहता है जब तक उसकी इकलौती बेटी घर नहीं आ जाती है वह आफ़िस से टेलीफ़ोन करके पूछा करता है...अलका आ गयी न...?

—हाँ, आ गयी उसकी पत्नी का उत्तर हुआ करता, पत्नी के उत्तर से उसका मन शान्त हो जाता और अपने-आपको सामान्य महसूस करने लगता...वैसे सामान्य, असामान्य स्थिति का शिकार आज के विषाक्त तथा असुरक्षित वातावरण में वे सभी माँ-बाप हैं जिनके पुत्र-पुत्री तथा परिवार के अन्य सदस्य घर से बाहर जाते हैं और जब तक वह घर वापस नहीं आ जाते हैं उनके दिलों की धड़कनें उनके आने की आहट को सुनने के लिए धड़कती रहती हैं।

उसकी पत्नी अलका को गेट तक छोड़कर लौटी और अपने पतिदेव को मुखातिब करके बोली...'मैं देख रही हूँ आजकल आप बड़ी जल्दी अख़बार पढ़कर फेंक देते हैं वरना पहले तो एक-एक अक्षर चाटते रहते थे, नहाने, नाश्ते तथा ऑफ़िस जाने में भी देर हो जाया करती थी और अब...?

—अब तो अंग्रेजों का राज नहीं है अपना राज है, अपने लोग हैं फिर भी माहौल बड़ा ख़राब हो गया है, वही मन को झिंझोड़ देनेवाली ख़बरें रोज़ रहती हैं, सोचता हूँ अख़बार लेना बन्द कर दूँ, पढ़ना बन्द कर दूँ, सुबह-सुबह मन में कड़ुवाहट पैदा करनेवाली ख़बरें रोज़-रोज़ रहती हैं दूसरे अख़बार न लेने से कुछ बचत ही हो जाया करेगी, फिर मन-ही-मन सोचता है इस महँगाई में बचत की बात तो ठीक है लेकिन मेरे एक के अख़बार न पढ़ने से क्या दिल में अशान्ति पैदा करनेवाली, मन को कसैला करनेवाली समस्याओं तथा महँगाई का समाधान हो जायेगा...?

—मैंने तो आपसे कई बार कहा था आप भी टी.वी. पर समाचार देख लिया कीजिये, अख़बार लेना बन्द कर दीजिये इस निगोड़ी महँगाई में, कुछ पैसे ही बचेंगे, रसोई की शेल्फ़ तथा डिब्बे जो खाने के सामानों से भरे रहते थे, अब ख़ाली पड़े ऊँघा करते हैं...कई ख़ाली डिब्बे तो मैंने कबाड़ी के हाथ बेच दिया क्योंकि आज के दौर में उनके भरने की नौबत क्या अब आयेगी भी कभी...? उससे मिले पैसों से एक दिन की सब्ज़ी आ गयी, आज आपने भी पते की बात की है, वरना तो कहते थे...अख़बार पढ़ने में क्या मज़ा आता है तुम क्या जानो, यह भी एक नशा है, जब तक नहीं मिले तड़पते हुए वक़्त गुज़रता है...और कभी-कभी तो आप जामे से बाहर हो जाया करते थे और तैश में आकर कहते थे... अख़बार पढ़ने का आनन्द कुछ और ही होता है, बन्दर क्या जाने अदरक की क़द्र...?

—नहीं तुम ठीक कहती थीं कि कुछ पैसे ही बचेंगे अब तो पैसों को दाँत से पकड़ना होगा।

—लेकिन हाकर अगर पूछेगा कि अख़बार बन्द क्यों कर रहे हैं...? तो क्या कहेंगे...?

—कह दूँगा आँखों में कुछ समस्या हो गयी है।

—ठीक है...क्या आज टहलने नहीं जायेंगे आप...?

—नहीं-नहीं, जा रहा हूँ, गठिया ने अपना सिर उठाना शुरू कर दिया है, अगर टहलने नहीं जाया करूँगा तो डॉक्टर सिद्धार्थ दास तथा डॉक्टर जितेन्द्र कुमार के कथनानुसार जोड़-जोड़ जाम हो जायेंगे, अच्छा अब चलता हूँ राघव खूँटी पर टँगी अपनी टोपी उठाकर सिर पर लगाते हुए बोला...विकासनगर के मिनी स्टेडियम तथा रिंग रोड पर स्थित कंचना बिहारी मार्ग के मोड़ के दूसरी तरफ़ स्थित पेट्रोल पम्प तथा उसके आगे जगरानी अस्पताल के दामन को स्पर्श करता हुआ उसने कल्याण अपार्टमेण्ट के निकट 'स्वर्ण-जयन्ती-पार्क' की ओर रुख़ किया जहाँ लोग काफ़ी दूर-दूर से टहलने आते हैं, अपना मासिक पास बनवाकर, सुना है कि सरकार इसका भी निजीकरण करने जा रही है, आजकल देखने में आ रहा है कि निजीकरण की हवा हर तरफ़ गरम है जाने क्यों...?

पार्क में टहलने के बाद लोग कुछ देर वहाँ बैठकर सुसताते हैं, देश-प्रदेश की बातों पर माथापच्ची करने के बाद ही अपने-अपने घर का रास्ता नापते हैं...आज भी लोग रोज़ की तरह टहलने के बाद बातें कर रहे हैं लेकिन आज उनकी बातों में रोज़ जैसी बातों का नामो-निशान तक नहीं है वह बातें उनकी मस्तिष्क से ऐसे ग़ायब हैं जैसे गधे के सिर से सींग क्योंकि महँगाई ने सबकी दुखती रग पर हाथ जो रख दिया है, सभी के चेहरे का रंग उड़ गया है उनके चेहरे देखने लायक़ हैं, सभी के चेहरों पर हवाइयाँ उड़ रही हैं, उनकी लनतरानियाँ तथा बड़ी-बड़ी बातों के पहले जैसे स्वर नक़्क़ारख़ाने में तूती की आवाज़ बनकर रह गये हैं, अब सभी के स्वर एक हो गये हैं, मत-मतान्तर, वाद-विवाद तथा एक-दूसरे पर कटाक्ष हिरन हो गये हैं, सभी की सोच एक हो गयी है क्योंकि सभी महँगाई की मार को झेल रहे हैं, आज उनके समवेत स्वर हैं...'क्या ज़माना आ गया है, अरहर की दाल सौ रुपया किलो, प्याज 100 रुपये किलो मिलेगी...! कभी ख़्वाब-व-ख़्वाल में भी नहीं था, यक़ीन ही नहीं हो रहा था लेकिन हाथ-कंगन को आरसी क्या की कहावत जब चरितार्थ हुई तो यक़ीन पर मुहर लगानी ही पड़ी...अरहर की दाल तथा प्याज वगैरह के साथ ही सब्ज़ियों के दाम भी आसमान को छू रहे हैं टमाटर सौ रुपये किलो, आलू बीस रुपये किलो लेकिन इसका फ़ायदा हाड़-तोड़ मेहनत करनेवाले किसानों को नहीं मिल रहा है, बल्कि बिचौलिये मज़ा मार रहे हैं,...हल्दी न फिटकरी रंग चोखा...जो सब्ज़ी आपको बाज़ार में 30 रुपये किलो मिल रही है बेचारे किसान को उसकी क़ीमत सिर्फ़ 5 रुपये मिली होगी... पैदा करनेवाला भी परेशान और खानेवाला भी परेशान, जीना दूभर हो गया है, ज़िन्दगी अजीरन हो गयी है...महँगाई सिर पर चढ़कर बेख़ौफ़ बोल रही है, महँगाई ख़ूनी रिश्तों को भी निगल रही है...लोगों की बातें सुनने के बाद राघव का स्वर उभरा....'सच्चाई यह है कि महँगाई जान-बूझकर पैदा की गयी है,' केन्द्र तथा प्रदेश की सरकारें एक-दूसरे पर महँगाई का दोषारोपण छोड़कर ज़हरीली बड़ी मछलियों को अपनी गिरफ़्त में क्यों नहीं लेती हैं,...? **'आज ग़रीब लहरों पे पहरे बिठाये जाते हैं, समुन्दरों की तलाशी कोई नहीं लेता...'** आख़िर सरकार काला बाज़ारियों-जमाख़ोरों के तहख़ानों में छापा क्यों नहीं मारती है...? जहाँ तहख़ानों में चीज़ें भरी पड़ी हैं, वहाँ से थोड़ी-थोड़ी चीज़ें निकाली जाती हैं, जिससे महँगाई के शोलों को हवा मिल सके, दृढ़ इच्छाशक्ति से एक साथ छापा मारकर यदि वही चीज़ें भारी मात्रा में तहख़ानों से बाहर ला दी जायँ तो चीज़ों के जो दाम अभी आसमान को छू रहे हैं यकायक ज़मीन पर आ जायेंगे लेकिन छापा ईमानदारी से मारना होगा, उस तरह से नहीं कि विगत होली में तहख़ानों में रखे टनों मिलावटी खोया पर छापा मारा गया सैम्पुल ने राज़ फ़ाश किया कि खोया शत-प्रतिशत मिलावटी है, जो सिन्थेटिक दूध से बनाया गया है, लेकिन कुछ दिनों के बाद पता चला कि तहख़ानों में सील किये गये खोया का

नामोनिशान तक अब वहाँ नहीं है, तो वह खोया क्या ज़मीन खा गयी या आसमान निगल गया...? ऐसा कुछ नहीं हुआ, वही हुआ जो होना था, यानी राजनीतिक दबाव तथा उच्च अधिकारियों की मिलीभगत से होली के शुभ अवसर पर बाज़ार में बिकने के लिए खोया आया था, बाज़ार की भेंट चढ़कर लोगों के पेट में चला गया, धीरे-धीरे अपना ज़हरीला असर दिखाने के लिए।

महँगाई की समस्या के बोझ को दिलो-दिमाग़ पर लादे अब लोगों का वहाँ रुकना फाड़े खाने लगा, लोगों ने एक-दूसरे के चेहरों की ओर देखा जो एक जैसे लग रहे थे।

लोगों ने अपने-अपने घरों का रुख़ किया, राघव का घर पार्क से नज़दीक रेसफिल एकेडेमी के पास था, इसलिए वह जल्दी अपने घर पहुँच गया।

—आ गये आप...? अच्छा, अब आप नहाकर नाश्ता कर लीजिये, आज तो पराठा मिल जायेगा लेकिन कल सादी रोटी ही मिलेगी क्योंकि डालडा के डिब्बे को गरम करके जितना घी उसमें था उसे निथार लिया है।

—ठीक है...

—और हाँ, रात की सब्ज़ी जो बची थी उसे अलका तथा अजय को दे दिया था आपको बुकनू से ही पराठा खाना पड़ेगा, वेतन लाने यानी पहली तारीख़ तक बुकनू तथा चटनी से ही गुज़ारा करना पड़ेगा, अब तो सब्ज़ी पहली तारीख़ को ही आ पायेगी वह भी किलो में नहीं बल्कि ग्रामों में जब फूँक-फूँककर क़दम रखा जायेगा तब।

—ठीक है देवी जी, जैसा हुक्म आपका...

—हुक्म मेरा नहीं महँगाई नासपीटी-निगोड़ी का है...मज़बूरी का है...और हाँ, सवेरे दूधवाला कह रहा था, बहन जी...'भूसा, चूनी-भूसी बहुत महँगी हो गयी है, कल से दूध 50 रुपये लीटर मिलेगा। पचास रुपये...! राघव को जैसे किसी ने उछाल दिया हो।

—घबराइये नहीं मैंने उससे कह दिया ...'भैया, कल से दूध बन्द कर दीजिये, पहली तारीख़ को आकर हिसाब कर लीजियेगा।

—फिर चाय...?

—मैंने फ़ेरीवाले से नींबू ले लिया है।

—बहुत अच्छा, नींबू की चाय तो स्वास्थ्यवर्द्धक होती है, पत्नी हो तो तुम्हारी-जैसी और उसने अपनी पत्नी को प्रेम-भरी शरारती नज़रों से देखा, पत्नी की नज़रों ने भी उसी रूप में आँखों के कोयों को नचाकर जवाब दिया, होंठों पर मुस्कानें थिरकीं बहुत दिनों के बाद आज, वरना महँगाई ने तो ऐसे आत्मीय क्षणों को भी निगल लिया है।

—अरे...! अरे...! एक बात तो मैं भूल ही जा रही थी, देवर जी का गाँव से फ़ोन आया था, उनका स्कूल आजकल बन्द है, वह, बाबू जी तथा माता जी को कल हम लोगों के पास रहने के लिए छोड़ने आ रहे हैं।

—हाँ, हम लोग जब बंगलौर में थे तभी से बाबू जी तथा माता जी का बहुत मन है, बड़ी तमन्ना है कि वे शहर में रह रहे अपने बेटे के साथ रहें लेकिन....शायद इसीलिए उन्होंने इस बार पहले से नहीं पूछा, एकदम कल आने का इरादा कर लिया कि शैतान की आँत की तरह बढ़ती महँगाई में कहीं मैं फिर...?

—उसकी पत्नी सोच में डूब गयी, बोली...'फिर तो इस महीने हाथ और भी खींचना होगा...?

—इस महीने ही नहीं, आनेवाले महीनों में भी... क्योंकि यदि सरकारी दृढ़ इच्छाशक्ति तथा जनता जनार्दन ने तबीयत से पत्थर नहीं उछाला तो...'आनेवाले दिनों में महँगाई और बढ़ेगी'।

—क्या...!...?

●

क़ब्रखोदवा

पीरू के चर्चे आज हर व्यक्ति की ज़बान की नोक पर हैं शहर की हर छोटी-बड़ी संस्थाओं में उसके सम्मान के लिए होड़-सी लगी है, अभी कुछ देर पहले चन्द्रशेखर आज़ाद पार्क में सम्मानित होने के बाद एक लम्बे जुलूस के साथ वह उस सड़क की ओर ख़रामा-ख़रामा जा रहा है, जो सड़क महानगर गोल मार्केट के निकट 'झूठासच' तथा अन्य कालजयी रचनाओं के प्रणेता स्वर्गीय यशपाल जी के ऐतिहासिक भवन के दामन तथा 'साँझी दुनिया' के बोर्ड को स्पर्श करती हुई क्लासिक की सीध में नवनिर्मित पार्क के किनारे से दाहिनी ओर मुड़कर स्वर्गीय भगवतीचरण वर्मा की 'चित्रलेखा' तथा श्रद्धेय अमृतलाल नागर के 'मानस के हंस' की बायीं ओर से आनेवाली सुगन्ध को आत्मसात् करती हुई वायरलेस चौराहे की नज़ाकत तथा नफ़ासत के साथ पार करके खुर्रम नगर के वक्षःस्थल से होती हुई 'रागदरबारी' के रचनाकार श्री श्रीलाल शुक्ल के इन्दिरा नगर की मुन्शी पुलिया की ओर से आनेवाली तथा टेढ़ी पुलिया की ओर जानेवाली रिंग रोड से खुर्रम नगर गोल चौराहे के पास गलबँहियाँ के बाद पिकनिक स्पॉट की ओर चली जाती हैं।

खुर्रम नगर गोल चौराहे से पिकनिक स्पाटवाली रोड की ओर जैसे आपके क़दम आगे बढ़ेंगे तो दायीं ओर खुर्रम नगर पुलिस चौकी नज़र आयेगी जिसके सामने पाँचेक प्लास्टिक की लाल-नीली कुर्सियाँ तथा दो बेंचें पड़ी हैं, पुलिसवाले अन्दर कमरे में, किसी चेन-स्नैचर से पुलिसिया शैली में कुछ उगलवा रहे हैं। इस इलाक़े में ही नहीं, वल्कि पूरे लखनऊ में सरेआम चेन-स्नैचिंग तथा महिलाओं से छेड़-छाड़ की वारदातें इधर कुछ ज़्यादा ही परवान चढ़ रही हैं, डी.जी.पी. महोदय के सख़्त आदेश के अनुपालनार्थ शायद पुलिसवाले एकमात्र चेन-स्नैचर पर अपनी खीज़ उतार रहे हैं।

खुर्रम नगर पुलिस चौकी के आगे बायीं ओर थोड़ी ऊँचाई पर एक भव्य मस्जिद है, जिसके विशाल प्रांगण में एक क़ब्रिस्तान भी है जिसमें कच्ची क़ब्रों की बहुतायत है, सिर्फ़ एक पक्की क़ब्र सिद्दीकी साहब ने मुहल्ले की चहेती, अपनी लाड़ली बेटी 'मिनी' की याद में, क़ब्रिस्तान के कोने में बेर के पेड़ के पास बनवा रखी है, इस क़ब्र के बनने के बाद मौलाना ने एक बोर्ड पर लगवा दिया कि इस क़ब्रिस्तान में पक्की क़ब्र बनाना सख़्त मना है।

क़ब्रिस्तान तथा मस्जिद की दूसरी ओर सड़क के उस पार नौशाद एकेडेमी का भवन अपनी बोसीदा हालत में नौशाद साहब की यादों को अपने दिल में समेटे आने-जानेवालों को शायद बताने की नाकाम कोशिश कर रहा है कि नौशाद साहब लखनऊ के ही थे।

थोड़ी ही देर में अज़ान का स्वर वातावरण में गूँजनेवाला है, जुमे की नमाज़ के लिए लोग मस्जिद में आने लगे हैं, देखते-ही-देखते इस सुनसान स्थान पर चहल-पहल बढ़ जायेगी, मस्जिद के परिसर में इतने ज़्यादा लोग आ जाते हैं कि मस्जिद को इतने लोगों को अपने आगोश में लेना मुश्किल हो जाता है, आज के दिन इतनी भीड़ इसलिए हो जाती है कि जो लोग फ़र्ज़ नमाज़ें अदा नहीं करते हैं वे भी जुमे की नमाज़ में शरीक होकर अपने मुसलमान होने का सबूत देने तथा इस फ़िकरे से बचने—'अरे यार, जुमे की नमाज़ भी नहीं पढ़ते हो...? चले आते हैं।

पीरू जो क़ब्रिस्तान में क़ब्र खोदने का काम करता है प्रायः आख़िरी सफ़ में सबसे किनारे दोपलिया टोपी लगाये बैठता है, यह जगह उसके लिए रिज़र्व-सी है, कल्याणपुर की 'मस्जिदे उमर' मस्जिद में सूफ़ी साहब की जगह की तरह सभी नमाज़ी जानते हैं कि वह जगह पीरू की है लेकिन आज अभी तक वह जगह खाली है।

क़ब्र खोदना पीरू का पुश्तैनी पेशा है, लेकिन पीरू के वालिद शरफू मियाँ ने अपना पेट काटकर उसे इण्टर तक की शिक्षा दिलायी थी इस उम्मीद के साथ कि मेरा बेटा पढ़-लिखकर नौकरी करेगा मेरी तरह 'क़ब्रखोदवा' नहीं बनेगा लेकिन सरकारी नौकरियों के लिए सरकारी 'भर्ती बन्द' नीति ने तथा प्रदेश में उद्योगों के प्रति सरकार की उदासीनता के कारण उद्योगों की कमी से उसके वालिद की उम्मीदों पर ओस पड़ गयी बेरोज़गारी का शिकार होकर, थक-हारकर परिवार के पेट की आग बुझाने तथा बूढ़े बाप के काम में सहारा देने के लिए उसे पुश्तैनी पेशे के दामन को पकड़ना पड़ा, उसी पीरू को मुबारकबाद देने की गरज़ से कुछ मुसलमान नौजवान उसे तलाशते-तलाशते यहाँ आ पहुँचे थे और अब मस्जिद के विशाल प्रांगण में लगी बेंचों तथा क़ब्रिस्तान में लगे बूढ़े नीम के पेड़ के नीचे, नीम की जड़ें जो ज़मीन से उठकर धनुषाकार हो गयी थीं, पर बैठे बातें कर रहे थे, जिनकी बातों से ग़म व गुस्सा टपक रहा था।

—अब तो पानी सिर से ऊपर हो रहा है, आतंकवाद लुक-छिपकर नहीं बल्कि सिर चढ़कर बोल रहा है, आतंकवादी नये नाम, नये रूप तथा नयी-नयी रणनीतियाँ देकर पाकिस्तान में बैठे अपने आक़ाओं के इशारे पर भयानक विस्फोट करके बेगुनाहों को मौत के घाट उतार रहे हैं और हमारा सारा तन्त्र तमाशबीन बनकर रह जाता है यासीन का स्वर था।

--सरकार, प्रशासन, पुलिस-तन्त्र हर आतंकी विस्फोट के बाद बयानों की वही घिसी-पिटी बातें ज़बान पर लाकर जनता-जनार्दन को सुनाकर अपने कर्त्तव्यों की इति-श्री कर लेते हैं, शेखर आक्रोशित था।

—लेकिन इससे अब काम चलनेवाला नहीं है, पुलिस-तन्त्र तथा ख़ुफ़िया-तन्त्र को जब तक चुस्त-दुरुस्त नहीं किया जायेगा, तब तक आतंकवादियों के हौसले बुलन्द रहेंगे। आज वह समुद्र के रास्ते से आये हैं, जहाँ कोष्ट-गार्डों को भनक तक नहीं लगी कोष्ट गार्ड या तो गदहे के सिर की सींग की तरह ग़ायब थे या...? अगर यही हाल रहा तो कल वे अपनी रणनीति बदलकर और किसी रास्ते से हमारे महत्वपूर्ण स्थानों पर अपने नापाक क़दम रखने की ज़ुर्रत कर सकते हैं और हम कुम्भकरणी निद्रा में सोते रहेंगे कितनी बड़ी विडम्बना है ये? नाव से इतनी भारी मात्रा में विस्फोटक तथा आधुनिकतम आग्नेयास्त्र होटल में आख़िर पहुँचा कैसे...? अकरम का स्वर उभरा।

—बुनियादी बात यह है कि आतंकवाद से लड़ने की राजनीतिक इच्छाशक्ति जैसे कहीं गुम हो गयी है। नीरज ने कहा—देश की बेचारगी तथा सरकार की व्यापक दृष्टिहीनता के कारण ही आतंकवाद हब्बा ख़ातून के गीतों को ज़ख़्मी करता हुआ मन्दिरों, मस्जिदों, बाज़ारों, रेलगाड़ियों, रेलवे स्टेशन तथा न्यायालयों के परिसरों को रौंदता, लहूलुहान करता हुआ संविधान के मन्दिर संसद की प्रांचीर को रक्तरंजित कर गया और हम सिर्फ़ बयानबाज़ी करते रहे नतीजतन आज मुम्बई को देश के सबसे बड़े आतंकवाद से दो-चार होना पड़ा...अपने ईमानदार, कर्मठ अफ़सरों तथा बेगुनाह देशी-विदेशी लोगों की जानों से हाथ धोना पड़ा, अरशद के शब्द थे।

—पाकिस्तान के साथ हमारी दोस्ती का ये सिला है एक स्वर उछला।

—लेकिन पाकिस्तान तो कहता है कि आतंकवादियों से उनका कोई लेना-देना नहीं है।

—उनके कहने से क्या होता है...? हाथ-कंगन को आरसी क्या...? विश्व-जनमत है कि पाकिस्तान की धरती में आतंकवाद की जड़ें बहुत गहरी हैं, ख़ूँख़्वार आतंकवादियों तथा आत्मघाती फ़िदायीन दस्तों को ट्रेनिंग दी जाती है, उनके देश में आतंकवादी फल-फूल रहे हैं, जो अब उनके स्वयं के लिए सिर-दर्द तथा 'भस्मासुर' सिद्ध हो रहे हैं। बेनजीर भुट्टो खुद आतंकवादियों का शिकार क्या नहीं हुई हैं..?

ज़रदारी साहब ने स्वयं स्वीकार किया है...'हमारे यहाँ आतंकवादी 'कैन्सर' है, इससे हमें नुक़सान भी हो रहा है' जीशान का स्वर उभरा।

—उसी आतंकवादी कैन्सर की बात तो हमारी सरकार भी कर रही है। 'कैन्सर' का वह नासूर आख़िर कब तक रिसता रहेगा...? जिसकी दुर्गन्ध से हम भी परेशान हैं, उसका एकमात्र उपाय है 'आपरेशन कैन्सर' उसी कैन्सरग्रस्त भाग के काटने की बात तो हम भी कर रहे हैं, जिससे वह पूरे शरीर में न फैल जाये और उसकी सड़ाँध की तेज़ बदबू दुनिया भर को शिद्दत के साथ अपनी चपेट में न ले ले...? आख़िर उस रिसते नासूर की सड़ाँध के ज़हर को पिलाकर कब तक बेगुनाहों को मौत के घाट उतारा जाता रहेगा...? और हम मात्र मूक दर्शक की भूमिका में बने रहेंगे...? मुझे जवाब चाहिए जावेद का जवान ख़ून उबाल खा रहा था। हमें धैर्य नहीं खोना है इस बार सरकार के कान पर जूँ रेंगी है, हम देशवासियों की आज़ादी से पहलेवाली दृढ़ इच्छाशक्ति, जागरूकता तथा जुनून के एहसास से सरकार के अन्दर बहुत गहरे इच्छाशक्ति का दबा बीज भी अंकुरित हो रहा है हमें मायूसी की चादर नहीं ओढ़नी चाहिए डॉ. आलोक का स्वर था।

—मुम्बई के कभी न भूलनेवाले दिल को दहला देनेवाले हालिया वाक़िये के कारण देश के मुसलमानों ने निश्चय किया है कि इस बार आनेवाले बक़रीद के त्योहार का जश्न हम नहीं मनायेंगे क्योंकि जब देश आँसुओं में डूबा हो तो त्योहार कैसा...? जश्न कैसा...? खुशियाँ कैसी...? ख़ालिद ग़म की तस्वीर बना कह रहा था।

—यह बड़ी अच्छी सोच है हमारी क़ौम की...फिर भी कुछ लोग हम मुसलमानों को शक की निगाह से देखते हैं। हम मुसलमानों को मुस्लिम आतंकवादी होने की सौग़ात से नवाज़ा जाता है, हम से वतनपरस्ती का सबूत माँगा जाता है आख़िर ऐसा क्यों...? आसिफ़ कह रहा था।

—क़ब्रिस्तान के पश्चिमी किनारे पर बनी माँ की ताज़ा क़ब्र पर जो आतंकवादियों की गोली का शिकार हुई थीं, फ़ातेहा पढ़कर लौटे थोड़ी देर ठिठककर इक़बाल की बातें सुनकर प्रोफेसर सुल्तान बोले इकबाल यह बड़ा नाजुक मसला है, इस पर हमें उत्तेजना से नहीं बड़े ठण्डे दिमाग़ तथा संजीदगी से सोचने की ज़रूरत है, आत्मचिन्तन करने की ज़रूरत है कि अगर कहीं से हमारी क़ौम के किसी व्यक्ति की किसी कारण, किसी रूप में, किसी कोने से भी आतंकवादी गतिविधियों में संलिप्तता है तो उसे तालाब की उस मछली की तरह निकालकर फेंक देना होगा जो सारे तालाब को गन्दा कर रही है, यह हमारा इस्लामी क़ौमी फ़र्ज़ है।

—प्रोफ़ेसर साहब की बातों में बहुत दम है, और शक को दर-किनार करने का सबसे बड़ा सबूत तो नौजवान पीरू भाई का कारनामा एक खुली किताब की तरह है, रही वतनपरस्ती की बात, तो सबसे बड़ा सबूत तो यही है कि बँटवारे की त्रासदी

के रूप में जब पाकिस्तान बना था तब हम मुसलमानों के बुजुर्गों को तरह-तरह के प्रलोभन दिये गये थे देश छोड़कर पाकिस्तान जाने के लिए लेकिन हमारे पूर्वजों ने हिन्दुस्तान में ही रहने का निश्चय किया और कहा था—हम इसी मिट्टी से पैदा हुए हैं और इसी मिट्टी में दफ़्न होंगे क्योंकि हमें इस देश की मिट्टी से प्यार है, मादरे-वतन से प्यार है, रही बात शक की, तो शक जैसे मर्ज़ का न तो कोई इलाज है और न ही कोई जवाब...अब तो मुस्लिम आतंकवादी की ही तरह हिन्दू आतंकवादी का शब्द भी गढ़ लिया गया है लेकिन 'मुस्लिम आतंकवाद' तथा 'हिन्दू आतंकवाद' मात्र एक शगूफ़ा है, बीमार मानसिकता है। आतंकवादी सिर्फ़ आतंकवादी होता है न वह हिन्दू होता है न मुसलमान, अहमद फ़राज़ का स्वर था, लोग अपनी बातों में मशगूल थे कि आदित्य क़ब्रिस्तान के विशाल गेट की ओर इशारा करते हुए बोला—'अभी आप लोग पीरू भाई को पूछ रहे थे, देखिये वह सीढ़ियाँ पार करके इधर ही आ रहे हैं।'

—बड़े साहस का काम किया है इस व्यक्ति ने वरना खाकी वर्दी को देखकर अच्छे-अच्छों की सिट्टी-पिट्टी गुम हो जाती है, उनके सही अथवा गलत आदेशों को नकारने का मतलब...? दूसरे जिस काम के करने के लिए उनसे कहा जा रहा था, क़ब्रिस्तान में उसी काम से ही तो पीरू भाई अपना तथा अपने परिवार का पेट पाल रहे हैं।

—वाकई यार...ऐसा ही जज़्बा हम हर हिन्दुस्तानियों का होना चाहिए, इसी वतनपरस्ती के तेवर ने ही हमें आज़ादी दिलायी थी। हमारे ज़ज़्बे को देखकर जब साम्राज्यवादी अंग्रेज़, जिनके लिए कहा जाता था कि इनके विशाल साम्राज्य में कभी सूर्य अस्त नहीं होता है, की रूहें फ़ना हो जाती थीं तो इन मरघल्ले आतंकवादियों की क्या बिसात...? ये हमारी धरती पर क़दम रखने को कौन कहे सोच भी नहीं सकते थे, लेकिन हम हिन्दुस्तानियों में शायद तब जैसा जज़्बा हमसे कोसों दूर चला गया है, सारे मत-मतान्तरों, हर प्रकार के मतभेदों को ताक़ पर रखकर उसे फिर से हमें अपने अन्दर लाना होगा। लगता है पीरू भाई ने उसकी शुरुआत कर दी है, ख़ालिद के शब्द थे।

अब पीरू भी उन लोगों के पास आकर ज़मीन की सतह से उभरी नीम की जड़ पर सलाम-दुआ के बाद बैठ गये।

—पीरू भाई, बड़ी देर से हम लोग आपका इन्तज़ार कर रहे हैं आपके कारनामें को हम दिल से एहतराम करते हैं और मुबारकबाद देते हैं, देश के मान-सम्मान के लिए आपने बेमिसाल काम किया है, देश की सरज़मीन की पाक मिट्टी को नापाक होने से बचा लिया आपने, अफ़सर लखनवी गद्गद होकर बोल रहे थे।

—आपके ऐतिहासिक कारनामें के बारे में समाचार-पत्रों तथा टेलीविज़न के माध्यम से जानकर सारा देश शाबाश-शाबाश कह रहा है। हम लोग आपके उस अनुकरणीय जज़्बे को आपके मुँह से सुनना चाहते हैं। आदिल ने निवेदन प्रस्तुत किया।

... रोजाना की तरह उस दिन भी मैं क़ब्रिस्तान के चारों ओर एक छिछली नज़र डालकर मुख्य द्वार पर आकर खड़ा ही हुआ था कि देखा ढेर-सारे पुलिसवाले अपने अधिकारियों के साथ नौ लाशों को लिए गेट के बाहर सड़क पर खड़े थे मेरा माथा ठनका।...इतनी लाशें...! ये लाशें कहीं क़यामत बरपा करनेवाले उन मारे गये शैतान आतंकवादियों की तो नहीं हैं...? क्योंकि पुलिसवाले अभी तक एक्का-दुक्का लावारिस मुसलमानों की लाशें किसी रिक्शे या ठेलिया पर लदवाकर यहाँ लाया करते थे लेकिन आज की तस्वीर तो कुछ और ही है। एक अधिकारी अपने अधीनस्थ से पूछकर कि मैं ही पीरू हूँ आगे बढ़कर मेरे पास आये और बोले, "पीरू, इन लाशों को इस क़ब्रिस्तान में दफ़्न करना है इनके लिए कब्रें खोदनी हैं।

—इतनी ज़्यादा लावारिस लाशें आज कहाँ से उठा लाये हैं साहब...?

--ये आतंकवादियों की लाशें हैं जिन्हें कल मार गिराया गया था।

—लेकिन साहब, इस क़ब्रिस्तान में तो मुसलमानों को दफ़्न किया जाता है, आतंकवादियों को नहीं...

—ये भी तो मुसलमान नामधारी हैं।

—जी साहब, ठीक कहा आपने, ये मुसलमान नामधारी हो सकते हैं लेकिन मुसलमान नहीं। अगर ये मुसलमान होते तो हिंसा के मार्ग पर कभी न चलते क्योंकि मौलाना साहब पिछले जुमे की नमाज़ के ख़ुतबा के पहले अपनी तक़रीर में कह रहे थे—"इस्लाम धर्म में हिंसा का कोई स्थान नहीं है, कुर्आन की सूरामायदः में अल्लाह ने फ़रमाया है अगर किसी शख़्स ने किसी बेगुनाह को क़त्ल किया तो समझो उसने पूरी इन्सानियत का क़त्ल किया।"

—लेकिन पीरू इनको यहाँ दफ़्न करना है, इनके लिए तुम्हें क़ब्रे खोदनी हैं।

—माफ़ कीजिये साहब, मैं इन नापाकियों के लिए क़ब्रें नहीं खोद सकता, क़ब्रिस्तान की पाक़ ज़मीन को नापाक नहीं कर सकता।

—पीरू, समझने की कोशिश करो, इन लाशों को दफ़्न कराना मेरी ज़िम्मेदारी है, आख़िर, मैं इन लाशों का क्या करूँ...?

—साहब, अगर आपको अपनी ज़िम्मेदारी का इतना ही एहसास है तो इन नापाकियों की लाशों को किसी नदी में बहा दीजिये या किसी जंगल में फेंक दीजिये, लेकिन साहब, माफ़ कीजिये आतंकवादियों की इन नापाक लाशों को नदी के

जीव-जन्तु तथा जंगल के जानवर भी खाने को कौन कहे इनके पास तक फटकेंगे भी नहीं, इनके साये से भी नफ़रत करेंगे।

पीरू के इन शब्दों ने पुलिस अधिकारी के होश उड़ा दिये, अवाक् कर दिया। सड़क पर खड़ा जनसमूह 'पीरू ज़िन्दाबाद'—'पीरू ज़िन्दाबाद' का नारा लगाने लगा, कुछ नौजवानों ने बढ़कर मुझे अपने कन्धों पर उठा लिया।

—शाबाश पीरू भाई, शाबाश, पूरी इन्सानियत को आप पर नाज़ है, गर्व है क्योंकि आज आतंकवाद से केवल भारत ही नहीं पूरा विश्व प्रभावित है। नावेद चहक उठा।

पीरू शायद कुछ और बताते लेकिन जुमे की नमाज़ की अज़ान का स्वर गूँज उठा, वार्त्तालाप को विराम देना पड़ा और सभी लोग मस्जिद की ओर चल पड़े।

हर जुमे को इमाम साहब जुमा की नमाज़ तथा खुतबा से पहले कुर्आन (अल्लाह की कही बातें) तथा हदीस (मुहम्मद साहब की कही बातें) के आईने में किसी-न-किसी विषय पर पुरकशिश तक़रीर करते हैं जिसे नमाज़ी बड़ी तन्मयता से सुनते हैं आज भी इमाम साहब जब तक़रीर करने खड़े हुए तो अपने मामूल के मुताबिक पहले उन्होंने रोज़ की तरह कुर्आन की एक आयत पढ़ी और बोले...मेरे बुजुर्गों और दोस्तों, आख़िरी सफ़ के बायें कोने में बैठे पीरू भाई के वतनपरस्ती के जज़्बे को मैं सलाम करता हूँ। मादरे-वतन के लिए उन्होंने बहुत बड़ा काम किया है, देश की मिट्टी को नापाक होने से बचा लिया, मुझे नमाज़े-जनाज़ा पढ़ाने के गुनाह से बचा लिया। हालाँकि मैं इन मरदूद दहशतगर्दों का नमाज़े-जनाजा मरते दम तक नहीं पढ़ता... पहल करने के लिए मैं पीरू भाई का तहे दिल से एहसानमन्द हूँ, शुक्रगुज़ार हूँ, ये वही पीरू भाई हैं जिन्हें आप 'क़ब्रखुदवा' के नाम से जानते हैं जब भी कभी किसी के मुर्दा जिस्म को दफ़्न करने की ज़रूरत पड़ती है तब लोगों को इनकी याद आती है क़ब्र खोदने के लिए, जैसे पुलिस अफ़सरों को दहशतगर्दों के लिए याद आयी थी। जिन दहशतगर्दों ने मुसलमान नाम का नापाक जामा पहन रखा था, मैं पीरू भाई को उम्रदराज़ (दीर्घायु) होने की दुआएँ देता हूँ कि इन्होंने बेख़ौफ़ होकर पुलिस अधिकारियों से कहा था..."साहब, इस कब्रिस्तान में मुसलमानों को दफ़्न किया जाता है आतंकवादियों को नहीं" पीरू भाई तुम्हारे मुँह से निकले हुए इन अल्फ़ाज़ों के एक-एक लफ़्ज़ को चूमने को दिल कह रहा है, मेरा ही नहीं हिन्दुस्तान के लोगों का ही नहीं, पूरी दुनिया के वतनपरस्ती की ज़बान की नोक पर आपके अल्फ़ाज़ मचल रहे होंगे, करवटें बदल रहे होंगे, भाइयो, मैं आज सोच रहा हूँ कि पीरू भाई को इस देश की सोंधी मिट्टी से प्यार का जज़्बा हर हिन्दुस्तानी मुसलमानों की तरह विरासत में मिला है, जब पाकिस्तान वजूद में आया था तब हिन्दुस्तान के मुसलमानों को पाकिस्तान जाने के लिए तरह-तरह के सब्ज़बाग़ दिखाये गये थे, यहाँ रुकने पर उनके

तथा उनकी औलादों के साथ हिन्दुओं द्वारा शैतानी सलूक के डर की बात कही गयी थी लेकिन हिन्दुस्तान को ही अपना देश समझकर रुकनेवाले मुसलमानों की तरह पीरू भाई के वालिद शरफू मियाँ, जो ज़मींदार ख़ान बहादुर बशीर की कोठी के उत्तर किनारे उन्हीं की ज़मीन पर एक बोसीदा घर में रह रहे थे। ख़ान बहादुर ने जब पाकिस्तान जाने का पुख़्ता इरादा कर लिया तब उन्होंने शरफू मियाँ पर भी पाकिस्तान चलने का दबाव डाला, तब शरफू मियाँ ने कहा था...हुज़ूर, बीते जुमा को इमाम साहब बता रहे थे कि इन्सान मिट्टी से बनाया गया है, मैं तो यहीं की मिट्टी से बनाया गया हूँगा, पाकिस्तान की मिट्टी से तो नहीं, मैं चाहता हूँ कि मेरा जिस्म जिस मिट्टी से बना है उसी मिट्टी में मिल जाये यानी मेरे देश की मिट्टी में मिल जायें। हुजूर गुस्ताख़ी के लिए माफ़ी चाहता हूँ, बशीर साहब बगलें झाँकने लगे, आज उसी ख़ून की औलाद का सम्मान शहर के हर गली-कूचे में हर जाति-धर्म तथा विभिन्न राजनैतिक दलों के लोग कर रहे हैं। मौलाना नोमानी साहब ने जुमे की नमाज़ के बाद रिंग रोड के मिनी स्टेडियम में पीरू भाई का सम्मान करने का ऐलान किया है जिसमें बड़ी संख्या में लोगों के शामिल होने की उम्मीद है। जुमा की नमाज़ के बाद आप लोगों से भी शामिल होने की अपील की जाती है।

इमाम साहब की नज़र मस्जिद में लगी घड़ी पर पड़ी और बोले...नमाज़ का वक़्त हो गया है, इंशा-अल्लाह पीरू भाई के बारे में और बहुत-सी बातें मिनी स्टेडियम के जलसे में होंगी...।

राज अपना है अब

नगर में कल मन्त्री महोदय का आगमन है, एक उद्घाटन के सिलसिले में। उद्घाटन किसी स्कूल, अस्पताल अथवा औद्योगिक केन्द्र का नहीं बल्कि नगर के नवनिर्मित आलीशान एयर-कण्डीशण्ड सरकारी सिनेमाघर का है जिसके लिए मुख्यालय से लगातार तार द्वारा सूचनाएँ आ रही हैं, फिर भी मुख्य इंजीनियर महोदय को शायद इत्मीनान नहीं हो रहा है, इसीलिए तो अपने निजी सहायक को एक लम्बे-चौड़े पत्र के साथ भेजकर इस बात की गारण्टी चांही है कि सब-कुछ उनकी आशाओं से भी दो हाथ आगे हो...किसी भी कोण से कमी न रह जाय...वह स्वयं मन्त्री जी की छाया बनकर आयेंगे इसलिए पहले से कुछ भी देख पाना उनके लिए सम्भव नहीं है और मन्त्री जी को अगर कोई चीज़ अच्छी न लगे तो समझो, उनके लिए क़यामत ने उनकी दहलीज़ पर क़दम रख दिया है...वह अपनी नौकरी को ओस की बूँद समझते हैं जिसे मन्त्री जी की लाल-लाल आँखों की गर्म नज़र मात्र शंकर के तीसरे नेत्र की तरह भस्म कर सकती है।

आगे पत्र में लिखा है—सिनेमाघर का काम वह स्वयं देखें, बाक़ी और इन्तज़ाम उसके साथी शर्मा जी करेंगे जो इस प्रकार के इन्तज़ाम के लिए अपना सानी नहीं रखते हैं।

उसी पत्र का कमाल था कि आज वह घर से बिना नाश्ता किये ही काम पर पहुँच गया था...एक-एक चीज़ को नज़दीक से देखकर उसे ठीक करने में मशगूल था, दरवाज़े पर पड़ी सफ़ेदी को बोरे के टुकड़े से रगड़कर साफ़ किया जा रहा था कि कहीं एक दाग़ भी मन्त्री जी को नज़र न आने पाये वर्ना उसकी बेदाग़ नौकरी की चादर दाग़दार हो सकती है।

दरवाज़े की रँगाई करने में अज़ीम पेण्टर से रंग की दो-चार बूँदें दीवार पर गिर गयीं तो जैसे उसे साँप सूँघ गया हो, वह एकदम उखड़ गया हालाँकि उसके स्वभाव से उखड़ना मेल नहीं खाता था लेकिन आज उसके मस्तिष्क की शिराओं में जाने क्या चीज़ उमड़-घुमड़ रही थी, उसने अपनी बेमेल गरज की आवाज़ में कहा, 'किस बेवकूफ़ ने तुम्हें पेण्टर बना दिया? काम क्या करते हो कि बना-बनाया काम बिगाड़ते जा रहे हो, पेण्टर से खलासी बनना चाहते हो क्या?'...अज़ीम एकदम सहम गया और सीढ़ी के डण्डों से जल्दी-जल्दी उतरकर दीवार पर पड़े छींटों को साफ़ करने लगा, उसका मान अन्दर-ही-अन्दर उबाल खा रहा था—साहब क्या कर रहे हैं आज? फिर उसकी आवाज़ हवा में गूँजती आ गिरी, 'आज दोपहर को कोई छुट्टी नहीं करेगा' और नत्थू को हिदायत देने लगा कि वह घर जाकर उसका खाना भी यहीं ले आये, आज वह घर नहीं जायेगा।

शाम तक खड़े-खड़े वह एकदम टूट गया, अब उसके पैर जवाब देने लगे थे, पैरों की झनझनाहट के साथ-साथ कभी-कभी उसका पूरा शरीर झनझना उठता था और दिमाग़ तो जैसे फटा जा रहा था...अब उसे खड़ा होना काटे खा रहा था, उसने थोड़ा किनारे हटकर अपनी पिण्डलियों को दोनों हाथों के पंजों से सहलाना शुरू किया और पागलों की तरह अपने सिर को झिंझोड़ने लगा, यकायक उसे ख़्याल आया कि कोई उसे देख तो नहीं रहा है और उसका हाथ बिजली के एक झटके की तरह रुक गया।

एक बार फिर चारों ओर घूमकर उसने सिनेमाघर का जायज़ा लिया और इत्मीनान की साँस लेकर घर की सड़क नापने लगा।

घर में घुसा ही था कि उसकी पत्नी भूखी शेरनी की तरह उस पर टूट पड़ी, 'रात का खाना भी वहीं मँगा लेते, आने की क्या ज़रूरत थी? जैसे यही एक नौकरी करते हैं?'...उसने मरी हुई आवाज़ में बस इतना ही कहा, 'कल सिनेमाघर का उद्घाटन है, मन्त्री जी आ रहे हैं।' 'आपके तो मन्त्री-सन्त्री और अफ़सर आते रहते हैं, आज कोई नवाई है...लेकिन यहाँ घर पर भी तो कॉलोनी की औरतें आती हैं, कभी सोचा आपने कि घर में कुछ है या नहीं, आज ही वर्मा जी के बच्चे आये थे, घर में एक दाना चीनी नहीं थी तो साधू चपरासी के यहाँ से मँगाकर आपकी इज़्ज़त पर परदा डाला है।' और अन्त में गुस्से का असली कारण उगल दिया, 'आपको तो याद नहीं होगा, आज मेरे भैया-भाभी आनेवाले हैं और घर में चीनी, घी तथा तेल देखने को भी नहीं है...आख़िर मैं क्या करूँगी।'

उसने काँपती नज़रों से देखा कि नारी ने अपना अमोघ-अस्त्र इस्तेमाल कर दिया था, जिसके आगे बड़े-से-बड़ा व्यक्तित्व अपना हथियार डाल देता है...उसकी पत्नी की आँखों की कोरों में मोती उतर आये थे, वह अपनी थकान को एकदम

भूल-सा गया, अभी कुछ देर पहले का उसके शरीर का टूटना क़ाफूर हो गया, उसने सामने खूँटी की ओर हाथ बढ़ाया और अन्यमनस्क भाव से अपनी पत्नी की ओर देखा जैसे कह रहा हो, 'मुझे कुछ नही कहना है, मैं हार गया हूँ, और पूछा, 'क्या-क्या लाना है?'

एक लम्बी-चौड़ी फेहरिस्त उसके सामने किसी दानव की जीभ की तरह लहरा गयी....शैतान की अन्तहीन आँत लगनेवाली मँहगाई-जैसी फ़ेहरिस्त को उसने तोड़-मरोड़कर जेब के हवाले किया और घर से बाहर निकलकर बाज़ार की ओर आ गया, जेब में हाथ डाला, थोड़े-से पुराने नोट उँगलियों से टकराकर ख़ामोश हो गये, उसे अपने साथी शर्मा जी की याद आ गयी जिनकी जेबें ठेकेदार के दिये कमीशन से हरदम फूली रहती हैं लेकिन आज वह जाने क्यों इस पर कुछ भी नहीं सोचना चाहता था, हालाँकि पहले जब शर्मा जी का चेहरा उसके सामने कौंधता था तो वह घण्टों अच्छे-बुरे ख़यालों में डूबा रहता था...रात-भर करवटें बदल-बदलकर अपनी नींदों को बरबादी की भट्टी में झोंक देता था, सुबह जब उठता था तब उसे लगता, जैसे उसके शरीर का रक्त किसी ने चूस लिया है लेकिन फिर वह थोड़ी देर बाद अपने असली रूप में आ जाता और एक आम आदमी का चेहरा अपने ऊपर चिपका लिया करता, लेकिन आज उसे ऐसा कुछ भी नहीं लग रहा था।

कई दुकानों की खाक छानने के बाद वह सेठ चन्दनलाल की दुकान के सामने जाकर ठिठक गया और एक किलो चीनी के लिए सेठ जी से बोला ही था कि सेठ जी ने मुस्कराकर कहा, 'साहब, आप भी मज़ाक करेंगे?'

वह सोचने लगा, उसके मुँह से कोई ग़लत बात निकल गयी क्या? और बड़ी संजीदगी से बोला 'क्या बात है, सेठजी?'

'आप एक किलो की बात करते हैं और यहाँ एक दाना भी नहीं है।' वह सोच ही रहा था कि अभी कुछ दिन पहले तो चालीस रुपये में शक्कर इफ़रात से मिलती थी उसके पीछे से किसी ने डालडा और तेल का रेट पूछा, जिसे सुनकर वह एकदम सन्न हो गया, अपनी जेब में पड़ी मरियल नोटों की कुड़कुड़ाहट का उसे एहसास हो आया, उसकी हिम्मत के अन्दर घुन-सा लगने लगा, अब तेल और घी के बारे में पूछने के लिए उसे शब्द तलाश करने में कठिनाई हो रही थी, इस डर से कि सेठ जी कहीं पूछ न लें कि और क्या चाहिए, साहब, उसने पहले ही वहाँ से गदहे के सिर से सींग की तरह ग़ायब होने में अपनी भलाई समझा।

अब वह सड़क के दूसरे छोर पर था, एक ट्रक शक्कर के बोरों से लदा हुआ उसकी आँखों के सामने फुर्र-से निकल गया और नेता सेठ की दुकान पर खड़ा हो गया...एक रिक्शे पर दो बोरा शक्कर लादे हुए शंकर हलवाई के सामने से आ रहा था, उसका मस्तिष्क कुछ सोचने के लिए मजबूर हो गया। वह सोच की दहलीज़

पर कदम रख ही रहा था कि उसके आफ़िस के कैशियर महोदय ने उसे सलाम करके सड़क के किनारे खड़े होने का अर्थ जानना चाहा। शक्कर के बारे में सोचते-सोचते उसके मुँह से अनायास ही निकल गया, 'शक्कर...'

'लाइये, अभी लाता हूँ।'

'नहीं मिलेगी भाई, मैं कई दुकानें देख चुका हूँ।'

'क्यों...? पचास रुपये किलो नेता सेठ के यहाँ चाहे जितनी ले लीजिये।'

उसकी बातों ने जैसे उसकी खोयी हुई स्मरण-शक्ति को वापस ला दिया हो, उसे शक्कर से लदे उस ट्रक की याद आ गयी जो कभी-कभी कुछ पहले नेता सेठ की दुकान की ओर गया था और वह फिर एक बार गम्भीर हो गया, उसकी सोच के बेलगाम घोड़े हवा से बातें करने लगे...बाज़ार में सब-कुछ है, लेकिन तहखानों में क़ैद रहता है अगर सरकार दृढ़ इच्छाशक्ति से ईमानदारी से सारे देश में छापा मारे तो तहख़ानों में क़ैद सारी चीज़ों को आज़ाद कर दे तो महँगाई का नामोनिशान मिट जायेगा थोड़ी देर तक गम्भीरता का लबादा ओढ़े सामनेवाली पान की दुकान की ओर देखता रहा, जहाँ शर्मा जी का लड़का एक महँगी सिगरेट लेकर पी रहा था, उसकी बग़ल में एक रिक्शे पर डालडा तथा तेल का बड़ावाला टीन और बोरी में कुछ भरा रखा था। लड़के ने एक ज़ोरदार कश लिया और रिक्शे पर आकर बैठ गया, सामने बड़े बाबू का लड़का दीख पड़ा तो शर्मा जी के लड़के ने उसे पुकारकर कहा, 'विनोद, घर चल रहे हो? आओ, चलें।' ...विनोद तेज़ी से उछलकर रिक्शे पर बैठ गया और दोनों पैरों की बोरी पर जमा दिया। शर्मा जी के लड़के ने पैरों को अपने हाथों से खिसकाते हुए कहा, 'अरे यार, शक्कर पर पैर न रखो,' विनोद जल्दी से उछलकर कुछ उठ-सा गया।

अब उसका दिमाग़ सोच की रफ़्तार में हवाओं के भी कान काट रहा था, उसकी बग़ल से एक सफ़ेद कार धीमे से सरक गयी, जिसमें बैठी एक अधेड़ महिला ने कृत्रिम प्रसाधन की वस्तुओं से पुते चेहरे से उड़ी एक मनमोहक खुशबू हवा में तैर गयी, वह थोड़ा-सा पीछे हट गया।

बग़ल के एक रिक्शा पर बैठी एक ख़ूबसूरत युवती चिल्ला रही थी, जिसे दो औरतें अगल-बग़ल में पकड़े बैठी थीं, उनकी वेशभूषा से लगता था कि वे ग़रीबी की रेखा के नीचे साँस लेनेवाली आत्माएँ हैं।

पसीने से लथपथ हाथ-ठेला खींचते हुए उधर से जोखन काका आते दिखायी दिये, ठेला रोका, पेशानी पर उभरे पसीने को हाथ की उँगलियों से पोंछते हुए बोले, 'अब किसी ग़रीब की इज़्ज़त नहीं बचेगी।'

'क्या हुआ, काका?' सब्जीवाले ने पूछा।

'देखा नहीं, पीली कोठीवालों के लड़कों ने मुँहना की जवान लड़की की क्या दुर्गत कर डाली है, वह बेचारी शौच करने गयी थी और उन सालों ने उसके साथ...डॉक्टरी के लिए अस्पताल जा रही है।' काका अपनी बात समाप्त भी नहीं कर पाया था कि चौराहे पर गोली चलने की आवाज़ सुनायी पड़ी, भगदड़ मच गयी, सामने बिजली के खम्भे के नीचे स्थानीय विधायक का ख़ून से लथपथ शरीर ज़िन्दगी की भीख माँग रहा था, क़ातिलों ने मोटर साइकिल को स्टार्ट किया और सूरज की रोशनी में नौ-दो-ग्यारह हो गये...उसकी आँखों के सामने कल की ट्रेन-डकैती और उसके बग़लवाले घर में पड़े डाके का मंज़र नाच गया...उसके घने विचार जैसे अब फूट पड़ना चाहते हैं...जब दिनदहाड़े एक विधायक का यह हश्र है तो आम आदमी की क्या बिसात...? और उसकी नज़रें ज़िन्दगी और मौत से जूझते विधायक जी के ऊपर से हटकर बिजली के खम्भे पर टँगे उस बड़े बोर्ड पर अटक गयी जिस पर उसका चिर-परिचित प्रिय आशाओं की प्रज्वलित दीपशिखा का नारा—'राज अपना है अब' नज़र आया, लेकिन आज उसमें फ़र्क़ लग रहा था, क्योंकि आज़ादी की पहली सुबह की पहली आज़ाद किरन की रोशनी में उसने उसे दूर से भी पढ़ा था तो उसके अक्षर बड़े-बड़े नज़र आये थे, लेकिन आज वही अक्षर उसे एकदम नज़दीक से भी पढ़ने में नहीं आ रहे थे।

●

काले मेघा पानी दे

गाँव के सभी छोटे-बड़े घरों के बच्चे नेकर, जाँघिया, लँगोटी अथवा पायजामा पहने टोली बनाकर गाँव के एकदम किनारे बसे फ़क़ीरा के खपरैल के घर के सामने एकत्रित होते हैं, संवेद स्वरों में आवाज़ फूटती है—'बरसो राम धड़ाके से, बुढ़िया मर गयी फाके से...,' 'काले मेघा पानी दे'....'पानी दे गुड़धानी दे'....'काले मेघा पानी दे'...कहते-कहते सभी एक झटके के साथ सेहन की धूल-भरी धरती पर लोटने लगते हैं, फ़क़ीरा अपने सामने के कुएँ से जिसका जल-स्तर नीचे हो जाने की वजह से अपनी चारपाई की अदवाइन को पानी निकालनेवाली रस्सी में जोड़कर एक बाल्टी पानी लाकर लोटते हुए बच्चों के ऊपर छोड़ता है, बच्चे और ज़ोर-ज़ोर से चिल्लाते हुए ख़ूब लोटते हैं...गाँव के बड़े-बूढ़े चारों ओर खड़े आशाओं को अपने दिल में सँजोये इन बच्चों के काले मेघा के आह्वान को देख-सुन रहे हैं...बूढ़ा अलगू सोच रहा है, वह भी जब बच्चा था तो इसी प्रकार घर-घर जाकर अपने साथियों के साथ काले मेघा को बुलाता था और मलिन बस्ती में जाते-जाते इतनी ज़ोर की बारिश हुई थी कि ताल-तलैया का पेट भर गया था...वह सोच रहा था, आज भी राम ज़रूर धड़ाके से बरसेंगे और गाँव के खेतों की सोंधी मिट्टी महक उठेगी...बच्चे फ़क़ीरा के घर के सामने से उठकर काका के घर के पास आकर लोटने लगते हैं, काका ने पहले से ही हैण्डपम्प से पानी भरकर दो बाल्टियाँ तैयार कर रखी थीं, बच्चों के ऊपर काका तथा काकी ने एक-एक बाल्टी पानी छोड़कर मन-ही-मन ख़ूब प्रसन्न हो रहे थे कि उनकी उम्मीदें पूरी होनेवाली हैं, काकी जल्दी-जल्दी घर के अन्दर गयीं और बच्चों के लिए गुड़ की भेली फोड़कर एक थाली में भरकर लायीं और काका को थमा दिया, काका ने गुड़ का एक-एक टुकड़ा बच्चों को दिया, बच्चे खाते हुए सामने सरपंच के घर जाकर ज़ोर-ज़ोर से अपने नारों को आसमान से टकराने लगे...सरपंच महोदय

टूटी कमानी के चश्मे को ठीक करते हुए, घर से बाहर आये और अपने भाई को आवाज़ दिया—चिनगा, अरे देखता नहीं कौन लोग आये हैं, पानी भरकर मँगावा दस-बीस-बाल्टी, और हाँ बीड़ी भी लाना, बच्चे बड़ी मेहनत कर रहे हैं...भगवान् आज जरूर सुनेगा इनकी, मियाँदीन झट से बोला—जरूर सुनेगा चाचा, पशु-पक्षी तक मरे जा रहे हैं, भयानक सूखा की वजह से।

बच्चे बड़ी देर तक लोटते रहे और 'काले मेघा पानी दे'...'काले मेघा पानी दे' कहते रहे...सरपंच चाचा ने अपने बरामदे में पड़ी चौकी के पास सभी बच्चों को बुलाया लइया-चना, गुड़ खाने को दिया, बग़ल में बीड़ी का बण्डल और माचिस भी रखवा दिया कि जिसके मन में आये पी ले...बच्चे खा-पीकर गाँव के हर घर के दरवाज़े पर लोटते हुए दक्षिणी कोने पर बसी दलित बस्ती में जा घुसे और दूर से ही आवाज़ लगाना शुरू कर दिया...सामनेवाला घर सतई का था, उसने अपनी पत्नी तथा बेटी गीता को पानी लाने को पुकारा, गीता जल्दी-जल्दी कुएँ से पानी भरने लगी और सतई तथा उसकी पत्नी धरती माता की प्यास बुझाने के लिए धूल में लोटते बच्चों के ऊपर छोड़ते रहे...पूरी बस्ती ने बच्चों का इतना स्वागत किया कि दलित बस्ती की गलियों में कीचड़ का-सा दृश्य उपस्थित हो गया...सभी आँखें आसमान की ओर टकटकी लगाये देख रही थीं कि कब किसी कोने से बादल का टुकड़ा उठेगा और गलियों के कीचड़ को बहा ले जायेगा, शाम हो गयी...बच्चों ने अपनी पीठ-पेट, हाथ-पाँव को ज़मीन पर लोट-लोटकर छील डाला लेकिन बेसूद...बच्चे नहाने-धोने चले गये।

शाम को सरपंच चाचा के घर पर बैठक बुलायी गयी और तय किया गया कि आज रात को छोटे-बड़े सभी घरों की स्त्रियाँ इमामबाड़े के बग़लवाले खेतों में निर्वस्त्र होकर हल जोतेंगी...और पानी के देवता इन्द्र भगवान् को प्रसन्न करेंगी...प्रधान चाचा ने कुछ लठैतों का एक जत्था बनाया जो खेतों से दूर मुस्तैदी से इस बात की निगरानी करेगा कि असामाजिक तत्त्वों की नापाक हरकतें अपना सिर न उठा सकें...शाम आयी जिन लोगों के क़दम ड्योढ़ी के बाहर की ज़मीन का कभी स्पर्श तक नहीं किया था, आज खेतों में जाकर महाराज इन्द्र को रिझाने निकल पड़ीं और तेलिया के बाग़ की खाइयों पर लगे सरपत की ओट में निर्वस्त्र होकर बड़ी देर तक हल चलाने का क्रम चलाती रहीं...सरपंच चाचा ने नारियल के हुक्के की निगाली से एक जबरदस्त कश लिया, अँधेरे में चिलम की आग लहक उठी...मुँह से धुआँ बाहर निकालकर सुबराती से बोले—अब हाँक लगाओ कि सब कपड़े पहन लें।

सुबराती ने अपनी आवाज़ में शेर जैसी दहाड़ लगायी, स्त्रियों ने कपड़े पहन लिये और गाती हुई एक झुण्ड में गाँव की ओर चल पड़ीं...लोगों की आँखें रह-रहकर अनायास आसमान की ओर उठ जाया करतीं...आसमान पर कहीं कुछ न पाकर नैराश्य-निमग्न हो जातीं।

सवेरा हुआ, जामे मस्जिद के इमाम साहब ने ऐलान करवाया कि आज 11 बजे सभी मुसलमानों को अज़ान शहीद के बड़े पैमाने में 'नमाज़े इस्तिस्क़ा' पढ़ने चलना है....ख़ुदा से दुआ माँगना है...'अब्रे रहमत' की भीख माँगना है...ग्यारह बजे बूढ़े, जवान, बच्चे नमाज़ पढ़ने के लिए चल पड़े...चिलचिलाती धूप में इमाम साहब ने नमाज़ अदा करायी...सलाम फेरा गया, बड़ी देर तक दुआएँ माँगी गयीं...फिर भी आसमान पर कोई अब्र (बादल) का टुकड़ा नज़र नहीं आया...लगता है दरबारे इलाही में दुआएँ कबूल नहीं की गयीं...आसमान की छाती किसी विधवा की छाती की भाँति सूख गयी है क्या...? कि टोने, टोटके, दुआओं का कोई असर नहीं हो रहा है...।

लोगों ने अभी भी आशाओं के दामन को नहीं छोड़ा था क्योंकि कल से हथिया नक्षत्र शुरू हो रहा था, उन्हें विश्वास था कि हथिया अपना सूँड़ ज़रूर हिलायेगी... और सूँड़ हिलाने का तात्पर्य था कि मूसलाधार वर्षा...जिसे ये लोग 'झापस' लगना कहते हैं...इस नक्षत्र में हफ़्तों सूर्य देवता अपना दर्शन नहीं देते...लोग हफ़्ता का राशन तथा लकड़ी का इन्तज़ाम करके रख लेते हैं...'हथिया नक्षत्र' भी आया और पूँछ दबाकर निकल गया।

अब तो लोग एकदम निराशा की चादर में लिपटे जा रहे थे, लोहरा की गढ़ई जहाँ साल भर पानी से भरा रहता था आज बिलकुल सूख गयी है, उसके पेट की मिट्टियों की दरारों को देखकर लगता है जैसे किसी ने इसके पेट को चीर डाला है...भैंसें इसमें पानी पीती थीं, बड़ी देर तक पानी में घुसकर किलोलें करती थीं, आज वे किनारे खड़ी टुकुर-टुकुर देखकर अपनी आँखों के कोनों में आँसू दबाकर वहाँ से हट जाया करती हैं...खेतों की हालत तो और भी बुरी थी...पूरा-पूरा इलाका जैसे झुलसा दिया गया हो...उन्हें देखकर गाँव के लोग कलेजा पकड़कर बैठ जाते...बहुतों ने तो खेतों की ओर जाना छोड़ दिया...निजी ट्यूबवेल, बिजली तथा डीज़ल के अभाव में बन्द पड़े थे क्योंकि अगर कोटेदार के यहाँ डीज़ल आया भी तो वास्तविक ज़रूरतमन्दों को न मिलकर बिचौलियों के हाथों में जाकर उनकी दायीं हथेली खुजलाया करती थी। सरकारी ट्यूबवेलों का आलम तो और ही निराला था अगर आँखमिचौली करती बिजली कभी आयी तो आपरेटर साहब ग़ायब और यदि आपरेटर साहब के ऊपर गाँववालों ने निगरानी रखकर गदहे के सिर से सींग की तरह ग़ायब नहीं होने दिया तो बिजली महारानी 'मैं मायके चली जाऊँगी' की धमकी को चरितार्थ कर दिया...पशुओं का तो बुरा हाल था...चारा नाम की चीज़ जैसे धरती ने स्वयं अपने विशाल उदर में भर लिया था...बाजरा, बरसीम जो जानवरों के खिलाने के लिए प्रचुर मात्रा में बोयी गयी थी उसे यदि जानवरों को खिला दिया गया तो यमराज को बुलाना नहीं पड़ता था, धीरे-धीरे जानवर गिद्धों का ग्रास बनने लगे, कुछ लोगों ने जानवरों को बेचना चाहा तो लोग मुफ़्त भी लेने को बड़ी मुश्किल से तैयार होते थे, सतई

आज सवेरे ही अपने खेतों की ओर गया और सिर पकड़कर बैठ गया...बड़ी देर तक खेत के मेंड़ पर बैठा रोता रहा...आँसू ज़मीन पर गिरते ही सूख जाते थे, लगता था जैसे धरती माता ने सोच लिया था कि पानी न सही तो आँसुओं से ही प्यास बुझा ली जाये लेकिन शायद वह भूल गयी थी कि ओस चाटने से प्यास नहीं बुझा करती और वे आँसू जो अन्दर से उबाल खाकर निकल रहे हों,...सतई खेत की मिट्टी को अपने माथा से लगाकर उठा और पागलों की तरह कुछ बुदबुदाने के बाद घर की राह नापने लगा...घर आया तो उसकी स्त्री ने बताया—टोला के लोग सवेरेवाली गाड़ी से कानपुर जा रहे हैं।

—का टोला भर के लोग...?

—हाँ।

सतई थोड़ी देर तक किंकर्त्तव्यविमूढ़ खड़ा रहा, करिंगा के घर चिलम पीने चला गया...लौटकर आया तो बैलों को अपने खूँटा से खोलकर झगरू साहू के खूँटे पर बाँध आया, लौटने लगा तो बैलों से बड़ी देर तक लिपट-लिपटकर रोता रहा, भरे क़दम से वह घर पर आया, मिट्टी की जलती हुई ढेबरी उठाकर बग़लवाले कमरे में ले जाकर सामान बाँधने लगा...सामान बाँधते-बाँधते वह थक गया और निढाल होकर एक बँसखटी पर लेट गया...।

सवेरे एकदम तड़के टोला के सभी लोग गाँव छोड़कर चले पड़े...गाँव के सीवान पर सभी थोड़ी देर रुके रहे, फिर धीरे-धीरे एक कारवाँ की तरह चल पडें...सामने मड़हा नदी में धूल उड़ रही थी, यह वही मड़हा नदी है जो आज के दिनों में उफ़ान खाया करती थी, एक अल्हड़ हसीना की भाँति इठलाती-बलखाती हुई लहराती चलती थी और आज लगती थी जैसे क्षय रोग से मरी कोई कान्तिहीन स्त्री पड़ी है, जिसके शरीर को किसी ने दरारों के रूप में चीर डाला है...पूरा क़ाफ़िला नदी के वक्षःस्थल को रौंदता हुआ पार हो गया, जहाँ कभी पाँवों का प्रक्षालन पानी से हुआ करता था आज धूल से हो रहा है, विधाता की कितनी विडम्बना है यह।

कटेहरी को जानेवाली कच्ची सड़क...जिसके भाग्य में शायद जीवनपर्यन्त कुँआरी रहना ही बदा है क्योंकि जितने भी एम.पी., एम.एल.ए. आये अपने चुनावी मौसम में आये...उसके बाद तो कुम्भकरणी निद्रा में सोकर अपने घर के चिराग में तेल डालते रहे, वह भूल गये कि चुनावी मौसम में मड़हा नदी से पहले ख़ाँ साहब के भट्ठा के निकट उनकी जीप फँस गयी थी, गाँववालों ने आकर ट्रैक्टर से खिंचवाया था...उसी सड़क पर धूल उड़ाता क़ाफ़िला चमुर्खा से होता हुआ रामदास साहू के मकान के पास पक्की सड़क पर जा मिला...मल्लू हलवाई की दुकान के सामने लगे हैण्ड पम्प पर पानी पीकर स्टेशन पर पहुँचा, स्टेशन बहुत छोटा था, सहायक स्टेशन मास्टर को गाड़ी के आवागमन के साथ-साथ मालबाबू तथा बुकिंग बाबू, पूछ-ताछ

बाबू सभी का कार्य करना पड़ता था...सतई ने बाबू से पूछा—बाबू गाड़ी का का हाल है...?

—एक घण्टा लेट है।

—एक घण्टा...! उसे बड़ा आश्चर्य हुआ सुनकर कि आज गाड़ी एक घण्टा देर से आयेगी...लेकिन वह बेचारा क्या जाने कि वह तो भाग्यशाली है कि आज एक ही घण्टा देर से आ रही है अन्यथा पाँच-छह घण्टे तो कोई बात नहीं, कभी-कभी तो एक दिन के बाद आया करती है जिसे रेल अधिकारी किसी दूसरी गाड़ी का नाम रखकर 'राइट टाइम' चलाकर रेलवे बोर्ड को अपनी कार्यपरायणता का सबूत देते हैं...गाड़ी आयी, टोला के सभी लोग धक्का-मुक्की के साथ एक ही डिब्बे में चढ़ गये...गाड़ी आगे और भी लेट होती गयी...कहीं लोडिंग के कारण, कहीं सिगनल न मिलने पर तथा कहीं उद्दण्ड लड़कों के हौस पाइप काट देने के कारण...।

सामने कानपुर सेण्ट्रल अपनी आन, बान, शान के साथ नज़र आया। गाड़ी धीरे-धीरे रेंगती हुई प्लेटफार्म पर रुकी, गाँव छोड़कर शहर की बेहतरीन ज़िन्दगी के ख्वाबों को अपने दिल में सँजोये पूरा क़ाफ़िला डिब्बे के पेट से जल्दी-जल्दी बाहर निकलने लगा...प्लेटफ़ार्म पर उतरकर सभी लोगों ने अपने साथियों का नाम ले-लेकर पुकारना शुरू किया कि कहीं कोई रह तो नहीं गया, आवाज़ें सुनकर प्लेटफ़ार्म की भीड़ की आँखें उधर उठकर उन्हें घूरने लगीं, जैसे वह इन्सान नहीं कोई अजूबा है, सब लोगों ने अपने सामानों का जायज़ा लेकर ऊपरी पुल से होकर एक ज़बरदस्त रेले के रूप में बाहर आकर डेरा डाल दिया, इधर-उधर बिखरे ईंटों को जोड़कर चूल्हे बनाये, अपने साथ लाये गोबर के कण्डे तथा लकड़ियाँ जला दीं...क्षुधा-पिपासा मिटाने के लिए।

सवेरा हुआ, भीड़ उनके चारों ओर गिद्धों की तरह मँडराने लगी...भीड़ से आवाज़ गिरी—कैसे आये हो?

—सरकार, सूखा पड़ गया है गाँवन माँ, काम करे ख़ातिर आय हई। करिंगा ने कहा।

—क्या काम करोगे?

—कौनौ काम मिल जाये।

—क्या मजूरी लोगे?

—हम का बतायी साहेब...?

एक खद्दरधारी नेता जी ने कुछ तय किया और अपनी मिल की सफ़ाई करने के लिए कहा, पुरुष लोग चल पड़े, स्त्रियाँ तथा बच्चे वहीं सहमे बैठे रहे....शहर की ऊँची-ऊँची इमारतों को आँखें फाड़-फाड़कर देखते रहते और कुछ मनचले उन्हें घूरते रहते...कई ने एक कदम निकट आकर फब्तियाँ भी कसीं...गीता बाहरवाले नल पर

पानी लेने गयी तो उसके कान भद्दी-भद्दी गाली सुनकर फटने लगे, वह रुआँसी होकर सिकुड़-सिमटकर बैठ गयी, उधर से एक सिपाही आता दिखायी पड़ा तब वह अपनी बाल्टी लेकर वहाँ से चली, लेकिन उसने कनखियों से सिपाही की ओर देखा तो पाया कि वह उसके भरे-पूरे बदन का जायज़ा ले रहा है और थोड़ी दूर-जाकर उसने एक आँख दबाया, गीता जल्दी-जल्दी आगे बढ़ गयी।

शाम को लोग शहर से लौटे, बड़े प्रसन्न थे, खाना खाया और सो गये, अभी सोये ही थे, दो-तीन खाकी वर्दीधारी महोदय ने आकर एकदम सबको खड़बड़ा दिया और पूछताछ करने लगे।

—कहाँ से आये हो...?

—क्या काम करते हो...?

मुसीबत के मारों ने अपनी दुःखभरी कहानी सुनायी लेकिन वे सुनते कम नज़रें ज्यादा फिसला रहे थे, टार्च मार-मार कर...ख़ैर कुछ देर यह काम चला और वे चले गये। सभी लोग निद्रा देवी की गोद में सो गये।

सवेरा हुआ, सभी पुरुष फिर काम पर चले गये, थोड़ी देर के बाद कुछ सफ़ेदपोश लोग कार से आये और औरतों के पास खड़े होकर बोले—तुम्हारे आदमी कहाँ गये...?

—काम पर...

—क्या तुम लोग काम करोगी?

—चुप्पी...

—अगर करना चाहो तो मर्दों से दो रुपये तुम लोगों को ज़्यादा मिलेंगे, बूढ़ी औरतों तथा बच्चों को छोड़कर सभी चल सकते हैं।

—मर्द लोग आय जायें, फिर बताइब, लड़की बोली।

औरतें खुसुर-फुसुर करने लगीं कि हम लोगों को आखिर ये ज्यादा पैसे क्यों दे रहे हैं? क्या हम लोग मर्द से ज्यादा काम कर लेंगे...? वे आपस में बातें कर रही थीं कि एक मेम साहब चश्मा लगाये, बग़ल में बैग डाले रिक्शे से उतरीं और गीता को देखकर पूछा—मेरे यहाँ काम करोगी?

—का काम करै का पड़ी मेम साहब? गीता की माँ ने पूछा।

—बस कुछ नहीं, बच्चों की देखभाल।

—का मिली...?

—जितना तुम माँगो, दूँगी।

—अच्छा एकरे बाप से पूछ लेई, बिहान आयो।

मेम साहबनुमा महिला रिक्शा पर बैठकर चली गयी, मेम साहब जब तक गीता की माँ से बातें करती रहीं, गाँव से आये रिक्शावाले का ख़ून खौलता रहा, वह मेम

साहब को उनके घर पर उतारकर फ़ौरन गीता की माँ के पास भागा आया और बोला—गीता को ऊ डाइन के साथ न भेज्यो, जानाथियों ऊ कौन है?

—कौन है भैया?

—अरे वह, कोठेवाली पतुरिया से भी दुई हाथ आगे है, बड़े-बड़े साहब सूबा आवै हैं ईके इहाँ, जौन लड़की की चाहत है ज़बरदस्ती उठवाय लेत है।

गीता की माँ का माथा ठनक गया, वह रुआँसी हो गयी और गीता की छाया बनकर रहने लगी।

एक कोने से जाना-पहचाना शोर औरतों को सुनायी पड़ा, झुग्गी-झोंपड़ियों के बच्चे नंग-धड़ंग 'काले मेघा पानी दे, पानी दे गुड़धानी दे' कहते सामने आ रहे थे।

इन लोगों को बड़ा मज़ा आ रहा था कि आज फिर अपनी बात कह रहा है कोई। ये लोग देख ही रहे थे कि पश्चिम की ओर से एक बादल का टुकड़ा उठा, देखते-ही-देखते पूरे आसमान पर छा गया, और इतने ज़ोरों की वर्षा होने लगी कि चारों ओर जल मग्न हो गया, शाम को भीगते भागते मर्द लोग भी आये और ख़ुशी से नाच उठे...आपस में सलाह-मशविरा करके सब लोग टिकट लेकर प्लेटफ़ार्म पर आ गये, गाँव जाने की ख़ुशी में उनकी आँखों के सामने उनके हरे-भरे खेत लहलहाने लगे लेकिन इनमें यदि किसी को अपार ख़ुशी थी तो गीता तथा उसकी माँ को थी।

●

पीढ़ियाँ

कुर्सी के बग़ल में रखी छड़ी को उसने काँपते हाथों से टटोलकर उठा लिया और सामने दीवार पर टँगे कैलेण्डर की ओर निहारते हुए कुर्सी के हत्थे पर बायें हाथ का सहारा लेकर खड़ा हो गया और वज़नदार क़दमों से आगे बढ़ने लगा... कैलेण्डर के नज़दीक पहुँचकर उसने छड़ी को दीवार के सहारे टिका दिया और नाक की नोक पर सरक आये चश्मे को ठीक किया और कैलेण्डर के फड़फड़ाते पन्नों को दाहिने हाथ की उँगलियों से दबाकर पाँचेक इंच दूरी से तारीख़ों पर नज़रें फिसलाते हुए एक तारीख़ पर नज़रें गड़ा दीं...। आज तीस तारीख़ हो गयी। हक़ीक़त उसके सामने बेपरदा थी लेकिन वह इस सच्चाई का एहसास करके आन्तरिक पीड़ा को दबाने में अपने-आपको असमर्थ पा रहा था, क्योंकि सच्चाई उसके मन तथा मस्तिष्क से चिपकी हुई थी वरना आज के दौर में तो सच्चाई का गला घोंटकर ज़िन्दगी के हर मोड़ पर फेंक दिया जाता है जिसे हर तबक़े का इन्सानी गिद्ध उसे मन अथवा मजबूरी से नोच-नोचकर खाता है। उसने आँखों को मुलमुलाने के बाद एक बार फिर उस तारीख़ को बड़े ग़ौर से देखा शायद इस प्रक्रिया से उसकी आँखों के कोयों में पानी उतर आया था, उसने चश्मा उतार लिया और कुर्ते के दामन को आँखों पर फेरने के बाद चश्मे के शीशों पर फेंरने लगा... चश्मा को दोनों हाथों से आँखों पर फिट करने के बाद अब काफी नज़दीक से पहली तारीख की ओर से पढ़ना आरम्भ किया और प्रश्नगत तारीख़ पर फिर उसकी आँखें टिक गयीं...उसने बड़े जोर की उसाँस लिया और गर्दन को बायीं ओर मोड़कर कुछ सोचते हुए पहली तारीख़ पर स्थिर कर दिया...वह तो पहली तारीख़ को ही भोपाल गया था, जाते वक़्त कितनी बार ताक़ीद कर दिया था कि पहुँचते ही ख़त लिखना...पहुँचते ही ख़त लिख सके, इसीलिए छोटे

लड़के से कहकर एक दर्जन लिफ़ाफे भी मँगाकर उसके ब्रीफ़केस में डलवा दिया था कि भोपाल पहुँचने पर पहले तो उसे अपने आफ़िस जाना होगा नियुक्ति-पत्र आदि देने, फिर डाकघर आदि का पता करेगा, इसमें एकाध दिन तो लग ही सकते हैं.. .इन सब भूलभुलैयों से उसे न गुज़रना पड़े, इसीलिए तो उसने लिफ़ाफे का इन्तज़ाम कर दिया था लेकिन...वह छड़ी की मुठिया को दाहिने हाथ की उँगलियों की गिरफ़्त में लेकर धीरे-धीरे पीछे मुड़कर बरामदे में पड़ी अपनी ही तरह टूटी हुई कुर्सी की ओर बढ़ने लगा और अपने अन्दर शिद्दत की हद तक उठे एहसासों के साथ कुर्सी में समा गया...छड़ी को कुर्सी के हत्थे से टिकाना चाहता था लेकिन वह ज़मीन पर गिर पड़ी। उसके ज़ेहन में बेजान शब्द कौंध गया, जाने छड़ी के लिए अथवा अपने लिये...कुर्सी पर जिस तरह से वह लुढ़का, छत की ओर देख रहा था, उससे लगता था कि बेजान शब्द उसने अपने लिये ही सोचा होगा। किसी के पदचापों से वह सँभलकर बैठ गया और देखने लगा कि विचारों के ठहरे हुए झील के पानी में पदचापों का पत्थर किसने फेंक दिया, उसने देखने के लिए गर्दन घुमाया ही था कि उसके एहसासों में घुली-मिली चिर-परिचित आवाज़ आ गिरी—अभी आप यहीं बैठे हैं, मैं तो समझ रही थी कि आप डाकख़ाने से लौट रहे होंगे, आवाज़ में शिद्दत की जिज्ञासा थी।

—क्या दस बज गया...?

—दस से ऊपर हो गया।

—वक़्त का पता ही नहीं चलता, आज तो और भी नहीं पता चला।

—मेरी छड़ी ज़रा उठा दो दूर छटक गयी है।

—आज ख़त ज़रूर आयेगा, माँ का दिल कह रहा था।

—इसी आशा के साथ तो रोज़ जाता हूँ लेकिन जाने क्यों निराशा ही हाथ लगती है, ऊपर से डाकिया के शब्द 'बाबू जी आप बेकार रोज़-रोज़ परेशान होते हैं, ख़त आते ही मैं पहुँचा दूँगा' सुनकर बड़ा गुस्सा आ जाता है कि ऐसा वह क्यों कहता है।

—आप पर तरस खाकर हमदर्दी जताता है वह तो बेचारा कि कितनी परेशानियों के साथ आप सड़क पार करके डाकख़ाना पहुँचते हैं... जब तक आप लौटते नहीं, मैं आपकी राह निहारती रहती हूँ, कई बार तो सोचा कि कह दूँ कि न जाइये लेकिन जाने क्यों नहीं कह पाती।

—तुम्हारा मन भी तो हरदम वही सोचा करता है जो मैं सोचता हूँ।

—अच्छा अब चलूँ।

—सँभालकर जाइयेगा।

वह धीरे-धीरे बरामदे से उतरकर सड़क पर आ गया। उसके सड़क पर आते ही एक लड़का अपनी हीरो हाण्डा को हवाओं के भी कान काटते हुए इतनी तेज़ी से चलाते हुए बग़ल से गुज़रा कि उसे लगा जैसे उसके ऊपर से हीरो हाण्डा गुज़र गयी हो। वह अवाक् वहीं खड़ा रहा...यह समझने में उसे कुछ नहीं हुआ है, कुछ समय लग गया...जब वह एकदम निश्चिन्त हो गया तो धीरे-धीरे छड़ी को ज़मीन पर पटकते हुए सड़क को पार किया...सामने थोड़ी दूर पर डाकख़ाना नज़र आ रहा था...लम्बे-लम्बे क़दम बढ़ाता वह डाकख़ाने के पास पहुँच गया...उसके क़दम ऐसे पड़ रहे थे जैसे बूढ़े नहीं जवान, क़दम पड़ रहे हों...।

उसने पता करना चाहा कि उसके मोहल्ले का डाकिया प्यारेलाल चला तो नहीं गया क्योंकि आज उसे आने में कुछ देर हो गयी थी...वैसे वह नौ बजे से आकर वहाँ इसी वजह से डट जाता था कि डाकिया अगर निकल जाता है तो फिर उसके मुहल्ले में दो बजे तक पहुँच पाता है...और वह उस सुख को दस बजे ही पा लेना चाहता था...दो बजे तक इन्तज़ार करना उसे भरत के इन्तज़ार से भी ज़्यादा लगता था।

—क्यों भैया प्यारेलाल हैं न...? उसने डाकख़ाने के एक कर्मचारी से इस अन्दाज़ से पूछा कि वह कह दे कि 'हैं'।

—हाँ, वह सामने गेट पर खड़े हैं, जाने ही वाले हैं।

एक झटके में वह सामने गेट पर पहुँच गया, बला की शक्ति आ गयी थी उसमें।

—भैया प्यारेलाल...!

—बाबू जी, आपकी तपस्या का फल मिल गया...आज एक ख़त है आपके नाम, वैसे आपने बेकार कष्ट किया, मैं तो ला ही रहा था और उसने ख़त के पुलिन्दे से वह ख़त ढूँढ़ते हुए बग़ल खड़े दूसरे डाकिया से कहा कि यह बाबू जी एक महीना से लगातार दौड़कर डाकख़ाना आते हैं अपने लड़के के ख़त के इन्तज़ार में और निराशा लिये लौट जाया करते हैं, आज शायद इनकी तपस्या का फल मिल गया है और वह ख़त हाथ में आते ही बोला, लीजिये बाबू जी।

उसने ख़त को अपने हाथों में ले लिया...उसे जैसे दुनिया की सबसे बड़ी दौलत मिल गयी हो...अब उसे कुछ नहीं चाहिए, मन के सागर में खुशियों की लहरों से अठखेलियाँ खेलता हुआ जल्द-ही-जल्द घर की दहलीज़ का स्पर्श कर लेना चाहता है...पहले तो उसने सोचा कि ख़त का पेट चाक करके उसमें भरे अमृत का पान कर लूँ तब चलूँ...फिर विचारों के अविरल गति से दौड़ते घोड़े की लगाम उसके हाथ में

आ गयी....क्यों न, घर चलकर दोनों एक साथ अमृतपान करें क्योंकि वह भी तो व्याकुल होंगी इसके लिए। दूर सड़क के छोर को पलकों की नोक से बुहार रही होंगी। कितनी जल्दी वह घर पहुँच गया, समय का आभास ही नहीं हुआ। दूर ही से उसने ख़त को हाथ में लेकर हवा में लहराया और बरामदे में आकर खुशियों से नाचने जैसे लगा।

—मैंने कहा था न, आज ख़त ज़रूर आयेगा, माँ का अटूट विश्वास बोल रहा था।

—क्या लिखा है...?

—खोलने का समय ही कहाँ मिला अभी, कहते हुए उसने अन्तरदेशीय लिफ़ाफ़े के मुँह में उँगली डालकर मुड़े हुए स्थान को फाड़कर ख़त को जल्दी-जल्दी खोलने लगा और मशीनी अन्दाज़ में मन-ही-मन पढ़ने लगा।

—क्या लिखा है...? ज़ोर-ज़ोर से पढ़ो न...!

—लिखा है बड़ा व्यस्त रहता हूँ, ख़त का इन्तज़ार न किया करें।

—'ख़त का इन्तज़ार न किया करें' सुनकर जैसे उसे करण्ट लग गया हो, उसे कुछ याद आने लगा—कोलकाता से जब कभी मैं घर पर आता था तो मोहल्ले-टोले के लोग तथा माँ बताया करती थी कि तुम्हारे जाने के बाद से ही तुम्हारे बाबू जी बेचैन हो जाया करते हैं...तुम्हारे ख़त के इन्तज़ार में डाकिया की बाट जोहा करते हैं। दून एक्सप्रेस के आने के काफ़ी समय पहले खिड़की खोलकर रेलवे लाइन की ओर देखते रहते हैं...एक्सप्रेस जब आती हुई देख पड़ती है तो उन्हें लगता है जैसे इस गाड़ी से तुम ज़रूर आओगे....खिड़की बन्द करके बाहरवाले दरवाज़े को पार करके चबूतरे पर खड़े होकर स्टेशन की ओर से आनेवाली पगडण्डी को निहारा करते हैं जब बड़ी देर तक तुम्हारी शक्ल के अतिरिक्त बहुत-सी शक्लें गुज़र चुकतीं और पगडण्डी निर्जन वासी तपस्वी की तपस्या बन जाती तो वह पहाड़-सा बोझ सिर पर लादे बाहरवाला दरवाज़ा बन्द करके कमरे में आकर लेट जाते। हवा का हर झोंका जब किवाड़ पर आदतन दस्तक देता तो वह उठकर बैठ जाया करते, उन्हें लगता जैसे तुमने दरवाज़ा धीरे से ढकेलना चाहा है...और तब यहाँ भी वह कुँआरी नदी की इच्छा बन जाते थे, मुझसे बतियाने का जी करने लगता उनका—अभी तक कोई ख़त नहीं भेजा उसने, यहाँ से जाकर भूल जाता है।

—वह क्या भूल जाता है, भूल तो आप खुद जाते हैं, अभी कल ही तो गया है वह।

—लेकिन मुझे लगता है जैसे कई महीना हो गया उसको गये हुए, सवेरे जब

सोकर उठा तो बार-बार उसी के बारे में सोचता रहा जाने क्यों?

—बाबू जी भी क्या आदमी हैं?

—क्या...? जब तू भी बाबू जी की तरह बूढ़ा हो जायेगा तब तुझे मालूम होगा कि औलाद क्या होती है। हर बूढ़ी आँखों की रोशनी की सबसे बड़ी चाहत होती है औलाद की नज़दीकियाँ...सान्निध्य।

'औलाद क्या होती है' सचमुच आज वह बड़ी शिद्दत के साथ इसे महसूस कर रहा था, उसके दिल व दिमाग़ के स्मृति-पटल पर ख़त की इबारत के शब्दचित्र बार-बार उभर रहे थे...। मैं भी तो अपने बूढ़े बाप को यही लिखा करता था, उसे लग रहा था जैसे उसके सामने मेज़ पर रखा ख़त, उसके बेटे का नहीं, बल्कि उसका खुद का है, जो उसने अपने बूढ़े बाप को लिखा है...।

●

सौदा

सिर पर चरी तथा बरसीम का बोझ लादे, पसीने से तर-बतर जोधासिंह ने बरामदे के पश्चिमी कोने में रखी चारा काटने की मशीन के निकट बोझ को सिर से उतारकर ज़मीन पर फेंका ही था कि बरामदे में बने ताक पर बैठे जंगली कबूतरों का जोड़ा फड़फड़ाकर उड़ गया, जो अभी कुछ देर पहले गुटरगूँ-गुटरगूँ कर रहा था।

बोझ पटकने की आवाज़ सुनकर बरामदे के सामनेवाले नीम के पेड़ के पास छप्पर के नीचे बँधी श्यामा गाय उठकर रँभाने लगी, हों...ों...ों...हों...ों...ों हुंकारने लगी।

जोधा सिंह स्थानीय रामबली कॉलेज में साइन्स पढ़ाते हैं, वैज्ञानिक ढंग से उन्नतिशील खेती करने के लिए पूरे इलाक़े में जाने जाते हैं, अन्न की खेती के साथ-साथ वह विगत पाँच वर्षों से फूलों की खेती कर रहे हैं, 'सीमैप' लखनऊ के संस्थापक निदेशक डॉ. अख़्तर हुसैन तथा पूर्व निदेशक डॉ. खनूजा की प्रेरणा से अश्वगन्धा, ख़स, मेन्था, सर्पगन्धा, सतावर, तुलसी, नींबू, घास, मिल्क थिसिल तथा सफ़ेद मूसली की खेती करना भी प्रारम्भ कर दिया है।

खेती-किसानी करने में उन्हें गाँव के शिक्षित नवयुवकों की तरह बेइज़्ज़ती का नहीं बल्कि गर्व का एहसास होता है, जब वह खेतों में काम करते हैं तब अध्यापक के बजाय 'होरी' तथा 'गोबर' बन जाते हैं, उन्होंने अपने इकलौते पुत्र राजू को लाख समझाया कि वह भी खेती से जुड़े और उनके साथ गाँव में रहकर खेती करने में उनका हाथ बँटाये, अगर खेती ठीक से की जाय तो नौकरी में क्या रखा है, उन्होंने राजू को समझाने की भरसक कोशिश किया लेकिन राजू स्नातक की डिग्री लेने के बाद अपने

दोस्तों के साथ दिल्ली में नौकरी करने चला गया, जिसका उन्हें आज भी बेहद अफ़सोस है।

जोधासिंह ने सिर पर मुरेठा के रूप में बाँधें अँगोछा को उतारा और खोलकर, झटककर, सीधा करके चेहरे पर छलछला आये पसीने की बूँदों को पोंछते हुए लगातार हुंकार भरते श्यामा से मुख़ातिब हुए...तुम्हारे लिये ही तो इस चिलचिलाती धूप में हरा चारा लेने गया था। थोड़ा देर और धीरज रखो, अभी मशीन से काटकर देता हूँ।

बोझ पटकने की आवाज़ सुनकर उनकी धर्मपत्नी सावित्री देवी छोटी-सी गोल डलिया में गुड़ तथा पानी से भरा लोटा लिये घर के अन्दर से चौखट लाँघती हुई बोली...किससे बड़े प्रेम से बात कर रहे हो...?

—तुम्हारी जान से, जिसे तुम अपने मैके से लायी हो।

—श्यामा से...? अच्छा घाम से आये हो थोड़ा जुड़ाने के बाद पहले पानी पी लीजिये, फिर हरा चारा काटियेगा, पसीना-पसीना हो रहे हैं, आज सूरज से जैसे आग बरस रही है, कल मौसम अच्छा था, बादल था, पुरवाई चल रही थी, जिससे मौसम ठण्डा था।

—ठण्डा मौसम होने की वजह से ही तो कल खेतों के कोनों पर मेंड़ों के किनारे की दूब घास जो हल अथवा ट्रैक्टर की जोतायी के बाद भी रह जाया करती है, को निकालने में लेशमात्र भी पसीना नहीं निकला था, बड़ा मज़ा आ रहा था, आज की तरह चिलचिलाती धूप न होने के कारण बड़ी जल्दी काम ख़त्म हो गया था।

काँस तथा मूँज से बनी रंग-बिरंगी गोल सुन्दर डलिया को जोधासिंह की ओर बढ़ाते हुए सावित्री बोली—लीजिये गुड़...अब तो पसीना सूख गया होगा...?

जोधासिंह ने डलिया में से छोटे-छोटे गुड़ के टुकड़े एक ही बार में उठा लिया और एक के बाद एक टुकड़ा मुँह में डालकर दाहिने जबड़े के दाँतों से धीरे-धीरे दबाकर चुलबुलाने के बाद निगल गये। निगलने के बाद ज़बान को मुँह के अन्दर चारों ओर फेरने के बाद अपनी पत्नी के हाथ से पानी से भरा लोटा लेकर चुल्लू पीने लगे, जोधासिंह चुल्लू पानी पीने में ऐसे माहिर थे कि एक बूँद भी पानी ज़मीन पर नहीं गिर सकता था।

—बड़ा ठण्डा पानी है, इण्डिया मार्क-2 का तो है नहीं। एक लम्बी डकार लेने के बाद जोधासिंह अँगोछा से मुँह पोंछते हुए बोले।

—लालावाली कुइयाँ से लायी हूँ। जिसका ठण्डा पानी पूरे जवार में मशहूर है, अपने सामनेवाले पुश्तैनी कुआँ का पानी भी तो ठण्डा होता है लेकिन रात में उसका पानी काफ़ी नीचे सरक गया, चारपाई की अदवाइन भी खोलकर उबहन में जोड़ने के

लिए ले गयी थी लेकिन उस पर भी उबहन छोटी पड़ गयी, बाल्टी पानी तक नहीं पहुँची कुएँ के पानी से एक हाथ ऊपर ही झूलती रही।

—लाला जी की रस्सी तो काफ़ी लम्बी रही होगी, जिसे अभी परसों ही तो तिवारी जी के गणपति स्टोर से लेकर आये हैं, कह रहे थे, पहलेवाली रस्सी में कई, जगह से टूटने के कारण, गाँठें पड़ गयी थीं और गाँठ के खुलने से बाल्टी तथा घड़ा आदि के कुइयाँ में गिरने की आशंका बनी रहती थी...यदि कुआँ में बाल्टी, लोटा तथा घड़ा गिर जाता है तो उन्हें चैतू महरा रस्सी के सहारे कुआँ में उतरकर डुबकी लगाकर हाथ-पैर को चारों तरफ़ मारते हुए निकाल देते हैं, लेकिन कुइयाँ में गिरने पर कुइयाँ के सँकरी होने के कारण हाथ-पैर मारने की जगह ही नहीं मिलती है, मजबूर होकर काँटा से निकालने का सहारा रह जाता है, काँटा में बरतन का मुँह फँस गया तब तो ठीक वरना बरतन उसी कुइयाँ का होकर रह जाता है।

—राजू के विवाह में मिला बड़ावाला अपना पीतल का घड़ा कहाँ मिला था... कुइयाँ में गिरने के बाद...? घड़ा का मुँह छोटा था चैतू बेचारा बड़ी देर तक काँटा डालकर रस्सी को घुमा-घुमाकर टटोलता रहा, लेकिन बेसूद सावित्री बोली।

—कोनेवाले इण्डिया मार्क-2 का पानी भी तो ठण्डा होता है।

—वह तो साल भर से ख़राब पड़ा है।

—जानता हूँ, सरकारी है न...?

हरा चारा देखने के बाद से श्यामा से रहा नहीं जा रहा था। उसके धैर्य का बाँध टूटने ही वाला था क्योंकि वह खूँटे से बँधे अपने पगहा (रस्सी) को खींचकर बार-बार तोड़ने का प्रयास कर रही थी, लेकिन प्लास्टिक की रस्सी होने के कारण हर बार नाकाम रह जाती थी, जोधासिंह तथा सावित्री को बातों में मशग़ूल देखकर श्यामा ने उनकी ओर मुँह करके एक बार फिर हुंकार लगाया हों...ों...ों...हों...ों...ों जोधा सिंह बोले—लगता है श्यामा बहुत भूखी है।

—गाभिन है न ...? ऐसी दशा में जानवर कुछ ज़्यादा खाने लगते हैं, सावित्री बोलीं।

—जानवर ही क्यों...? राजू जब पेट में था तब तुमको भी तो ख़ूब भूख लगती थी, छुप-छुपकर खाती रहती थीं, साथ में चूल्हे की जली मिट्टी तथा खटाई भी।

—हटो जी...अरे...! मैं तो भूल ही जा रही थी कि डी.एम. साहब ने फिर आज लेखपाल को भेजा था प्रधान जी लेकर आये थे, कह रहे थे मुँह माँगा दाम देशी-विदेशी कम्पनियाँ देने को तैयार हैं, यहाँ वे कोई प्लाण्ट लगाना चाहते हैं, आपके खेतों के अगल-बग़ल के किसान आपके ऊपर डाल दिये हैं, कि अगर ठाकुर साहब अपने खेतों को बेचते हैं तो हम भी बेच देंगे, वरना नहीं...अच्छा पैसा मिल जायेगा आप ठाकुर साहब को क्यों नहीं समझाती है...? सावित्री ने विस्तार से बताया।

—कह देतीं कि हम किसी दशा में अपने खेतों को नहीं बेच सकते, खेत किसान के लिए उनकी औलाद के समान होते हैं, बिरले ही अपनी औलाद को बेचते हैं, वह भी विवशताओं के चंगुल में फँसकर, हमारे उपजाऊ खेतों की धरती हमारी हर ज़रूरत को पूरा करती है, पैसा तो हाथ की मैल है, कितने दिन तक हाथ में रहेगा...? धीरे-धीरे खिसक जायेगा, और हमारे सोना जैसे खेत पीढ़ी-दर-पीढ़ी तक सदा सोना ही उगलते रहेंगे, आनेवाली नस्लों की ज़रूरतों को पूरा करते रहेंगे..... जोधासिंह आत्मिक रूप से बोले।

हाथ से इशारा करती हुई सावित्री बोली...वह देखिये प्रधान जी लेखपाल के साथ फिर आ रहे हैं, ठाकुर साहब चारा काटने की मशीन चलाते-चलाते सिर घुमाकर देखने लगे।

—ठाकुर साहब नमस्कार, प्रधान जी तथा लेखपाल ने हाथ जोड़कर नमस्कार किया।

—नमस्कार...ठाकुर साहब चारा काटने की मशीन के हैण्डिल को घुमाना बन्द करके बरामदे के दूसरे छोर पर पड़ी चारपाइयों की ओर जाकर बैठने का संकेत किया, वह लोग चारपाई में जाकर बैठ गये, ठाकुर साहब भी ख़रामा-ख़रामा अँगोछे से हाथ-मुँह पोंछते हुए उनके पास जाकर बैठ गये।

—ठाकुर साहब, डी.एम. साहब ने आज फिर लेखपाल को आपके पास भेजा है, उन पर मन्त्री जी का बड़ा दबाव है, वह आपके पास खुद आनेवाले थे लेकिन मुख्यमन्त्री जी का अचानक प्रोग्राम बन गया, जिससे नहीं आ पाये, मुख्यमन्त्री जी बड़े कड़क, महत्त्वाकांक्षी हैं, खड़े-खड़े अधिकारियों की इज़्ज़त उतार लेते हैं, अधिकारियों की रूह फ़ना रहती है उनसे, अधिकारियों का ट्रान्सफर रोज़ करते रहते हैं चाहे उसे अभी आये हुए जुमा-जुमा आठ ही दिन क्यों न हुआ हो...? यही कारण है कि डी.एम. साहब का यहाँ आने का पूर्व कार्यक्रम होते हुए भी वह नहीं आ सके। आँकड़े जुटाने में लगे हैं, किसी भी आँकड़ें गें लेशमात्र भी त्रुटि मिली नहीं कि अधिकारी महोदय की इज़्ज़त सरेआम नीलामी के साथ-साथ उस ज़िले से पत्ता साफ।

—प्रधान जी, मैंने तो आपको उसी दिन ही बता दिया था किसी दशा में, किसी भी देशी-विदेशी कम्पनी के हाथों अपने खेतों का सौदा नहीं करूँगा, जोधासिंह बोले।

—लेकिन ठाकुर साहब सरकार तो चाहती है कि यहाँ बाटलिंग-प्लाण्ट लगाये जायें, कम्पनीवालों ने आपके तथा उसके आस-पास के खेतों को चिह्नित किया है, लेखपाल साहब तथा प्रधान जी के स्वर फूटे।

--कितनी बड़ी त्रासदी है कि उपजाऊ भूमि पर जहाँ भरपूर अनाज हो रहा हो वहाँ बाटलिंग-प्लाण्ट लगाने तथा एक्सप्रेसवे बनाने के लिए किसानों की हितैषी

कहलाने का दम भरनेवाली प्रजातान्त्रिक सरकार भी सहमत है, प्रधान जी उस दिन आप भी तो थे जब पर्यावरणविद्, भूवैज्ञानिक डॉ. सिद्धान्त पाण्डे ने किसानों की विशाल रैली को सम्बोधित करते हुए कहा था—पृथ्वी के नीचे का जल-स्तर नीचे खिसकता जा रहा है, अब आप लोग अपने-अपने खेतों में हर जगह व्यक्तिगत ट्यूबवेल बोर करके पृथ्वी के नीचे के जल का दोहन बन्द कर दें सामूहिक ट्यूबवेल से काम चलायें, सुना है कोई विदेशी कम्पनी यहाँ बोतल-बन्द पानी तथा शीतल-पेय का प्लाण्ट लगाने का प्रयास कर रहीं है, यदि प्रश्नगत प्लाण्ट इस क्षेत्र में लगाये गये तो कालान्तर में यहाँ के लोग एक-एक बूँद पानी के लिए तरस जायेंगे, चौबीसों घण्टे प्लाण्ट के चलने से पृथ्वी के नीचे के पानी का इतना अधिक दोहन हो जायेगा कि जल-स्तर बड़ी तेज़ी से नीचे खिसक जायेगा, पृथ्वी के गर्भ के जलाशय सूख जायेंगे, इस क्षेत्र की उपजाऊ भूमि बंजर में बदल जायेगी, मैंने तो सरकार को भी प्रश्नगत ज़मीन को न देने के लिए लिखा है, जोधासिंह ने स्मरण दिलाया।

—जी हाँ ठाकुर साहब, उस दिन मैं उस सभा में उपस्थित था, लेकिन...

—प्रधान जी, इस भयानक परिदृश्य की कल्पनामात्र से आत्मा काँप उठती है कि सरकार हमारे हरे-भरे खेत हमसे लेकर देशी-विदेशी कम्पनियों के हाथों सौंपना चाहती है, अगर सरकार देशी-विदेशी कम्पनियों को भूमि देना ही चाहती है विकास के नाम पर, तो राघवपुर की हज़ारों एकड़ बंजर-भूमि को क्यों नहीं देती है...?

—इच्छुक कम्पनियों का कहना है कि वहाँ आवागमन का कोई साधन नहीं हैं, आंचलिक तथा बीहड़ इलाक़ा है, और यहाँ कम्पनी इसलिए लगाना चाहती है कि ये स्थान राष्ट्रीय राजमार्ग के एकदम किनारे स्थित है, कच्चे तथा पक्के माल के आवागमन में बड़ी सुविधा रहेगी, कम ख़र्च आयेगा, प्रधानों की मीटिंग के दिन डी.एम. साहब बता रहे थे आपके ज़मीन न देने से बहुत बुरा असर पड़ रहा है, किसानों का एक बड़ा वर्ग विरोध में सिर उठाने लगा है, कह रहे थे मेरी बड़ी किरकिरी हो रही है, मुख्यमन्त्री जी का शंकर की भाँति तीसरा नेत्र कहीं मेरी ओर न खुल जाये, प्रधान जी बड़ी मायूसी से बोले।

—प्रधान जी, किसानों का सिर उठाना स्वाभाविक है क्योंकि अब किसान पहले जैसा किसान नहीं रहा जो गुलामों जैसी ज़िन्दगी जीता था, अब उसमें जागृति आयी है, वह अपना अच्छा-बुरा खुद समझने लगा है, प्रधान जी, आपको तो सबसे पहले विरोध का परचम लहराना चाहिए था, लेकिन लगता है आप भी...?

—ठाकुर साहब, क्या मैं डी.एम. तथा सरकार से बड़ा हूँ...? उनके आगे हमारी क्या औकात है...? क्या बिसात है...? किस खेत की मूली हूँ मैं...?

—प्रधान जी, आप भी तो किसान हैं और किसान होना ही आपकी बहुत बड़ी औक़ात है, ताक़त है, यहाँ का किसान आज संगठित हो चुका है आप सामने आइये तो ...? सरकार तथा डी.एम. के साथ आप पर भी कम्पनियों से मिलीभगत की जो उँगलियाँ उठ रही हैं वे स्वतः ही गिर जायेंगी, किसानों का नेतृत्व करने से आपका क़द काफ़ी ऊँचा हो जायेगा, जोधासिंह ने दृढ़ निश्चय के साथ कहा।

—ठाकुर साहब, अपने गाँव का रास्ता नन्दी ग्राम की ओर न मोड़िये, प्रधान जी मिमियाते हुए बोले।

—रास्ते मोड़े नहीं जाते परिस्थितियाँ खुद मोड़ देती हैं।

—अगर सरकार नहीं मानी तो कुछ भी हो सकता है, सरकार के सौ हाथ होते हैं।

—क्या आपका इशारा उस नन्दी ग्राम की ओर है जहाँ लोकतन्त्र तथा इन्सानियत शर्मसार हो चुकी है और जहाँ तक सरकार के सौ हाथ होने की बात है प्रधान जी, किसानों के हाथों की शक्ति को आप कम मत आँकिये, किसान-आन्दोलनों ने तो अंग्रेजी-शासन को धूल चटा दी थी, और यह सरकार तो किसानों की मसीहा कहलाने का दम भरती है तथा सबसे बड़ी हितैषी का बिल्ला तथा झण्डा लगाये फिरती है, जोधा सिंह का स्वर उभरा।

—लेकिन ठाकुर साहब, आप ऐसा क्यों नहीं सोचते हैं कि प्लाण्ट लगने से इस क्षेत्र में रोज़गार के अवसर बढ़ेंगे, बेरोज़गारों को नौकरियों का अवसर मिलेगा, इस क्षेत्र का विकास होगा।

—प्रधान जी, विकास नहीं विनाश होगा, इन हरे-भरे खेतों का विनाश करके, आपने तो हमारी ससुराल के गाँव 'गजरा' को तो तबाह होते देखा है न...? जहाँ बहुराष्ट्रीय कम्पनियों ने किसानों को सब्ज़-बाग़ दिखाकर उनके हरे-भरे खेतों पर डाका डालकर उन्हें दाने-दाने का मोहताज बना दिया, बाटलिंग प्लाण्ट लगाने के बाद 25 हार्स पॉवर की मशीन लगाकर भूगर्भीय जल का ऐसा दोहन किया कि गाँव की बोरिंग, कुएँ तथा तालाब सूख गये, नदियाँ सिकुड़कर नाला बन गयीं, क्योंकि जल-स्तर 40-50 फीट नीचे चला गया, पृथ्वी के नीचे लहरें मारते जलाशय सूखते चले गये, आस-पास के खेत बंजर में परिवर्तित होने लगे, कुछ बचे-खुचे खेतों पर अगर किसान खेती करना भी चाहता था तो कर नहीं सकता था, इण्डिया मार्क-2 हैण्ड पम्पों की जान तो पहले ही निकल चुकी थी, उन्होंने पानी देना बन्द कर दिया था, आज गाँव की स्त्रियाँ एकदम तड़के उठकर 5 किलोमीटर दूर दिलावलपुर से पानी लाती हैं, इससे भी पूरा न होने पर उस गाँव में शहर से टैंकर में पानी लाकर लोग

बेचते हैं और अगर यदि यही हाल रहा तो वह दिन दूर नहीं जब हमें बोतलबन्द पानी खरीदकर नहाना पड़ेगा, आखिर कम्पनियाँ अपने देश से पानी क्यों नहीं लाती हैं...? अभी तक गाँव में ज़मीन-जायदाद, अगवारे-पिछवाड़े, खूँटें तथा रास्तों के लिए झगड़े होते हैं, वह दिन दूर नहीं जब पानी के लिए एक-दूसरे के सिर फूटेंगे हत्याएँ होंगी।

खेतों के बंजर होने के कारण गाँव के नामी-गिरामी काश्तकार भी विकास नगर के 'लेबर-अड्डा' पर देखे जा सकते हैं, क्या वही सब यहाँ भी कराना चाहते हैं..? किसानों को बहुराष्ट्रीय देशी-विदेशी कम्पनियों का गुलाम बनाना चाहते हैं...? ठाकुर साहब मैं देशी-विदेशी कम्पनियों का विरोधी नहीं हूँ, यहाँ ख़ूब बहुतायत से उद्योग लगाये जायें लेकिन खेती योग्य भूमि पर नहीं...बल्कि बंजर ज़मीन पर जो यहाँ बहुतायत से उपलब्ध है। जोधासिंह के अन्दर का किसान बोल रहा था।

—ठाकुर साहब, आपकी बातों में दम तो है लेकिन मेरी विवशता...प्रधान जी घिघियाये।

—प्रधान जी, विवशता को उतार फेंकिये...अभी पिछले इतवार को ही वैज्ञानिक तथा समाजसेवी सन्दीप पाण्डेय जी का अख़बार में वक्तव्य छपा था....भूख-प्यास से दम तोड़ते किसानों की लाशों पर राजनीति करनेवाले जब एयर कण्डीशन कमरों में बैठकर पेप्सी, कोका तथा बोतलबन्द पानी पी-पीकर किसानों के हितों की योजना बनायेंगे तो ऐसी योजनाएँ कितनी फलीभूत होंगी इसका अन्दाजा लगाना मुश्किल नहीं है, प्रधान जी, पिपरा गाँव के किसान कितने ख़ुशहाल थे, अपने खेतों की हरियाली देखकर उनके सीने गजभर हो जाया करते थे, लेकिन कुछ किसान लालच में आकर अपने ज़मीनें बोतलबन्द पानी के प्लाण्ट लगाने के लिए बेच दिया, वहाँ बोतलबन्द पानी का उत्पादन दिन-दूनी-रात चौगुनी होने लगा लेकिन पानी को शुद्ध करने की प्रक्रिया से निकलनेवाले रासायनिक अपशिष्ट (कचरा) फैक्ट्री के आस-पास डाला जाने लगा, जिसका खतरनाक रसायन वर्षा के पानी तथा हवा द्वारा आस-पास के लहलहाते खेतों में पहुँच गया, जिससे खेती चौपट हो गयी, ज़मीनें बाँझ होने लगीं, आस-पास के क़लमी तथा देशी आम के बाग़ जो फलों से लद जाते थे अब उनमें बौर तक नहीं आ रहे हैं, मनुष्यों में चर्म रोग, कैन्सर, दिल-गुर्दों तथा श्वास की बीमारियाँ उभरने लगीं हैं।

प्रधान जी तथा लेखपाल ठाकुर साहब की बातों को आँखें फाड़े सुन रहे थे, उनकी बोलती बन्द थी, क्योंकि सच्चाई तथा हक़ीक़त को झुठलाना अब उनके बूते में नहीं था, वे अवाक् ठाकुर साहब की ओर निर्निमेष देखते रहे, ठाकुर साहब को लगा कि अब तीर निशाने पर है, उनका स्वर फिर उभरा—प्रधान जी, इन कम्पनियों ने किसानों की ज़मीनों तथा पानी को प्रभावित नहीं किया है बल्कि गाँवों में आनेवाली बिजली

को भी अपने सूक सनीचरी पेट में भर लिया है, गाँव में जहाँ सूरज डूबने के बाद शाम को थोड़ा-बहुत बिजली मिल जाती है वह कम्पनियों की मशीनों के 24 घण्टे चलने के कारण उनके भेंट चढ़ जायेगी, आप ही बताइये अगर हम खेती नहीं करेंगे तो खायेंगे क्या...? विदेशों से आयातित सड़ा-गला गेहूँ...? वह भी कब तक...? हम पहले से ही सरकार की ग़लत कृषि-नीतियों के कारण अन्न के संकट से दो-चार हो रहे हैं, यदि फौलादी तथा' कंकरीट के जंगल उगाने के लिए हम अपने हरे-भरे खेतों की ज़मीनों का सौदा करते रहे तो वह दिन दूर नहीं जब हमें अन्न के घोर क़यामती संकट का सामना करना पड़ेगा और तब हम हाथ मलते रह जायेंगे।

बोलते-बोलते बीच में ठाकुर साहब को खाँसी आ गयी, उन्हें लगा जैसे गले में कोई चीज़ फँस गयी है, चारपाई से उठकर उन्होंने श्यामा गाय के छप्पर के पास बने घूर पर खेखारकर गला साफ़ किया, वहाँ से लौटे तो देखा कि मिझौड़ा, जैमलपुर, पहितीपुर तथा भीटी गाँवों के छोटी-बड़ी जोतवाले किसान उनके घर की ओर तेज़ कदमों से चले आ रहे हैं...हुआ यह था कि यह बात उपर्युक्त गाँवों में जंगल में लगी आग की तरह फैल गयी थी कि प्रदेश की सरकार ने सरकारी अहलकारों को ठाकुर साहब पर दबाव डालने के लिए भेजा है, मुख्यमन्त्री ने हमारे उपजाऊ हरे-भरे खेतों की ज़मीन को किसी विदेशी कम्पनी से सौदा करने का मन बना लिया है। उन्होंने अपने चहेते डी.एम. सेंगल को अपने बँगले पर बुलाकर दो टूक शब्दों में इशारा कर दिया है...किसी भी दशा में प्रश्नगत ज़मीन का अधिग्रहण होना है, सहमति-पत्र पर हस्ताक्षर कराना है भले ही उँगली टेढ़ी करनी पडे, बाक़ी मैं देख लूँगा।

जनसमूह को अपने घर की ओर आते देखकर ठाकुर साहब की बाछें खिल उठीं, दिल बल्लियों उछलने लगा, नसें फड़कने लगीं, वहीं प्रधान तथा लेखपाल को जैसे साँप सूँघ गया हो।

ठाकुर साहब चारपाई पर बैठे ही थे कि लेखपाल का स्वर फूटा–'ठाकुर साहब मैं भी एक किसान का बेटा हूँ लेकिन...?

–लेकिन क्या...?

–चाकरी की विवशता...डी.एम. साहब ने तहसीलदार साहब, नायब तहसीलदार साहब तथा क़ानूनगो साहब को यह कागज़ लेकर भेजा था, उन्होंने कागज़ यह कहकर मुझे पकड़ा दिया कि पहले तुम प्रधान जी को लेकर ठाकुर साहब को समझाओ, डी.एम. सर्किल रेट दिखाकर उनसे इस कागज़ पर हस्ताक्षर करने के लिए कहो, पीछे से हम आ रहे हैं, साहब लोग आ ही रहे होंगे ठाकुर साहब इस कागज़ को आप पढ़कर इस पर हस्ताक्षर कर दीजिये इसमें क्षेत्र की डी.एम. सर्किल रेट से कई गुना ज़्यादा रेट दिया गया है, अपने सरकारी बस्ते से कागज़ निकालकर लेखपाल ने सरकारी-पक्ष रखा।

—अधिक रेट जाये चूल्हे-भाड़ में... और हस्ताक्षर...? इस काग़ज़ पर हस्ताक्षर करने का मतलब है। मेरा जींते जी मर जाना,...आत्महत्या...मुझे किसान ही रहने दें, किसान होने पर मुझे गर्व है, किसान को धरती-पुत्र कहा गया है, लेखपाल जी आप और प्रधान जी मेरा सवाल है कि क्या कोई अपनी माँ का सौदा कर सकता है...? ठाकुर साहब अपने स्वाभाविक स्वर से कुछ ऊँचे स्वर में बोले।

—ठाकुर साहब ज़िन्दाबाद...

—ठाकुर साहब ज़िन्दाबाद...

किसानों के गगनभेदी 'ज़िन्दाबाद' के नारों की शक्ल में उनके अन्दर का दबा हुआ आक्रोश करवट ले रहा था, लेखपाल तथा प्रधान जी को वक़्त की नज़ाकत को भाँपने में लेशमात्र भी देर नहीं लगी, उनके मस्तिष्क की शिराओं में यह बात बिजली की तरह कौंध गयी—'अब दबाव डालना अथवा कुछ और कहना ख़तरे से खाली नहीं...?

लेखपाल जिस काग़ज़ को ठाकुर साहब की ओर बढ़ा रहे थे उसे मोड़कर अपने बस्ते के हवाले किया, एक गहरी साँस लिया और चारपाई की पट्टी पर हाथ रखते हुए प्रधान जी से सांकेतिक-भाषा में कुछ कहा, हारे हुए जुआरी की तरह उनके चेहरों पर हवाइयाँ उड़ रही थीं...।

●

रेगिस्तान की सूखी नदी

—मैडम अलका, आपका कोई वकील है कि नहीं...?

—नहीं जज साहब, मैंने वकील करना मुनासिब नहीं समझा, मैं अपना पक्ष प्रस्तुत करके स्वयं अपना बचाव करूँगी लेकिन शायद 'बचाव' शब्द का प्रयोग ग़लत कर गयी, मैं क्या कोई क़ाबिल-से-क़ाबिल वकील भी मुझे आरोपमुक्त नहीं करा सकता क्योंकि मेरे ऊपर आरती दीदी ने जो आरोप लगाये हैं, उनमें कुछेक को छोड़कर सभी आरोप ईश्वर की भाँति शाश्वत सत्य हैं, उन्हें स्वीकारने में न तो मुझे लज्जा आ रही है और न ही किसी कोने से गिला-शिकवा अपना सिर उठा रहा है।

आरती दीदी ने आरोप लगाया है कि मैं उनकी आस्तीन का साँप बन गयी, जिस सर्पिणी को वह दूध पिलाती रहीं, उसी ने उन्हें डस लिया, उनका कथन दिन के उजालों तथा दूधिया चाँदनी की तरह साफ़ है, अपनी बात कहते-कहते वह अतीत के सागर में डूब गयी...आरती दीदी ने मेरे कठिन, बुरे तथा तनाव-भरे दौर में मुझे सहारा दिया, मेरे सिर पर हाथ रखकर मेरा उत्साह बढ़ाया, मेरे ज़ख़्मों पर मरहम लगाया, मेरे नैराश्य-निमग्न क्षणों को ख़ुशियों में बदलने में सहयोग किया...जब एक दिन घुटन तथा तनाव मेरे वजूद पर हावी हो गया था, मैं आत्महत्या के सघन-विचारों की शिकार होकर उसकी दासी बनने ही जा रही थी कि मेरे दरवाज़े पर दस्तक हुई, मैं अपने कमरे के पंखे पर साड़ी फेंककर, उसे लपेटकर गाँठ दे चुकी थी, पंखे के एकदम नीचे स्टूल भी रख चुकी थी, सिर्फ़ गले में फन्दा लगाना शेष था, दरवाज़े की दस्तक ने मुझे हैरानी में डाल दिया, मैं पसोपेश में पड़ गयी कि क्या करूँ, खोलूँ या गले में फन्दा लगाऊँ।

—अलका, मैं आरती हूँ सुनकर मेरे हाथ से साड़ी का फन्दा ज़मीन पर गिर गया और मैंने दरवाज़ा खोल दिया।

—अलका, दरवाज़ा खोलने में बड़ी देर कर दी आज तुमने...? बाथरूम में थी क्या...? कहते-कहते जब वह कमरे में घुसी और कमरे का दृश्य देखा तो उसके होश उड़ गये, अलका, यह तुम क्या कर रही थीं...? इसीलिए देर लगी थी...? पागल हो गयी हो क्या...? तुम पढ़ी-लिखी पोस्ट ग्रेजुएट हो, लेक्चरर हो, ऐसी सोच है तुम्हारी...? तुम्हें तो एक मिसाल बनना है कि तुम्हारे साथ जो कुछ हुआ है उसका तुम्हें लेशमात्र भी दुःख नहीं है, तुम्हें अंगारों पर लोटने के लिए छोड़ दिया गया है, अब तुम्हें दिखाना है कि तुम्हारी जैसी औरतों के लिए ये दहकते अंगारे नहीं बल्कि खिलते तथा महकते फूल हैं।

—क्या करूँ दीदी, उस झूठे आरोप की टीस जब भी मेरे दिमाग़ के किसी कोने में कुलबुलाने लगती है तब मैं पागल हो उठती हूँ, अपना आपा खो बैठती हूँ, सही-ग़लत की तमीज़ नहीं रह जाती, आज सुबह जब मैं कॉलेज जा रही थी तो वह मनहूस चेहरा मेरे सामने पड़ गया, तभी से यह पापी विचार मेरे दिलो-दिमाग़ पर छाया हुआ था, आज कॉलेज में हर पीरियड में मुझे लेक्चर देने में कठिनाई महसूस हो रही थी जबकि ऐसा कभी नहीं हुआ था, छात्र इस बात के लिए मेरी प्रशंसा के पुल बाँधा करते थे कि जब मैं लेक्चर देती हूँ तब धाराप्रवाह बोलती जाती हूँ लेकिन आज मैं एकदम टूटी हुई थी।

—धत् पगली...अच्छा चल, पहले मुँह-हाथ धो और कमरे के पंखे से साड़ी खोल, स्टूल हटाकर कोने में रखकर इस किराये के कमरे में ताला लगाकर मेरे साथ मेरे घर पर चलकर रह, वरना फिर कभी तुम्हारे अन्दर यह शैतानी विचार फुदकने लगेगा, मैं तुम्हारे मकान मालिक शम्भूनाथ जी को बता दूँगी कि तुम मेरे साथ रहने लगी हो...तुमने तो देखा ही है मेरा घर महल जैसा है और रहनेवाले सिर्फ़ बण्टी, पलक तथा मेरे 'वह' हैं, पूरबवाला कमरा अब तुम्हारा रहेगा जिसमें एक बेड पड़ा है लेकिन प्रायः बन्द रहता है, कभी-कभी जब मैं बच्चों को नींद की आगोश में दे देती हूँ तब मैं और मेरे 'वह' उसमें कुछ देर के लिए आराम करने चले जाते हैं, आज से उस कमरे में तुम रहोगी, सिर्फ़ तुम...और उन्होंने उसी दिन अपने घर के उस कमरे में मेरा सामान शिफ्ट करा दिया...अपने हाथों से शाम तक मेरा सामान यथावत् ऐसा सजा दिया कि जैसे मैं उस कमरे में काफ़ी दिनों से रह रही हूँ, काल बेल की आवाज़ सुनकर उन्होंने कमरे में टँगी घड़ी की ओर देखा और बोलीं बच्चे आ गये स्कूल से, और लपककर उन्होंने दरवाज़ा खोल दिया, बण्टी तथा पलक आते ही मुझे देखकर बोले—नमस्ते आण्टी, हालाँकि बच्चों ने मुझे पहली बार देखा था, यह उनका संस्कार बोल रहा था।

—हाँ यह तुम्हारी आण्टी हैं, अब यहीं रहेंगी।

—पहले कहाँ रहती थीं...? बच्चों ने सवाल दाग़ा।

—पहले गोमती नगर में रहती थीं।

—अब वहाँ क्यों नहीं रहेंगी...?

—तुम्हारे स्कूल डॉनबास्को के बग़ल में राष्ट्र-भारती कॉलेज है न...? उसी में लेक्चरर की नौकरी अभी-अभी इन्हें मिली है।

—अच्छा आण्टी, तब तो आप मेरा होमवर्क करा दिया करेंगी न...?

—बिलकुल...और मैं अपलक बच्चों को देखती रही, देखते-देखते कहीं और खो गयी, शाम को जब आरती दीदी के पतिदेव आये तो उन्होंने उन्हें भी बता दिया कि मैं यहीं रहूँगी, वैसे कुछ देर पहले शायद वह फ़ोन से मेरी पूरी घटना का ब्यौरा उन्हें दे चुकी थीं, मैंने देखा उनके पतिदेव घर के अन्दर आये, मैं बरामदे में खड़ी थी लेकिन वह बिना मेरे ऊपर निगाह डाले अपने कमरे में चले गये, मुझे उनका ऐसा करना अच्छा लगा था, आरती दीदी के घर में आने के बाद मेरा एकाकीपन मुझसे दूर हो गया था, तनहाइयों के कारण परछाइयों ने भी मेरा साथ छोड़ दिया था, इस भरे-पूरे घर को पाकर अब परछाइयाँ भी मेरे साथ रहने लगी थीं, इसे वक़्त की विडम्बना ही कहा जायेगा...आरती दीदी के परिवार के साथ मेरे दिन-रात अच्छी तरह गुज़रने लगे, मैं एकदम सवेरे उठती, नित्य-कर्म तथा स्नान-ध्यान के बाद आरती दीदी के साथ किचेन में बच्चों के नाश्ता आदि बनाने में उनका हाथ बँटाती, जब वे स्कूल चले जाते तब अपने लोगों के लिए नाश्ता बनता, उनके पति भी नाश्ता करके जब ऑफिस चले जाते तब मैं और दीदी साथ-साथ गपबाज़ी के साथ नाश्ता किया करती थीं, कभी-कभी दीदी अपने पति के साथ ही चाय पीने लगती थीं, इस बीच मैं अपने कमरे में बैठी रहती, कुछ दिनों के बाद आरती दीदी ने मुझे भी एक दिन डाइनिंग-टेबुल पर आने के लिए आवाज़ दिया—अलका, तुम भी आ जाओ यहीं, हमारे साथ नाश्ता कर लिया करो, मैं चली गयीं और अब रोज़ाना मैं, दीदी तथा उनके पतिदेव के साथ नाश्ता तथा डिनर लेने लगी, उनके पतिदेव सिर नीचा करके खाते रहते, मैं ही कभी-कभी कनखियों से उनकी तरफ इसलिए नज़रें घुमा देती थी कि देखूँ वह मेरी ओर तो नहीं देख रहे हैं...एक दिन आरती दीदी की माता जी उनसे मिलने आ गयी और जब मुझ पर उनकी नज़र पड़ी तब वह एकदम ठगी-सी रह गयीं और जल्दी से आरती दीदी को कमरे में ले जाकर अपने मन की बात उँड़ेलने लगीं—"आरती वह कौन है...?"

—अलका, मेरी क्लासमेट थी कॉलेज में...? और उन्होंने मेरे अतीत के जीवन की खुली किताब उनके सामने खोलकर रख दिया, मेरी दास्तान सुनकर वह एकदम तड़पकर बौखला उठीं—आरती तुम बहुत ग़लत कर रही हो, उसके गदराये-यौवन को

देख रही हो ऐसा लगता है कि जैसे अभी तक किसी पुरुष ने उसे स्पर्श तक नहीं किया है, अंग-अंग से मादकता फूट रही है, दामाद जी बहक सकते हैं वह उन्हें, अपने रूप-सौन्दर्य के जाल में फँसा सकती है, तुम्हारे तो बच्चे हो गये हैं जिससे शरीर का कसाव समाप्त हो गया है, डिलेवरी के कारण पेट थोड़ा आगे को बढ़ गया है, शरीर थुलथुल हो गया है, चेहरे की कान्ति में फ़र्क़ आ गया है, पहले जैसी थोड़े रह गयी हो...? और उसका गठा तथा मोती जैसा आबनूसी शरीर देख रही हो...? दामाद जी की नज़रे उस मोती जैसे शरीर पर कभी भी फिसल सकती हैं...स्त्री के एक-दो बच्चे हुए नहीं कि पुरुष का मन अपनी पत्नी की ओर से उचटने लगता है क्योंकि जब वह उसका स्पर्श करता है या उसके जिस्म को टटोलता है तब उसे वहाँ कुछ नहीं मिलता है जिसकी उसके मन में भूख रहती है, यह मर्दों का मनोविज्ञान है।

—नहीं अम्माँ, न वह ऐसे हैं और न अलका ऐसी है।

—बेटी, समझने की कोशिश करो, मेरी मानो तो तुम उसे जितनी जल्दी हो सके अपने घर से निकाल दो, वह जहाँ रहती थी वहीं जाकर रहे, सुनो बेटी, आग और खर जब एक साथ रहेगा तब कभी-न-कभी जलेगा ज़रूर...अपनी माता के इतना कहने पर भी आरती दीदी ने मुझे अपने घर से नहीं निकाला, मैं वहाँ रहकर अपने-आपको काफ़ी सुरक्षित महसूस करने लगी थी क्योंकि जब मैं अकेले रहती थी, तब एकाध मनचले मेरे घर के चक्कर लगाया करते थे, लेकिन मेरी बेरुख़ी देखकर वे अपना-सा मुँह लेकर चले जाते थे लेकिन अकेली रहनेवाली अन्य अध्यापिकाओं, नौकरीपेशा लड़कियों तथा स्त्रियों की तरह मैं भी हर-क्षण अपने-आपको असुरक्षित महसूस किया करती थीं।

अलका तुम कहीं और खो गयी हो, अपनी बात जारी रखो, जज साहब बोले।

—जज साहब, आरती दीदी का यह आरोप भी बिलकुल सत्य है कि मैं उन्हें गर्म तवे पर बड़ी बूँद की तरह तड़पने का कारण बनी, मैंने उनके साथ एहसानफ़रामोशी की है...उनके उपकार को बेरहमी से पैरों तले ऐसा रौंदा है कि उपकार के मुँह से चीख़ निकल पड़ी है, मैंने उनके अटूट विश्वास की धज्जियाँ उड़ायी हैं मैंने तो धज्जियाँ नहीं उड़ायी हैं लेकिन उस काम में मैं अपने जुड़ाव को स्वीकार करने से मना भी नहीं कर सकती.....मैं समझ सकती हूँ कि एक नारी सब-कुछ सहनकर सकती है, बुरे-से-बुरे दिन झेल सकती है, भूखी-नंगी रहकर अपने पति का साथ दे सकती है लेकिन यदि कोई पति अपनी पत्नी के परम-सुख के क्षण को किसी स्त्री को दे देता है तो पति को परमेश्वर समझनेवाली पत्नी भी अपना आपा खोकर भूखी शेरनी की तरह पति पर झपट पड़ती है, उन्हें नंगा करने में कोई-कसर नहीं छोड़ती है, उसका वह विकराल रूप देखकर कोई सोच भी नहीं सकता है कि पति को

परमेश्वर समझनेवाली यह वही पत्नी है...? और अगर उसके पति को कोई स्त्री अपनी ओर आकर्षित करके उस परम-सुख को प्राप्त कर लेती है तब चाहे वह उसकी कितनी ही प्रिय हो, सगी हो यहाँ तक कि क्यों न उसकी सगी बहन हो, जिसने उसकी सौत का रूप धारण करके उसकी ज़िन्दगी में ज़हर घोला है, उसके लिए भी 'सौतियाडाह' में वह नागिन बन जाती है।

जज साहब, आरती दीदी का यह मेरे ऊपर संगीन आरोप है कि मैंने उनके पति को अपने रूप-सौन्दर्य के जाल में फँसाकर उनके साथ अनैतिक-सम्बन्ध स्थापित करके परम-सुख के क्षण को उनसे छीना है....अपने रूप-सौन्दर्य के जाल में फँसाने के आरोप को मैं असत्य करार देती हूँ...बोलते-बोलते वह ख़ामोश हो गयी और अतीत के जंगल में भटक गयी, उसके जीवन का वह कभी न स्मरण करनेवाला मनहूस क्षण उसके सामने था...एक रविवार को मैं मासिक धर्म के दिन पूरे होने पर ढेर-सारे कपड़े धोने के बाद, नहाकर, थककर, चूर-चूर हो गयी अपने कमरे में ब्लाउज़ तथा पेटीकोट पहने ही लेट गयी थी, यह सोचकर कि थोड़ा कमर सीधी कर लूँ, थकान मिटा लूँ फिर साड़ी पहनकर धोये हुए कपड़े छत पर फैलाने जाऊँगी...थकान के कारण थोड़ी देर बाद मुझे नींद आ गयी...मासिक धर्म आने के पीरियड की समाप्ति पर नहाने के बाद स्त्रियों की सुन्दरता में चार-चाँद लग जाते हैं, उनका रूप-सौन्दर्य दोबाला हो जाता है, जब मैं बाथरूम से निकल रही थी तो आईने में अपने-आपको देखकर विश्वास ही नहीं हो रहा था कि वह मैं ही हूँ, मेरा रूप और ज़्यादा निखर आया था, अंग-अंग से सुन्दरता टपक रही थी...आरती दीदी के पति भी रविवार के कारण आज घर ही पर थे, आरती दीदी बण्टी और पलक को लेकर आदर्श विहार कॉलोनी में किसी के यहाँ गोद भरायी के उत्सव में गयी थीं, मेरी नींद गहरी हो गयी थी, आरती दीदी के पति सज्जनता की प्रतिमूर्ति थे लेकिन थे तो मर्द ही, सोचती हूँ कि जब वह अपने कमरे से निकले होंगे, तब भेड़ने पर थोड़ा-सा खुले रह गये दरवाज़े से उनकी नज़र लेटी हुई एक अल्हड़ हसीना की तरह मेरे निखरे, सुडौल तथा गठे हुए बदन पर जब पड़ी होगी तब वह अपना आपा खोकर अपने जवान मन के ऊपर क़ाबू न पा सके होंगे, उनका ईमान डोल गया होगा, शिकार देखकर चलनेवाली बिल्ली की तरह मेरे कमरे में प्रवेश किया होगा, उन्होंने मेरे होंठों को चूमा ही था कि मैं हड़बड़ाकर उठने का प्रयास करने लगी लेकिन उन्होंने मेरे निचले होंठ को अपने होंठों में भरकर उसे चूसते हुए अपने आलिंगन में भींचकर फिर मुझे लेटने के लिए ज़िच कर दिया और अपने हाथों से मेरे अंग-अंग को जल्दी-जल्दी स्पर्श करने लगे, इस प्रक्रिया से मैं भी शिथिल पड़ती गयी क्योंकि मेरे अन्दर भी कुछ होने लगा था, शायद आज तक रेगिस्तान की सूखी प्यासी नदी की तरह जी रही थी जो... मेरा समूचा शरीर ढीला पड़ने लगा और देखते-ही-देखते मैं परम-सुख की अनुभूति के क्षण में डूब गयी...मेरे

जीवन के दौर में कभी नहीं आये थे इस अनुभूति की स्थिति तक पहुँचानेवाला मेरा पति मेरे शरीर को ख़ूब नोचता-घसोटता था और जब परम-सुख के उस क्षण की प्राप्ति का अवसर आता था तब वह ज्वालामुखी बनकर क्षणभर में ही राख का ढेर बन जाया करता था और मेरे अन्दर की आग को शोला बनाकर एकदम भड़का देता था, भड़के हुए शोले को शान्त करने के लिए मैं अप्राकृतिक साधनो का उपयोग करने के लिए विवश हो जाती थी लेकिन व्यर्थ...ज़ोर-ज़ोर से हाँफने लगती थी और अन्त में अपना सिर पकड़कर बैठ जाया करती थी, परिणामस्वरूप कुछ दिनों के बाद मुझे 'फिट्स' आने लगे, उस वक़्त मेरी सास तथा ननद का कथन होता था—मेरे ऊपर चुड़ैल, शैतान या जिन्न का साया है क्योंकि फिट्स आने के बाद मैं बे-सिर पैर की बातें करने लगती थी, आव-बाव बकने लगती थी, ज़ोर-ज़ोर से हँसने लगती थी, इस दौरान मुझमें इतनी शक्ति आ जाती थी कि जब ओझा या किसी मौलवी-मुल्ला, जिन्हें झाड़-फूँक के लिए बुलाया जाता था, उनके कहने पर तीन-चार हृष्ट-पुष्ट व्यक्ति मुझे पकड़ते थे तब मैं उन्हें एक बलशाली व्यक्ति की तरह झटककर फेंक देती थी, मुझमें इतनी शक्ति कहाँ से आ जाती थी, आज तक मैं समझ नहीं सकी, डॉक्टरों का कहना है कि ऐसा फिट्स के प्रभाव के कारण होता है, इस तरह की ज़िन्दगी जीते-जीते मैं ऊब चुकी थी, धीरे-धीरे उनके विरुद्ध, ऐसे जीवन के विरुद्ध मेरा नारी मन विद्रोह पर उतारू हो गया और मुक्ति पाने के लिए एक शाम प्रसिद्ध वक़ील श्री एस.के. शर्मा के पास पहुँच गयी, यह ख़बर जब उनके कानों में पड़ी तब वह पसीने-पसीने हो गये...रात होने पर जब हम कमरे में मिले तो उनका चेहरा देखने योग्य था वह निराशा से बोझिल होकर बोले—अलका, मेरी इज़्ज़त सरेआम नीलाम न करो।

—लेकिन ऐसी ज़िन्दगी अब मैं नहीं जी सकती...?

—उन्होंने मुझे सामान्य करने की चेष्टा करते हुए कहा, आज से अपने और तुम्हारे बीच में एक गोल लम्बी तकिया रखकर डबलबेड को दो भागों में बाँट लिया जायेगा, तुम्हें मैं तब तक स्पर्श नहीं करूँगा जब तक डॉक्टर जैन की दवा का असर रंग नहीं लायेगा, विज्ञापनों में तुमने पढ़ा होगा कि उनकी दवा राम-बाण का काम करती है....।

...आरती दीदी के पति के साथ उस मनहूस अप्रत्याशित घटना के बाद जब मैं सामान्य हुई तब पाया कि आरती दीदी के पति जा चुके थे, मैं लज्जा से काँप रही थी, उठी और जल्दी से सीधे बाथरूम में घुस गयी, थोड़ी देर बाद बाथरूम से निकलकर जल्दी-जल्दी साड़ी पहना और दरवाज़े की ओट से आरती दीदी के पति की गतिविधियों को आँकने लगी, बड़ी देर तक देखने के बाद जब उनकी कोई आहट नहीं मिली तब मैं सिर नीचा किये बाहर आयी और कनखियों से उनके कमरे की

ओर देखने लगी, कमरा खाली था शायद वह भी लज्जित थे और लज्जा के मारे बाहर चले गये थे, मुझसे आँखें मिलाने की उनमें भी हिम्मत नहीं थी।

शाम को आरती दीदी अपने दोनों बच्चों के साथ जब घर आयीं तो अपराधबोध के कारण मैं उनसे अपनी आँखें नहीं मिला पा रही थी, उनके साथ डिनर लेने की शक्ति मुझमें नहीं रह गयी थी, पेट में दर्द का बहाना बनाकर मैं अपने कमरे में आकर लेट गयी, नींद तो आ नहीं रही थी, तरह-तरह के अच्छे-बुरे विचार मन के दरवाज़ों पर दस्तकें देकर लौट जा रहे थे...सुबह हुई मैं चोरों की तरह उठी और नित्य-कर्म तथा पूजा-पाठ के बाद जल्दी-जल्दी नाश्ता किया और कॉलेज के लिए चल पड़ी...दिन बीतते रहे...जब निश्चित समय पर मासिक धर्म नहीं आया तब मैं चिन्ता में डूब गयी, एक मुजरिम की तरह डरी रहती, सहमी-सी उदास तथा सुस्त। अलका, आजकल तुम बड़ी सुस्त तथा उदास रहती हो, क्या बात है...? क्या अपने 'उनकी' याद आ रही है...?

—आप भी क्या कहती हैं दीदी...? मैं टाल गयी...लेकिन अपराधबोध का शिकंजा मेरे मन-मस्तिष्क को हरदम जकड़े रहता था। उस घटना के बारे में मैं हरदम सोचती रहती थी, जिससे मेरी उदासी में इज़ाफ़ा होता गया, चेहरे से हँसी हिरन हो गयी, बण्टी तथा पलक को होमवर्क कराने में अब उतना उत्साह नहीं रहने लगा, इन परिवर्तनों को भाँपकर एक दिन फिर आरती दीदी ने अपनत्व उँड़ेलते हुए पूछा...अलका, आख़िर तुझे क्या होता जा रहा है...? तेरे चेहरे पर हरदम मुर्दनी छायी रहती है, आखिर बात क्या है...? अब मेरे धैर्य का बाँध टूटने लगा और में फफक पड़ी, सिर फटा जा रहा था, बोझ-सा लग रहा था, उस घटना के बाद मैं रोज़ जब सोने जाती थी तो सोचकर लेटती थी कि कल सुबह दीदी को सब-कुछ बता दूँगी लेकिन इतना साहस बटोर नहीं पाती थी, आज साहस करके मैंने आरती दीदी को सब-कुछ बता दिया, मेरी बात का तार जैसे ही समाप्त हुआ, दीदी की दशा देखने लायक थी, उनकी आँखें फटी-की-फटी रह गयीं, उनकी मिश्री में घुली बातें ज़हर में डूबकर कडुवाहट में बदल चुकी थीं, उनके दिल में यह बात घर कर गयी थी कि मैं उनके पति को उनसे जान-बूझकर छीन लेना चाहती हूँ और उनका पारा सातवें आसमान पर पहुँच गया—कलमुँही, धोख़ेबाज़, नमकहराम तुझे मज़ा लूटने का शौक़ चर्राया था, उसकी भूखी थी तो मुझे बताती, मैं एक नहीं सौ मुसण्डे तेरे लिये बुला देती लेकिन तुझे तो मेरी 'सौत' बनना था...मुझे तो मेरी माँ ने आगाह किया था, तब मेरी आँखों पर तेरे भोलेपन के जादू की पट्टी बँधी थी, अक़्ल पर पत्थर पड़ा था लेकिन तू तो एकदम छिनाल है। मैंने अपने दोनों हाथों से कान बन्द कर लिये और बोली—दीदी, ऐसा मत कहो, मैं अपनी सफ़ाई देती रही लेकिन आज उन्हें सफ़ाई की ज़रूरत नहीं थी, मैंने उनकी ही नहीं समूची नारी-समाज की दुखती रग पर हाथ

रख दिया था...घायल शेरनी की तरह उन्होंने दहाड़ मारी—तू कुलटा है, अभी निकल जा मेरे घर से...मैं तेरा मुँह नहीं देखना चाहती और मेरा हाथ पकड़कर घसीटने लगीं तो बण्टी तथा पलक बीच में आकर मासूमियत से कहने लगे—मम्मी, आण्टी को मत निकालो लेकिन उनके ज़ेहन में तो ऐसी बात चिपकी थी जो कोई भी स्त्री बर्दाश्त नहीं कर सकती, बीच में आये बच्चों को भी आज बड़ी ज़ोर से झटक दिया, जबकि वह उन पर जान झिड़कती थी, कभी उनकी ओर आँखें तरेरकर देखा तक नहीं था. ..मैंने वहाँ से जाना ही उचित समझा। वैसे मैंने तो उस घटना के बाद ही सोच लिया था कि अब मेरा यहाँ रहना ठीक नहीं है लेकिन दीदी का व्यवहार, बण्टी-पलक की बातें मेरे पैरों की ज़ंजीर बन जातीं...मैंने अपना सामान समेटना शुरू कर दिया, सामान समेटते वक़्त मैंने सुना, आरती दीदी किसी से फ़ोन पर कह रही थी आप लोगों ने अलका के साथ जो व्यवहार किया था वह उससे भी बदतर व्यवहार के लायक़ थी, उस वक़्त मुझे बुरा ज़रूर लगा था लेकिन वह तो चरित्रहीन है, एक गिरी हुई औरत से भी बदतर है, मेरी सौत बनना चाहती है...मैंने अपना सामान समेटा और आरती दीदी के घर से निकल आयी।

जज साहब, आरती दीदी के व्यवहार से मुझे लेशमात्र भी दुःख नहीं है, उनका व्यवहार स्वाभाविक है, दुःख तथा दर्द इस बात का है कि आरती दीदी को मेरी बात पर विश्वास नहीं है कि उस मनहूस, अप्रत्याशित अनहोनी घटना की शुरुआती ग़लती मैंने नहीं की थी, जो कुछ घटित हो गया वैसा तो मेरे ख़्वाबों-ख़यालों में भी नहीं था, अपना दिल चीरकर मैं उनको कैसे दिखाऊँ...? उसके लिए मैं स्वयं शर्मसार हूँ, उनसे मैं उसी दिन से आँखें नहीं मिला पा रही हूँ लेकिन जज साहब, आपके कोर्ट में उपस्थित उस व्यक्ति तथा उसकी माँ से आज बड़े साहस से आँखें मिलाना चाहती हूँ जिसने इसी कोर्ट में मेरी कोख को उछालकर तार-तार करने में कोई कोर-कसर बाकी नहीं रखी थी...माज़ी के धुधुँलके में झाँकने पर यादों के चिराग़ों की रोशनी में एक तस्वीर उभरेगी...आज से दो वर्ष पूर्व इसी कोर्ट में चल रहा था एक वाद, जज की कुर्सी पर आप ही शोभायमान् थे, मैं इसी कटघरे में खड़ी थी, याद कीजिये जज साहब, मैं वही अलका हूँ जिसके विरुद्ध दायर किये गये तलाक़ के मुकदमे की आप सुनवायी कर रहे थे, मुक़दमा दायर करनेवाले महाशय थे आलोक कुमार, जो आज भी अपनी माँ के साथ दर्शक-दीर्घा में बैठे एक बार फिर मेरी इज़्ज़त को तार-तार होते देखने की इच्छा लेकर ख़ुशियों से बोझिल होने आये हैं, इन्होंने मुझ पर आरोप लगाया था कि मैं बाँझ, रेगिस्तान की सूखी नदी, बंजर धरती तथा पत्थर की कोखवाली औरत हूँ पत्थर पर भला दूब कहीं जमती है...? इसलिए वह मुझसे मुक्त होना चाहते थे और आपकी क़लम ने भी वही किया जो वह चाहते थे...डॉक्टर जैन की दवाओं की निष्क्रियता तथा मेरे सम्बन्धों तथा हाव-भाव से निराश उनके मन के धरातल पर

आशंका के बीज अंकुरित होने लगे थे कि किसी भी दिन मेरा मन फिर विद्रोह कर सकता है जो सत्य था, और मैं मुक्ति के कारणों में उनके शारीरिक राज़ को फाश कर दूँगी, जो राज़ अभी तक आवरणयुक्त था, इसीलिए उन्होंने पहल करके मुक्ति के कारणों में मेरे ऊपर झूठे आरोप मढ़ दिये, चूँकि मैं भी ऊब चुकी थी, मुक्ति के पक्ष में थी, वाद के तार की लम्बाई को बढ़ाना नहीं चाहती थी क्योंकि तार के बढ़ने से वाद की अवधि भी बढ़ने की सम्भावना थी, जैसा कि सम्प्रति न्यायालयों में अनगिनत वाद एक लम्बे अन्तराल से लम्बित पड़े रहते हैं, अपनी फाइलों पर पड़ी धूल चाटकर ज़िन्दा हैं, ऐसा सोचकर मैंने उस दिन चुपशाह का रोज़ा रख लिया था यानी ख़ामोशी का कवच ओढ़ लिया था लेकिन जज साहब, आज ख़ामोशी का कवच उतारकर मैं भी उस आरोप का डंके की चोट पर, आलोक कुमार तथा उनकी माता जी को, इस भरी अदालत में, मुँह-तोड़ जवाब देना चाहती हूँ, जिससे भविष्य में मुझ जैसी किसी भी स्त्री की कोख को बदनामी का जामा पहनाकर उछालने से पहले ऐसी विकृत मानसिकता के लोग एक बार सोचने के लिए विवश हो जायें...इसी कोर्ट में मेरी कोख पर रेगिस्तान की सूखी नदी तथा बंजर धरती होने का झूठा आरोप लगाकर मुझसे तलाक़ लिया गया था लेकिन आरती दीदी के पति के साथ शर्मसार करनेवाली घटना के बाद बंजर धरती की कोख हरी कैसे हो गयी...? रेगिस्तान की सूखी नदी पानी से भर कैसे गयी...?

आलोक कुमार तथा उनकी माता को लगा कि जैसे उन पर घड़ों पानी उँड़ेल दिया गया हो, कोर्ट में खचाखच भरे लोग उन पर थू-थू कर रहे थे।

और जज साहब की क़लम कुछ लिखते-लिखते रुक गयी...।

●

अग्नि-पथ

तिनसुकिया ज़िले के दुमदुमा में अराजक तत्त्वों द्वारा जलाये गये अपने घर को नीबर आँसुओं से लबरेज़ आँखों से निर्निमेष देख रहा था, जिसे उसकी उम्र नहीं बल्कि उसकी पीढ़ियों ने ख़ून पसीना एक करके बनाया था, बग़ल में बैठी उसकी पत्नी बुधनी साड़ी के पल्लू को दाँतों में दबाकर सिसक रही थी। उसका एकमात्र आठ वर्षीय पुत्र निरहू भोजपुरी में नहीं अपितु असमिया में कुछ बुदबुदा रहा था क्योंकि उसने तो असम की हवाओं तथा फ़िज़ाओं में आँखें खोली थीं, असमिया माध्यम स्कूल में शिक्षा ग्रहण कर रहा है, हाँ कभी-कभी वह जब भोजपुरी समाज द्वारा आयोजित सांस्कृतिक-कार्यक्रम में भाग लेता था, तब वहाँ भोजपुरी-लोकगीतों को सुनकर कुछ लोकगीत याद कर लिया था, जिसे वह तीज-त्योहारों पर अपनी सुरीली आवाज़ में गाया करता था।

ज़मीन पर दोनों हाथों को टिकाकर उसाँस भरकर नीबर न चाहते हुए भी उठा, ज़मीन पर हाथ रखने के कारण उसकी हथेली धूल से सन गयी, हथेली को उसने माथे तथा सिर पर लगाकर बायें हाथ से कमर को सहलाते हुए, बँसवारी के उस घने झुरमुट को देखने लगा जहाँ छिपकर उसने अपनी, पत्नी तथा पुत्र की जान बचायी थी क्योंकि अराजक-तत्त्वों का पागल समूह उसके टोले की ओर बढ़ रहा था।

—एक भी बिहारी बचने न पाये।

—उनकी नानी याद दिला दो।

—हमारी बेटी को रेलगाड़ी से खींचकर उसके...

—सभी के घरों में आग लगा दो।

—बिहारी हैं तो बिहार जायें।

—देखो वह भाग रहा है अपनी जवान बेटी के साथ...

—पकड़ो उसे...मारो उसे।

नीबर ने बँसवारी की झुरमुट से देखा कई लोगों की जीवन-लीला उसके आँखों के सामने समाप्त हो गयी। सामने के टोले में आग की लपटें उठ रही थीं...मांस के जलने की दुर्गन्ध आ रही थी।

इस अप्रत्याशित भयावह दृश्य को देखकर वह घर छोड़कर सिर पर पैर रखकर पत्नी तथा पुत्र को लेकर घनी बँसवारी के झुरमुट की ओर छिपने के लिए भाग गया था। अराजक-तत्त्वों के नंगा नाच करके जाने के कुछ देर बाद वह निकलकर अभी-अभी आकर खाक हुए अपने घर के सामने बैठा था।

'बिहारी हैं तो बिहार जायें' की आवाज़ उसके कानों के परदों से बार-बार टकरा रही थी।

वह सोच रहा था और बिहारियों की तरह वह यहाँ काम की तलाश में भूख मिटाने तो आया नहीं था, बल्कि उसकी कई पीढ़ियों पहले उसके पूर्वज बिहार के ज़मींदारों तथा ऊँची जातियों के अत्याचारों से तंग आकर सत्तू की गठरी तथा चूड़ा लेकर यहाँ आये थे।

ख़ून-पसीना एक करके यहाँ की धरती को रहने लायक़ बनाया। बाबा बताया करते थे जहाँ आज हमारा घर बना है, वहाँ की धरती ऊबड़-खाबड़ थी, सुनसान, विशाल जंगल था, हिंसक-पशु दिन-रात विचरण किया करते थे। रात के अँधेरे में डेरा के चारों ओर लकड़ियाँ जलायी जाती थीं, जिससे शेर-चीता आदि डरकर डेरा तक न आ सकें...। जान हथेली पर रखकर इसे आबाद किया गया था। 'गिरमिटिया' पूर्वजों की तरह, वे तो विदेश में जाकर वहाँ आधिकारिक रूप से ज़मीन से जुड़ गये।

हम भी तो यहाँ की ज़मीन से जुड़े थे, मेरा बेटा तो असमिया माध्यम स्कूल में पढ़ रहा है, बिहारी रीति-रिवाज़ों के साथ असमिया रीति-रिवाज़ को हम भी तो मानते हैं...फिर हमारे साथ...?

मास्टर हीरेन दा ने तो बहुत समझाने का प्रयास किया था, उन भारतीयों को।

—पागल मत बनो, सभी अपने हैं, भारतीय हैं।

—इन लोगों ने तुम्हारा क्या बिगाड़ा है।

—तुम बिहार की रेलगाड़ी हादसा की बात करते हो न...? वह बहुत ही शर्मनाक हादसा था, उसकी जितनी भी निन्दा की जाये कम है लेकिन ख़ता किसी ने की सज़ा किसी और को।

—मास्टर जी, उसी रेल हादसा की प्रतिक्रिया है यह।

—क्या कहा...?

—प्रतिक्रिया...! बदला लेने की अमानुषिक भावना, इतिहास कभी तुम्हें माफ़ नहीं करेगा उसी तरह जैसे 'गोधरा' की प्रतिक्रिया से गुजरात के सोने से लिखे इतिहास के अक्षर काले पड़ गये...इसी प्रकार की प्रतिक्रिया ने 1947 में भारत तथा पाकिस्तान की मानवता को ख़ून के आँसू रुलाये हैं। उस भयावह, शर्मनाक, वीभत्स दृश्य को सोचकर शर्म भी शर्म से गड़ जाती है। वह ऐसा ज़ख़्म है जो नासूर बनकर सदियों तक न बहे, उसके लिए पाकिस्तान से फिर दोस्ती का हाथ बढ़ाया जा रहा है। रिसते-नासूर के मुँह को बन्द करने की पहल कर रहे हैं... । असम को शर्मनाक न बनाओ, ब्रह्मपुत्र की सन्तानों...ब्रह्मपुत्र के पानी की तरह निर्मल बनो।

—मास्टर जी मेरी भी सुनेंगे आप क्या...? आँखों में शोले भरकर फूकन बोला...बिहार से तो लोग देश में हर जगह जाते हैं। पंजाब, हरियाणा, बम्बई, सूरत, मद्रास, कोलकाता आदि। मुसाफिरों से छत तक भरी रेलगाड़ियों को देखकर लोग कह उठते हैं कि बिहार से गाड़ी आ रही है, लेकिन दूसरी जगहों से बिहार में लोग कम आते हैं...जो आते भी हैं वह कुछ दिन बाद स्वयं ख़ून के आँसू रोकर अपना सब-कुछ बिहार में छोड़कर अपनी जान बचाकर रात के अँधेरों का सहारा लेकर भाग जाते हैं...! पंजाबी, मारवाड़ी, सिन्धी, गुजराती आदि-आदि। उनकी हैसियत घर पहुँचने पर हारे जुआरी-सी होती है।

—वहाँ का बाहुबली अपने-आपको 'अशोक सम्राट्', 'हिटलर', 'चंगेज ख़ाँ' कहता है, सामन्ती-सा हुक्म चलाता है, अपहरण हत्याएँ तो एक आम बात होकर रह गयी हैं। बिहार के सारे ठेके उनके इशारों पर चलते हैं...ठेकों का भुगतान कैसे किया जाता न सुनिये तो बेहतर है, उनके कारिन्दों, गुर्गों की बात करने की शैली का ढंग बड़ा निराला है।

—डॉ साहब, इंजीनियर साहब, यह कार आपने कब ख़रीदी है?

—छह महीने पहले।

—तब तो आप इस पर काफ़ी चल चुके हैं, आप इस पर से सीधे से उतरिये, अब इस पर मुझे चलना है।

वह रोज़ाना बिहार के वायुमण्डल में तैरती आवाज़ें हैं। मास्टर हीरेन दा सुनकर अवाक् सोचने लगे, फूकन की बातों में दम तो है लेकिन एक लम्बी उसाँस लेकर बोले, "यदि तुम्हारी बातों के दम को स्वीकार भी कर लिया जाये तो यह कितनी भयानक त्रासदी है कि यदि असम के लोग असम में, बिहार के लोग बिहार में, पंजाब

के लोग पंजाब में, बंगाल के लोग बंगाल में, गुजरात के लोग गुजरात में, उत्तर प्रदेश के लोग उत्तर प्रदेश में आदि-आदि, यानी अपने-अपने प्रदेश में जाकर रहें, उनका प्रदेश खाली कर दें, तो जानते हो क्या होगा...?

भारत माता के टुकड़े-टुकड़े हो जायेंगे, भारत का अस्तित्व ही मिट जायेगा, 'अखण्ड भारत' शब्द पुरानी सभ्यताओं की तरह लुप्त हो जायेगा, बोलो कौन ऐसा चाहेगा? वही अराजक-तत्त्व या सियासत के तवे पर घृणित-स्वार्थ की रोटियाँ सेंकनेवाले लोग न? इस क्षुद्र-मानसिकता के नाम के फ़न को उठने से पहले ही कुचलना होगा अन्यथा अनर्थ हो जायेगा।

बग़लवाले टोले से लुटे-पिटे बचे-खुचे लोगों का एक जत्था अपने कन्धों पर जली-अधजली गठरियों को लादे उसके टोले की ओर आता दिखायी दिया, जिनके चेहरे पर भय तथा आतंक की उभरी रेखाएँ साफ नज़र आ रहीं थीं, अधिकांश के गालों पर बहे आँसू-भरी आँखों से वे पीछे मुड़-मुड़कर अपने टोले को देख, सिसक उठते थे क्योंकि वे उस धरती को छोड़ रहे थे, जिसने उन्हें समुद्र की गहराई से भी अधिक प्यार दिया था, उनकी भूख-प्यास मिटायी थी। भीखू ने तो एक असमिया परिवार की कन्या से विवाह भी रचा लिया था। विवाह-समारोह में बिहारी समाज तथा असमिया समाज के लोग काफ़ी संख्या में जमा हुए थे अपनत्व की भावना के साथ देर रात तक नाच-गाना चलता रहा, ख़ुशियों से दामन भरे जा रहे थे, लोग आनन्दित होकर फूले नहीं समा रहे थे, बड़ा मनोरम दृश्य था लेकिन आज भीखू सोच रहा था अगर बिहार में मेरे परिवारवाले असमिया कन्या को ले करके इससे घृणा करेंगे तो...? फिर हमारी मंज़िल कहाँ होगी...? लेकिन पहले जान तो बच जाये फिर सोचेंगे आगे की बात...अपनी सन्तान के लिए माँ-बाप की नाराज़गी जाड़े में मुँडेर की धूप की तरह होती है।

अपने टोलेवालों के साथ भीखू तेज़ क़दमों से आता हुआ दिखायी दिया, उनमें कुछ गर्भवती स्त्रियाँ भी थीं, जिन्हें चलने में कठिनाई हो रही थी, आगे निकले हुए पेट पर से सरकती साड़ी को बार-बार ठीक कर रही थीं, एक पोलियोग्रस्त लड़का बायी टाँग झुलाते हुए टेढ़ी-मेढ़ी लकड़ी के सहारे चलने की नाकाम कोशिश कर रहा था, भीखू अब नीबर के एकदम सामने आ गया था।

...अरे नीबर काका, आप अभी यहीं बैठे हैं...? आपके टोले के लोग तो जा चुके हैं, यहाँ अब कोई नहीं रह गया है, सभी रेलवे स्टेशन चले गये, रेलगाड़ियाँ खचाखच भरकर जा रही हैं, डिब्बे के अन्दर से ज़्यादा लोग छतों पर बैठकर, जान बचाकर जा रहे हैं और काका आप हैं कि ...? भीखू बोला।

नीबर ने धीरे-धीरे गर्दन घुमाकर भीखू की ओर देखा और बड़ी मायूसी से बोला—"भीखू तुम तो सीवान स्टेशन पर उतरकर अपने गाँव अपने घर चले जाओगे लेकिन मैं बिहार के किस स्टेशन पर उतरूँगा और कहाँ जाऊँगा क्योंकि मेरी पीढ़ियाँ कहाँ से आयी थीं, मुझे तो यह भी नहीं मालूम, अब तो मेरे लिये असम ही बिहार है, अपने घर की ओर देखते हुए बोला, भीखू जलते हुए घर की ही आग नहीं, दिलों में सिर उठाती नफ़रत की आग भी बुझेगी ज़रूर, आज नहीं तो कल...?"

●

ये घर ये लोग

ग़रीबी और भूख जो कुछ न कराये वह कम है, सोच से परे है, इन्सान तथा इन्सानियत के चेहरे पर कभी न मिटनेवाला बदनुमा दाग़ है, असह्य त्रासदी जिसे चाहते हुए भी झुठलाना मुश्किल ही नहीं असम्भव है, क्योंकि भूख और ग़रीबी के आगे ममता एक बार फिर शर्मशार तथा लाचार साबित हुई, उस काम को करने के लिए, आँखें बन्द करके उसे अपने कलेजे पर पत्थर रखना पड़ा होगा, यह तो वह दुखियारी माँ ही बता सकती है, जिसने अपने जुड़वाँ जिगर के टुकड़ों को, जो दसेक दिन पहले ही पैदा हुए थे, बेच दिया।

नवजात शिशु में से एक ने दूध पीना चाहा लेकिन उसकी छातियों से दूध नहीं उतर रहा था, वह अपनी छातियों को दोनों हाथों से दबाकर दूध निकालना चाहती थी, लेकिन एक बूँद भी दूध नहीं निकला, छातियाँ रेगिस्तानी नदी हो गयी थीं, कल्लो ख़ाला ने उसे इस तरह करते हुए देखकर कहा--'अनीसा तेरा दूध चढ़ गया है तेरे बच्चे बहुत कमज़ोर हैं खींच नहीं पा रहे हैं, दूध उतरने में देर लग सकती है ऐसा कर तू छोटू को भेजकर मेरे यहाँ से बकरी का दूध मँगा ले और उसे रुई के फ़ाहे में भिग़ोकर इनके मुँह में थोड़ी-थोड़ी देर बाद टपका दिया करना, जब दूध उतर आये तब अपना दूध पिलाना शुरू कर देना, माँ का दूध अमृत होता है, हालाँकि आजकल बड़े घरों की पश्चिमी सभ्यता की चकाचौंध में डूबी फैशनपरस्त औरतें अपनी शारीरिक ख़ूबसूरती बनाये रखने के लिए अपने बच्चों को अपना दूध नहीं पिलाती हैं, जबकि माँ का दूध बच्चों को हर बीमारी से बचाता है।

अनीसा ने इन बच्चों को अस्पताल में नहीं बल्कि अस्पताल के बाहर मेन गेट के बग़ल में सीना ताने खड़े सीता अशोक के नीचे जन्म दिया था, अवर्णनीय तथा

असहनीय प्रसव-पीड़ा के कारण वह रिक्शे पर लदकर अपने छह वर्षीय बच्चे के साथ चीखती-चिल्लाती, तड़पती रहीम नगर से अस्पताल के अन्दर गिरते-पड़ते पहुँची थी, उसका पति असलम उसके साथ आने की हालत में नहीं था क्योंकि उस पर 'अंगूर की बेटी' का नशा सवार था...पहले उसे 'अंगूर की बेटी' से बेइन्तहा नफ़रत थी, लेकिन अशिक्षा के कारण उसने अपने ऊपर दस बच्चों का बोझ लाद लिया था...आमदनी अठन्नी खर्चा रुपया...से वह उस बोझ को बरदाश्त न कर पाने के कारण ग़म-ग़लत करने के लिए इस लत का शिकार हो गया, हालाँकि उस मुसलमान बाहुल्य रहीम नगर में अधिकांश अशिक्षित मुसलमानों का यही हश्र था, अंगूर की बेटी से लगाव और कुत्ते-बिल्ली तथा सुअरों की तरह ढेर-सारे बच्चे पैदा करना जैसे वे इस काम में मुक़ाबला करके चैम्पियन बनना चाहते हों, वे अपनी बीवियों को बच्चा पैदा करने की मशीन समझ बैठे थे, प्रसव-पीड़ा को मर्दों को तो भुगतना नहीं पड़ता था, भुगतती थीं बेचारी उनकी बीवियाँ, अगर पुरुषों को उस अवर्णनीय, असहनीय पीड़ा के शतांश के हज़ारवें भाग के बराबर की पीड़ा का एहसास हो जाये तो यह पुरुष काम-वासना की इच्छा के सिर उठाते ही उसका गला घोंट देते, उनकी इच्छाओं के सागर में भूकम्प आ जाता, आत्माएँ काँप उठतीं और इच्छाएँ गदहे की सींग हो जातीं...धन्य हैं नारियाँ जो प्रसव-पीड़ा की समाप्ति के बाद उस पीड़ा को क्षण-भर में ही भूल जाती हैं, जैसे आज से पहले अनीसा भी दस बार भूल चुकी है...आज उसने ग्यारहवीं बार प्रसव-पीड़ा की क़यामती भयानकता को अस्पताल के गेट के निकट सीता अशोक के पेड़ के नीचे ज़िन्दगी और मौत के आँचल के साये में झेला था...वह जब रिक्शा से उतरकर लड़खड़ाते क़दमों से दीवार का सहारा लेकर किसी तरह लेडी डॉक्टर के पास पहुँची तो उसके कागज़ी चेहरे पर पीड़ा के अनेक रूप आ-जा रहे थे जिसे आसानी से देखा तथा पढ़ा जा सकता था, वह एक ज़ोरदार उसाँस लेकर साँस को बाहर छोड़ने के बाद बोली...'डॉक्टर बहिनी मेरी जान बचा लो।'

—रजिस्ट्रेशन कराया...?

—मैं मर जाऊँगी डॉक्टरनी जी...

—सवाल कुछ जवाब कुछ...मैंने पूछा था कि क्या रजिस्ट्रेशन करा लिया है...?

—डॉक्टरनी जी मैंने कुछ नहीं कराया है, मेरे पास पैसे के नाम पर फूटी कौड़ी भी नहीं है, मेरी जान बचा लो।

लेडी डॉक्टर को समझने में देर नहीं लगी कि यह कोई मोटी मुर्गी नहीं बल्कि ग़रीबी की रेखा के नीचे जीनेवाली शापित आत्मा है और मुँह फेरकर वहाँ से उठकर

अपने आवास की ओर जाने लगी शायद उसकी ड्यूटी समाप्त हो चुकी थी और शिफ्टवाली लेडी डॉक्टर का अभी तक कहीं अता-पता नहीं था, जाते-जाते उसने कहा था—'डिलेवरी यहाँ नहीं हो पायेगी।'

—क्यों नहीं हो पायेगी...? ये तो सरकारी अस्पताल है एक नेतानुमा आदमी की आवाज़ हवा में उभरी।

—मैंने कब कहा कि सरकारी अस्पताल नहीं है, लेकिन क्या आप नहीं जानते हैं कि सरकारी अस्पताल में क़ीमती दवाएँ तथा इन्जेक्शन आते-आते बीच में थक-हारकर और कहीं चले जाते हैं, बीच में सो जाते हैं, क़ैद कर लिये जाते हैं अस्पताल का मुँह तक नहीं देख पाते...कल का समाचार-पत्र तो पढ़ा होगा आपने...? 'दवा आपूर्ति घोटाला' जिसमें मन्त्री जी के गोरखधन्धे की बात कही गयी थी, इसमें जीवन-रक्षा जैसी दवाओं की ज़रूरत पड़ सकती है और यह दवा यदि कभी रास्ता भूलकर आ भी गयी तो ठीक, वरना तो सरकारी अस्पताल का मुँह देखने को तरस जाती है...डिलेवरी के लिए आवश्यक दवाएँ, इन्जेक्शन तथा ब्लड तो मँगाना ही पड़ेगा बाहर से जो आज की तिथि में इस अस्पताल में शून्य है, ये वह मँगा नहीं पायेगी क्योंकि उसने खुद कहा है कि उसके पास फूटी कौड़ी भी नहीं है, ऐसा केस हम क्यों नहीं लेना चाहते, यह हमारी विवशता है, बाहर से ये दवा ला नहीं पायेंगी और ख़ुदा न ख़्वास्ता, डिलेवरी के बीच अगर कुछ हो गया तो आया गया सब-कुछ लेडी डॉक्टर के मत्थे...गालियाँ, तोड़-फोड़ शुरू हो जायेगी, जैसे पिछले सप्ताह गोसाईंगंज के सरकारी अस्पताल में हुआ था, बेचारी लेडी डॉक्टर के साथ कितनी अभद्रता की गयी थी, उसका ब्लाउज़ तथा साड़ी तक फाड़ डाला, भीड़ उसे अपने साथ खींचकर ले जा रही थी वह तो कहिये उधर से एस.पी. साहब गुज़र रहे थे वरना उसका क्या हश्र होता सोचकर रोंगटे खड़े हो जाते हैं।

अनीसा मायूसी की चादर लपेटे, हाथ में झोला लटकाये जिसमें कुछ कपड़े थे, फिर उसी दीवार के सहारे बाहर जाने लगी, गेट तक पहुँचते-पहुँचते उसका शलवार ख़ून से लथ-पथ हो गया और उसने गेट के बाहर अशोक के पेड़ की ओर हाथ बढ़ाकर उसका सहारा लेना चाहा लेकिन कटे पेड़ की तरह धड़ाम से गिर पड़ी और खुले आसमान के नीचे तड़पने लगी...वहाँ अच्छी-ख़ासी भीड़ लग गयी, जैसे कोई तमाशा हो रहा हो...चिड़िया की जान जा रही है, बच्चों का खिलौना...कोई हाथ उसे बचाने के लिए आगे नहीं आ रहा था यहाँ तक कि सभ्य समाज की शिक्षित महिलाएँ भी उस पर नज़रें फिसलाकर आगे बढ़ जाती थीं, आजकल हर शहर-कस्बों में कुकुरमुत्तों की तरह उगे नर्सिंगहोमों में से 'सोना' नाम के नर्सिंगहोम से अपनी ड्यूटी समाप्त करके लीलावती जमादारिन घर जा रही थी, उसका घर सरकारी अस्पताल के गेट के

सामने सड़क के उस पार था, गेट पर भीड़ देखकर उधर मुड़ गयी, मानवता को लज्जित करनेवाला जो दृश्य देखा तो सन्न रह गयी...तड़पने तथा लोटने के कारण अनीसा का सलवार जो कमर से नीचे खिसक गया था उसे ठीक करने के बाद बोली–'हरामियों, शर्म नहीं आती तुम लोगों को...? क्या तुम अपनी माँ-बहनों को इस हालत में देख सकते हो...? हरामी के पिल्लों, भागों यहाँ से, नहीं तो झाड़ू से बात करूँगी'...तुम लोगों को चाहिए तो यह था कि अस्पताल में जाकर किसी डॉक्टर को बुला लाते, इसकी जान बचाने की कोशिश करते लेकिन लगता है तुम्हारे अन्दर का इन्सान मर गया है।

—यह अस्पताल से लौटकर आयी हैं लेडी डॉक्टर ने डिलेवरी कराने से मना कर दिया भीड़ से किसी की आवाज़ फूटी

—अच्छा...! और बिना तनिक देर लगाये वह अपने घर की ओर सड़क को पार करके दौड़ती हुई लपकी, वह आँधी की तरह गयी और तूफ़ान की तरह लौट आयी, उसके हाथ में पुराने साफ़ कपड़े, रुई, पानी का कण्टेनर, एक नया ब्लेड कुछ टैबलेट तथा दो साड़ियाँ तथा एक चटाई थी, साथ में अपनी देवरानी अलका को भी लायी जो स्थानीय डफ़रीन अस्पताल में नर्स का काम करती है, अलका के हाथ में डिलेवरी किट बैग जिसे लेकर वह मलिन बस्तियों में डिलेवरी कराने प्रायः जाया करती है।

—दीदी यह तो ऐसी अवस्था में है कि इन्हें अब और कहीं शिफ्ट नहीं किया जा सकता है, डिलवरी यहीं करानी पड़ेगी और दोनों ने आनन-फानन में साड़ी को पेड़ तथा गेट के खम्भे से बाँधकर आड़ किया और डिलेवरी कराने में जुट गयीं, नर्सिंगहोम में भी लीलावती ही डिलेवरी कराती थी, लेडी डॉक्टर तो खड़ी-खड़ी देखा करती थी, बीच-बीच में कुछ बोल दिया करती थी, डिलेवरी कराते-कराते लीलावती का हाथ साफ़ हो गया था, लेडी डॉक्टर का भी उस पर इस काम के लिए पूरा भरोसा एवं विश्वास रहता था, लीलावती बताया करती थी कि उसने आठवीं क्लास तक पढ़ाई की थी, मेरे बापू को पढ़ाने का बड़ा शौक था, मैं भी ख़ूब पढ़-लिखकर कुछ बनना चाहती थी लेकिन वह भगवान् को प्यारे हो गये तो पढ़ाई छूट गयी, मेरे बापू टोली बनाकर नारा लगाया करते थे–'जब तक भूखा इन्सान रहेगा, तब तक धरती पर तूफ़ान रहेगा।'

थोड़ी देर के बाद 'केहाँ-केहाँ' की आवाज़ से वातावरण गूँज उठा...जुड़वाँ बच्चों से देश में दो की और वृद्धि हो गयी, भगवान् की माया देखो...कहाँ कोई एक बच्चे के लिए तरसता है, एड़ी-चोटी एक करके पीरों-फ़कीरों, साधु-सन्तों की चौखटें चूमते-चूमते जूते के तलवे घिस डालता है, दवाओं पर पानी की तरह पैसे बहाता है, मन्दिरों, मस्जिदों, गुरुद्वारों, चर्चों में दान-दक्षिणा देता है लेकिन भगवान् की अदालत

में कोई सुनवायी नहीं होती और इसके यहाँ दो-दो...! तेरी माया अपरम्पार है प्रभु...लीलावती मन-ही-मन बुदबुदायी।

अनीसा को चटाई पर लेटा दिया गया था उसके दोनों नवजात-बच्चे बग़ल में लेटे थे, अनीसा जो कुछ देर पहले नीम-बेहोशी की हालत में थी अब सामान्य-सी दिखने लगी थी, चेहरे पर जहाँ हवाइयाँ उड़ रहीं थीं अब धीरे-धीरे वह वहाँ से खिसककर दूर भाग रही थी।

—बड़ी हिम्मती तथा जीवट की औरत है, देखो न, एकदम सामान्य हो गयी, जैसे उस पर कुछ गुज़रा ही नहीं, अलका बच्चों का टिटनेस का इंजेक्शन लगाते हुए बोली।

—सचमुच, मैंने इतनी सारी डिलेवरी करायी है लेकिन ऐसी दमदार औरत देखने को कभी नहीं मिली जो डिलेवरी के बाद इतनी जल्दी नार्मल हो जाये।

अनीसा साथ में आये अपने बेटे के बारे में पूछने लगी—मेरा भइया कहाँ है...?

—यहाँ तो नहीं है लीलावती बोली।

—शायद वह घर चला गया होगा अपने बाप को बुलाने, अपने आप अनीसा ने जवाब भी दे दिया।

अनीसा का सोचना सही था, अशोक के पेड़ के पास माँ को गिरते और छटपटाते देखकर उसका छह वर्षीय लड़का घबराकर रोने लगा और दौड़ता हुआ अपने बाप को बताने चला गया। हालाँकि जब उसके बाप पर अंगूर की बेटी सवार रहती थी, तब वह डर के मारे उनके पास कभी नहीं जाता था लेकिन आज उसे डर नहीं लग रहा था, माँ की दशा देखकर तभी तो बेतहाशा जान-छोड़कर 'बुधिया' की दौड़ की भाँति दौड़ता हुआ घर गया था...देखा, बाप का नशा हिरन हो चुका था, वह अपने-आप में गुम-सुम बैठा था। अनीसा जिस वक़्त घर से निकली थी, चौराहे पर आकर रिक्शा किया था, उस वक़्त वह अपने होश में नहीं था, उसे अंगूर की बेटी ने दबोच रखा था, उसके सोचने की शक्ति को उसने पंगु कर दिया था, अपने अब्बा को सामने बैठा देखकर उसका छह वर्षीय बेटा अकरम फूट-फूटकर रोने लगा।

—क्या हुआ अकरम...? क्यों रोता है...? तुम्हारी अम्माँ कहाँ है...?

—अब्बा, अम्माँ अस्पताल के बाहर गिर पड़ी हैं, लोट रही हैं वहीं...जल्दी चलो।

—आयँ...! तो क्या उसका अस्पताल जाने का वक़्त आ गया था मन-ही-मन बुदबुदाया वह।

—अब्बा, जल्दी चलो अम्माँ के पास, वह गिर पड़ी हैं, असलम के मस्तिष्क में अच्छे-बुरे ख़्याल गड्ड-मड्ड होकर बनते-बिगड़ते रहे, जल्दी से पहुँचने के लिए मेन-रोड से नहीं बल्कि पुर-पेंच सँकरी गलियों से होता हुआ जल्दी-जल्दी अस्पताल

के गेट पर पहुँच जाना चाहता था, भीड़ अब गेट के पास से हट चुकी थी... एक्का-दुक्का लोग अस्पताल में आ-जा रहे थे, लीलावती अनीसा से उसके पति और बच्चों के बारे में पूछ रही थी, उसके पति और दस बच्चों के बारे में जानकर वह अनीसा पर एकदम भड़क उठी—'पूरी पल्टन बना रही हो...?'

—क्या कहूँ बुआ, वह मानते ही नहीं, बहुत तो कहती हूँ, मिन्नतें करती हूँ लेकिन जब वह उन पर सवार हो जाती है, तब वह मुझ पर सवार होने लगते हैं, ज़बरदस्ती करते हैं, जैसे मैं उनकी ब्याहता बीवी नहीं कोई और हूँ, जब वह बिलकुल नहीं मानते तो थक-हारकर, मन-मारकर मैं भी उनसे सहयोग करने के लिए मजबूर हो जाती हूँ क्योंकि अगर मैं उनसे सहयोग नहीं करती हूँ तो वह नोच-घसोटकर अधमरा कर देते हैं।

—हाँ, नौ महीने निगोड़े मर्दों को थोड़े झेलना पड़ता है, झेलती तो हैं औरतें, वैसे मुसलमान कुछ ज़्यादा औलाद पैदा करने के पक्ष में रहते हैं, कहते हैं कि औलाद तो अल्लाह की नियामत है, उस नियामत को हमें रोकने का क्या हक़ है...मेरे घर के पड़ोस के खाली प्लाट में हामिद नाम का एक रिक्शावाला झोंपड़ी डालकर रहता है, उसके भी आठ बच्चे हैं, जिनमें से कुछ कॉलोनी में नंग-धड़ंग घूमा करते हैं।

—हाँ, बुआ जब मैं विरोध करती हूँ कि इतने बच्चे पैदा करके क्या होगा, जिनको ठीक से खाना-कपड़ा भी न दिया जा सके, तब वह मोहल्ले के और मुसलमानों के बच्चों की गिनती गिनाने लगते हैं, फलाँ के इतने हैं...फलाँ के इतने हैं, तब मुझे चुप हो जाना पड़ता है, ईद-बकरीद का दिन मेरे घर में मोहर्रम का दिन हो जाता है।

—नसबन्दी क्यों नहीं करा लिया...? लीलावती ने प्रश्न उछाला।

—वह कहते हैं कि मौलवी साहब ने बताया है कि हमारे मज़हब में मना है।

—लेकिन पढ़े-लिखे मुसलमान नसबन्दी कराते तो हैं, उनका मज़हब कुछ दूसरा है क्या...?

—पता नहीं बुआ...मैं तो पढ़ी-लिखी हूँ नहीं, लेकिन अपने बच्चों को पढ़ाने को बहुत जी चाहता है, लेकिन पढ़ा कहाँ पाती हूँ, जब औरों के बच्चों को स्कूल जाते देखती हूँ, तब दिल मसोसकर रह जाता है।

—फिर तुम्हारे इतने बच्चे करते क्या हैं...?

—पाँच लड़के तो होटलों में काम करते हैं, दो लड़कियाँ हैं जो अफ़सर-कॉलोनी में दो अफ़सरों के यहाँ झाड़ू-पोछा करती हैं...बुआ, उन लोगों को दो जून खाने को तो मिल जाता है, यही सोचकर मैं दिल पर पत्थर रख लेती हूँ, दो लड़कों और एक लड़की को पोलियो हो गया है, जो घर पर ही पड़े रहते हैं, उन्हें देखकर दिल बैठ जाता है, रोना आता है, जब वह घिसट-घिसटकर चलते हैं, तो दिल पर क्या गुज़रती है, बुआ बता नहीं पाऊँगी।

—पोलियो के लिए तो कैम्प लगाये जाते हैं, घर-घर सरकारी-कर्मचारी दवा पिलाने जाते हैं, तुमने अपने बच्चों को क्यों नहीं पिलवायी...?

—बुआ, हमारे मोहल्लेवाले तो पोलियो की दवा पिलानेवालों को मोहल्ले में घुसने नहीं देते हैं, सरकारी-आदमियों से मार-पीटकर लेते हैं, कहते हैं कि हम अपने बच्चों को नहीं पिलायेंगे, तुम हमारे बच्चों को नामर्द बनाना चाहते हो, जिससे हमारे यहाँ औलादें न हों, हमारी संख्या न बढ़े।

—लेकिन मेरे नर्सिंगहोम में तमाम बड़े-बड़े मुसलमान अफ़सर, मास्टर, प्रोफ़ेसर, डॉक्टर, इंजीनियर, व्यापारी वग़ैरह ख़ुद अपने बच्चों को पोलियो-ड्राप पिलवाने आते हैं... क्या वे सब मुसलमान नहीं है...? फ़र्क़ इतना है कि वे सब पढ़ें-लिखे हैं।

बुआ, मोहल्ले के लोग बता रहे थे कि मौलाना साहब ने फ़तवा जारी किया है कि जो मुसलमान अपने बच्चों को पोलियो की दवा पिलायेगा, वह 'काफ़िर' हो जायेगा, मुसलमान नहीं रह जायेगा।

—तुम्हारे यहाँ तो अब छोटी-सी-छोटी बात पर 'फ़तवा' जारी होता रहता है, कि अमुक काम करने पर वह 'काफ़िर' हो गया, अख़बार में पढ़ती रहती हूँ, दूसरी ओर बड़े-बड़े मौलाना तो अख़बार में बयान देते हैं कि मुसलमानों को अपने बच्चों को पोलियो-ड्राप पिलाना चाहिए, मेरे यहाँ डॉ. शादाब हैं, जो कहते हैं। ...'यह कठमुल्लों की बकवास है कि पोलियो ड्राप पिलाना इस्लाम में मना है, उल्टा-सीधा फ़तवा देते रहते हैं, फ़तवा-जैसे गम्भीर विषय को मज़ाक बनाकर रख दिया है और मुसलमान भी हैं कि फ़तवा का नाम सुनते ही, काँप उठते हैं।'

—बुआ, मैं भी फ़तवा के नाम पर काँप जाती थी, लेकिन जब मेरे तीन बच्चों को पोलियो हो गया तो मैंने फ़तवा की परवाह न करते हुए बिना किसी को बताये चुपके से अपने मोहल्ले से दूर हिन्दू-मोहल्लों में लगे कैम्पों में जाकर अपने बच्चों को पोलियो की दवा पिलवाने लगी, तब से मेरे बच्चों को कुछ नहीं हुआ।

—ठीक किया तुमने, डॉ. शादाब के पास शहर के मानिन्द पढ़े-लिखे मुसलमान आते हैं, उनमें लम्बी-लम्बी दाढ़ीवाले मौलाना भी होते हैं, उन्हें लेकर डॉ. साहब मुस्लिम-मोहल्लों में जाते हैं, मुसलमानों को समझाते हैं, गलतफहमियाँ दूर करते, मुसलमान बच्चों की पढ़ाई पर ज़ोर देते हैं वह कहते हैं कि जब तक बच्चे पढ़ेंगे नहीं मुसलमानों की हालत सुधरेगी नहीं, तुम्हारी ही तरह रहेगी।

बुआ की बातें अनीसा को अच्छी लग रही थीं वह अपना दर्द और ग़म भूलकर बुआ की बातों की नदी में गोता लगा रही थी, तभी एक मासूम आवाज़ आ गिरी—'अम्माँ, अब्बा आ गये।'

—अनीसा...असलम के मुँह से इतनी ही आवाज़ फूटी थी कि अनीसा की गोद में लेटे जुड़वाँ बच्चों पर जब उसकी नज़र पड़ी तो जैसे उसे साँप सूँघ गया हो,

दो-दो...! अब क्या होगा...? अनीसा ने लीलावती की ओर देखा, उसकी आँखें शायद कह रही थीं–'बुआ यही है 'वह'...लीलावती असलम की ओर मुड़ी और कर्कश स्वर में बोली...'कलमुँहें', तू ही इस बदनसीब का पति है, जिसने इसकी ज़िन्दगी को नरक बना दिया है, दो और सँभाल...? तुझे तो सेन्चुरी बनानी है न...? किसी की जान रहे या जाये तुझ-जैसे मर्दों से क्या मतलब...? जा, ले जा इसे, कल ही से फिर...? बड़ा मर्द बनता है न...? बस इसी में मर्दानगी दिखती है तेरी और किसी चीज़ में नहीं...?

असलम सिर झुकाये लीलावती की बातें सुनता रहा...।

•

लाल फ़ीताशाही

आलोक तथा अलका का विवाह हुए एक तवील अरसा बीत चुका था लेकिन अलका की कोख अभी तक हरी नहीं हुई थी...कुछ समय तक घर तथा मोहल्लेवालों का ख़्याल था कि ये लोग भी आधुनिकता के रंग में डूबकर हवा के रुख़ का साथ दे रहे हैं...अभी तो मौज-मस्ती के दिन हैं...सैर-सपाटे के दिन हैं, सुन्दरता के सहेजने तथा बरकरार रखने के दिन हैं, बँदरिया की तरह बच्चे को चिपकाने के नहीं, क्योंकि पहली डिलेवरी के बाद यदि प्रसूता की अच्छी तरह देख-भाल नहीं की गयी और किसी कोने से कोई कमी रह गयी तो अनावश्यक चर्बी उसके पेट, कमर तथा नितम्ब पर अपना आधिपत्य जमाने लगती है, जिससे उसके शारीरिक सौन्दर्य में बदलाव उभरने लगता है और विवाह के अवसर पर खींचे गये उसके स्वयं के फोटो तथा आज की शक्ल में ज़मीन-आसामन का अन्तर दिखने लगता है, वैसे हर नयी-नवेली विवाहिता की यही इच्छा होती है कि वह चंचल, स्मार्ट तथा छरहरी बदनवाली लड़की-जैसी ही कुछ दिनों तक देख पड़े, थुलथुल पेट, भद्दी कमर तथा चलने पर असामान्य रूप से दायें-बायें हिलते नितम्बवाली औरत नहीं...यह सोच अब आभिजात्य-वर्ग में ही नहीं, अपितु मध्यम वर्ग में भी संक्रामक रोग का रूप लेती जा रही है।

बेडौल शरीरवाली पत्नी तथा सुडौल शरीरवाले पति के साथ देखकर लोगों के मस्तिष्क की शिराओं में हलचल होने लगती है—मैच ठीक नहीं है...दहेज का चक्कर लगता है...किसी धनी बाप की बेटी लगती है, जिसके बाप ने लड़के के बाप को अपने अर्थ-पुरुष होने का सबूत देकर लड़के को ख़रीद लिया है, पति को देखो न, लगता है अभी कुँवारा हैं, क्योंकि बच्चा होने के बाद शारीरिक-परिवर्तन स्त्रियों में उभरने लगते हैं पुरुषों में नहीं, पुरुष साठा तब पाठा की सोच में डूबे रहते हैं।

विवाह के बाद आलोक तथा अलका ने हनीमून के लिए कश्मीर की सुरम्य-स्थली को चुना था जहाँ की बेपनाह हसीन वादियों को देखकर लगता है कि जैसे दुनिया बनानेवाले ने ख़ुद अपने हुस्न से कश्मीर को सँवारा है, श्रेष्ठ शाहकार का रूप दिया है, हनीमून के लिए कश्मीर को ही चुनने की बात उनके ज़ेहन में शायर की इस पंक्ति को पढ़ने के बाद उभरी थी—'ग़र फिरदौस बर-रूये-ज़मीं अस्त, हमीं अस्तो-हमीं अस्तो-हमीं अस्त' अर्थात् अगर इस धरती पर कहीं 'स्वर्ग' है तो वह यही है...यही है...यही है...वहाँ की हसीन वादियों के रेशमी तथा सुन्दर गदराये बदन को स्पर्श करती हवाओं तथा फ़िज़ाओं का दिलकश, कोमल एहसास आलोक तथा अलका के ज़ेहन में भी अन्जाना एहसास पैदा कर देता था और वे भी उस रूमानी अनुभूति में डूब जाया करते जो उनके दिलो-दिमाग़ की गहराइयों में उतरकर यादों की चीज़ बन जाती...वहाँ से आने के बाद जब वे आँखें बन्द करते तो लगता जैसे वे हुस्न के आँचल की पनाह में हैं, लेकिन हसीन वादियों के आँचल की पनाह में रहकर जीवन के परमसुख की प्राप्ति की इच्छा की समय-सीमा होती है जो धीरे-धीरे अपने-आप सीमा के अन्दर क़ैद हो जाती है, यह इन्सानी फ़ितरत है, जिसके लिए न तो कोशिश करनी पड़ती है और न ही कोई योजना बनानी पड़ती है...आलोक तथा अलका के साथ भी ऐसा ही हुआ, उन लोगों ने संयुक्त रूप से फैसला किया कि अब आँगन किलकारियों से गूँजना चाहिए, कोशिश ने धीरे-धीरे अपना पाँव फैलाना शुरू कर दिया, कोशिश के रंग लाने के लिए बेसब्री से इन्तज़ार होने लगा, लेडी डॉक्टर से सम्पर्क करके सलाह-मशविरा होने लगा...जब वे लेडी डॉक्टर के यहाँ जाते तो उनके चेहरों पर ख़ुशियों के चिह्न नज़र आते थे लेकिन जब लेडी डॉक्टर से चेक-अप कराकर लौटते तो चेहरे का रंग गिरगिट का रंग लगने लगता था...सास तथा ननद की फुसफुसाहट जब एक दिन अलका के कानों में पड़ी तो उसे लगा जैसे उसे किसी ने आसमान से उछाल दिया हो।

—अम्माँ, लगता है कि भाभी के पैर अभी तक भारी नहीं हुए हैं, आज मैंने उनके पेट की ओर बड़ी ध्यान से देखा जो एकदम सपाट था जम्पर में थोड़ा भी उभार नहीं था।

—हाँ काजल, मेरे मन पर भी अब चिन्ता सवार होने लगी है, रात-रातभर सोचा करती हूँ।

—चिन्ता क्यों करती हो माँ, भाभी अभी छरहरी बदनवाली लड़की दिखना चाहती होंगी, काजल जो भैया दूज पर अपने दो बच्चों के साथ आयी थी बोली।

—नहीं रे, काफ़ी दिन हो गये है अब तो...तेरी शादी तो आलोक के बाद हुई है न और मैं नातियोंवाली हो गयी, नानी शब्द तो सुनती रहती हूँ लेकिन दादी शब्द सुनने के लिए कान तरस रहे हैं।

—भाभी बहुत पढ़ी-लिखी हैं, नौकरी करती हैं उन्होंने कुछ सोचा होगा, कोई योजना होगी उनकी।

—अण्ट-शण्ट बोलने की तेरी आदत अभी गयी नहीं, जानती है कि मोहल्लेवालों की भी उँगलियाँ उठने लगी हैं...आलोक की अम्माँ, बहू की कोख अभी तक भरी नहीं, अब तो काफ़ी दिन हो गये हैं...? आलोक बहू को लेकर लेडी डॉक्टर के यहाँ हर महीने जाता है, जब वह जाता है तब मैं पलक-पाँवड़े बिछाये उसका इन्तज़ार करती रहती हूँ कि आते ही वह बतायेगा....अम्माँ तुम दादी बननेवाली हो, लेकिन जब दोनों आकर बिना मेरी ओर देखे अपने कमरे में चले जाते हैं तो मुझे बड़ा ख़राब लगता है, मुझे जैसे साँप सूँघ जाता हैं...?

—तो क्या भाभी बाँझ हैं...?

—चुप...! मनहूस शब्द मुँह से निकाल रही है, ऐसे कहा जाता है कहीं...? अपशकुन मत बोल...

—अम्माँ, आप ही तो कह रही थीं कि हर महीने लेडी डॉक्टर के यहाँ जाते हैं अगर कुछ होता तो भैया-भाभी छिपाते क्यों...?

—शंका तो मुझे भी होती है लेकिन मैं उधर सोचना नहीं चाहती, ज़बान पर लाना नहीं चाहती क्योंकि मेरी वंश-बेलि का सवाल है, कुल-दीपक का सवाल है...आलोक भी तो मेरा इकलौता बेटा है, जब वह पैदा हुआ था तो तेरे पापा ने मोहल्लेवालों को इतना शानदार प्रीतिभोज दिया था जिसे आज भी लोग याद करते हैं, चटख़ारे ले-लेकर बताते हैं।

—अम्माँ, भाभी से क्यों नहीं कहती हो कि बहू मुझे एक पोता चाहिए।

—मेरी तो बड़ी इच्छा है कि मुझे कोई अपनी तोतली भाषा में कहे दादी...और मैं दौड़कर उसे अपनी गोद में भर लूँ, उसकी उँगली पकड़कर बाहर सड़क पर उसे इसलिए घुमाने ले जाऊँ कि मोहल्लेवाले जब पूछें—आलोक की अम्माँ कौन है ये, नाती है क्या...? नहीं जी, मेरा पोता है, सुनते नहीं हो मुझे दादी-दादी कहता रहता है, मेरे बुढ़ापे की लकड़ी है...तुम्हारे पापा तो इस ख़्वाहिश को सीने से लगाये भगवान् के यहाँ चले गये लेकिन अभी भी उनकी इच्छा मरी नहीं होगी, वह वहाँ से अपने पोते को टुकुर-टुकुर देखने की इच्छा रखते होंगे।

—आज मैं मज़ाक-मज़ाक में भाभी से कहूँगी—भाभी, अब हीरोइन बनना छोड़ो, हीरोइन का रोल आप पर नहीं जमता है क्योंकि अब आपके चेहरे से आपकी उम्र झलकने लगी है, देखो न स्वप्नसुन्दरी हेमामालिनी भी माँ का रोल करने लगी हैं...तब जो वह कहेंगी उससे बात साफ़ हो जायेगी कि भाभी सचमुच बाँझ हैं कि नहीं।

—फिर तुमने वही कहा जो मेरा कान सुनना नहीं चाहता है अच्छा अब तू चुप बैठ।

अलका आसमान से गिरी तो खज़ूर पर अटक गयी, सास तथा ननद की बातें सुनकर जल-बिन मीन की भाँति तड़पने लगी क्योंकि सास जी जिस बाँझ शब्द को सुनना तो क्या अपने आस-पास फटकने तक देना नहीं चाहती थीं वह शब्द हक़ीक़त में ढलकर उसकी ज़िन्दगी की दहलीज़ पर दस्तक देकर अन्दर घुसकर बैठ चुका है, घर-घुसरा बन चुका है...आज लेडी डॉक्टर दीक्षा चौधरी ने साफ़-साफ़ बता दिया था—'आप माँ नहीं बन सकतीं', सारे टेस्ट मैंने करके देख लिया है।

अब आप माँ नहीं बन सकतीं' डॉक्टर दीक्षा चौधरी के ये शब्द सुनकर आलोक का चेहरा पीला पड़ गया था, लेडी डॉक्टर के शब्द जब मेरे कान के परदों को झिंझोड़ रहे थे तब उसी क्षण मेरी आँखें आलोक के चेहरे पर टिकी थीं, उनका चेहरा पीला पड़ गया था, क्लीनिक से बाहर आने के बाद कार पर बैठकर जब वह गाड़ी चलाने लगे तो उन्होंने कहा—अलका लेडी डॉक्टर की बातों पर ध्यान मत देना, उनकी बातों से बकवास तथा व्यावसायिकता की बू आती है, मेरे बैच-मेट हैं राजेश, उनकी मिसेज़ को भी किसी सिरफिरी लेडी डॉक्टर ने यही कहा था और आज उनकी एक बेटी तथा एक बेटा है, वह बता रहे थे कि उन्होंने दवा भी किया तथा पीरों-फकीरों, साधु-सन्तों का आशीर्वाद भी लिया था, मैं भी ऐसा ही करूँगा...मुझे वह ढाँढ़स ज़रूर बँधा रहे थे लेकिन आज उनकी कार चलाने का ढंग पहले जैसा नहीं था, उससे उनकी मानसिकता का साफ़-साफ़ पता चल रहा था कि वह अन्दर से टूट चुके हैं, डॉक्टर दीक्षा चौधरी की बातों का असर उन पर भी है, क्योंकि डॉक्टर दीक्षा चौधरी कोई ऐरी-गैरी डॉक्टर नहीं हैं बल्कि दुनिया में उनका नाम है, अमेरिका, फ्रांस, जर्मनी तथा आस्ट्रेलिया के डॉक्टर उन्हें परामर्श के लिए प्रायः अपने यहाँ आमन्त्रित किया करते हैं।

अलका इन मनःस्थितियों से उबरने के लिए खिड़की में लगे परदे को दोनों तरफ समेट दिया छल्लों के परदे के राड पर फिसलने के कारण खिर...र...र की आवाज़ हवा में उभरी...परदा खुलने के बाद अलका की निगाहें सामने 'नटराज प्लाज़ा' पर रेंगती हुई 'श्रीमान् लेडीज टेलर' के बोर्ड पर टिक गयी जहाँ वह अपने कपड़े सिलाया करती थी जब से यहाँ बहू बनकर आयी थीं, टेलर मास्टर ढाई फुटा था, कपड़ों की नाप लेने के लिए उसे स्टूल पर चढ़ना पड़ता था, स्टूल पर चढ़कर जब वह टेप से नाप-जोख अपनी अलग-थलग स्टाइल में करता था तो लड़कियों के होंठो पर अन्दर दबाने पर भी हँसी फूट पड़ती थी लेकिन वह कपड़ों के

फिटनेस के लिए पूरे शहर में मशहूर था, इसीलिए लड़कियों का वह पसन्दीदा टेलर था...अलका को परसों का वह दृश्य आँखों के सामने बिजली की तरह कौंध गया जब वह उसी टेलर के यहाँ अपना जम्पर तथा चूड़ीदार पैज़ामा लेने गयी थी तो ढाई फुटे टेलर ने अपनी अजीब-सी आवाज़ में कहा था, मैडम, आप फिटनेस रूम में जाकर पहनकर देख लीजिये क्योंकि आप बता रही थीं कि आपका गुलाबी सूट कुछ लूज़ था।

—ठीक है, देख लेती हूँ।

और उसने फिटनेस रूम में घुसकर दरवाज़ा अन्दर से बोल्ट करके कपड़ा बदला, फिटिंग लाजवाब थी, कमरों की चारों दीवारों पर लगे आदम-क़द शीशों में अलका एक दुबली-पतली, छरहरी लड़की नज़र आ रही थी, लेकिन चेहरे पर खँडहर की परछाइयाँ दिखने लगी थीं, आँखों के नीचे काले धब्बे तथा पतले होंठ मोटे होने लगे थे, जल्दी-जल्दी वह नया कपड़ा उतारकर अपना पुराना कपड़ा पहनकर बाहर आ गयी।

—कैसा लगा मैडम...? ढाई फुटे टेलर ने पूछा।

अलका ने कोई जवाब नहीं दिया, पैकेट लेकर सीढ़ियाँ उतरने लगी तो उसका पैर फिसलते-फिसलते बचा।

नामी-गिरामी डॉक्टरों के साथ-साथ, पीरों-फकीरों, मन्दिरों-मस्ज़िदों, मज़ारों, गुरुद्वारों, मठों, गिरजाघरों की चौखटों के चूमने का क्रम जारी रहा...आज उन्हें 'क्लार्क-अवध होटल' में पधारे किसी तान्त्रिक से मिलना था, आलोक तथा अलका एक ही मल्टीनेशनल कम्पनी में साथ-साथ काम करते थे, लगभग चार बजे वे प्रथम तल के अपने-अपने चैम्बर से निकलकर सीढ़ियों से उतरने लगे तो देखा कोई पाषाण-हृदय निर्दयी एक नवजात-शिशु को सीढ़ियों में सबसे निचले पायदान के नीचे फर्श पर तौलिये में लपेटकर रख गया था, बच्चा बिलख रहा था, अलका तथा आलोक ने नवजात बच्चे पर नज़रें डालकर एक-दूसरे की ओर देखा...सांकेतिक भाषा में आवाज़ तो होती नहीं इसलिए उन्होंने एक-दूसरे से क्या कहा कुछ सुनायी नहीं पड़ा लेकिन अलका अपना बैग आलोक के हाथों में थमाकर जल्दी-जल्दी सीढ़ियाँ उतरकर नवजात-शिशु को अपनी गोद में उठा लिया, बच्चा भी उसके आँचल में आकर एकदम चुप हो गया, जैसे उसको अपनी माँ का आँचल मिल गया हो, वह अपने हाथ-पैर मारने लगा, अपने नन्हें-नन्हें नाज़ुक हाथों से बार-बार अलका की छातियों को छूने लगा, एक बार हुमुककर छातियों की ओर अपना मुँह बढ़ाने लगा, अलका ने आलोक की ओर देखा और पाया कि आलोक का चेहरा भी उसी तरह खिल उठा है, अलका बोली—आलोक, आप सामने 'श्री राम डेरी' से दूध तथा पप्पू की दुकान

से थोड़ी-सी रूई जल्दी लेकर आ जाओ...आलोक के आने के बाद ख़ुशियों से बोझिल पति-पत्नी अपने ऑफिस के सन्निकट स्थित स्वयंसेवी संस्था 'एहसास' के दफ्तर में गये यह पता करने के लिए कि क़ानूनी तौर पर यह बच्चा उन्हें कैसे मिल सकता है, जिससे बाद में कोई लफड़ा न हो, दोनों ने मन बना लिया था कि इस नवजात शिशु को गोद लेना है क्योंकि हमने अपने बच्चे के लिए बहुत देर से फैसला लेने के कारण अपना केस बिगाड़ लिया है, यह हमारे जीवन की सबसे बड़ी भूल थी, डॉक्टर दीक्षा चौधरी यही तो कह रही थीं...नवजात के मुँह में फ़ाहे से दूध टपकाते हुए अलका को बहुत अच्छा लग रहा था, वह अपनी पूरी ममता उस पर उँड़ेल देना चाहती थी, एक बार तो उसके मन में आया कि रूई के फाहे से दूध पिलाने के बजाय नवजात का मुँह अपनी छाती से लगा दे लेकिन दूसरे ही क्षण यह विचार उसके मन से काफ़ूर हो गया, स्वयंसेवी संस्था 'एहसास' की स्वयंसेविका ने बताया यदि आप गोद लेना चाहते हैं तो कृपया इस बच्चे को लेकर सोमनगर स्थित थाना एडाप्शन सेण्टर चले जायें।

आलोक तथा अलका बच्चे को लेकर एडाप्शन सेण्टर पहुँचे, उन्होंने संचालिका को पूरी कहानी सुनाने के बाद अपना मन्तव्य बताया—मैं इस बच्चे को गोद लेना चाहता हूँ।

—लेकिन मैं आपको इसे दे नहीं सकती, संचालिका महोदया के शब्द थे, संचालिका महोदया ने लाल फ़ीताशाही की क़ानूनी अड़चनों पर लम्बा-सा भाषण दे डाला, जिसे वे सुनना नहीं चाहते थे अन्त में वह अपना मन्तव्य स्पष्ट करते हुए बोली-आप नवजात को इस संस्था को सौंप दीजिये और इस फ़ार्म पर अपने हस्ताक्षर कर दीजिये, आलोक ने अलका की ओर देखा और काँपते हाथों से फ़ार्म पर हस्ताक्षर कर दिये, बग़ल में खड़े एक सम्भ्रान्त सज्जन बोले—यदि आपकी गोद लेने की प्रबल इच्छा है तो आप मोती महल चले जाइये वहाँ पर गोद लेने का फ़ार्म भिलेगा उसे भरकर वहाँ दे दीजिये उनके आदेश करने के बाद यहाँ से यह नवजात-शिशु आपको मिल जायेगा। आलोक तथा अलका बाहर आये और मोतीमहल़ के लिए रवाना हो गये। मोतीमहल पहुँचकर बच्चे को गोद लेने का फ़ार्म भरा लेकिन वहाँ लाल फीताशाही की क़ानूनी जटिलताओं के अजगरी मुँह खोलने के झटके से अलका के दिल में उठी ममत्व की पवित्र भावना पर ओस पड़ गयी फिर भी उसने उम्मीद का दामन नहीं छोड़ा लेकिन उसकी उम्मीद की कलियाँ चटकने भी नहीं पायी थीं कि उसे एक असहनीय झटका लगा...दूसरे दिन नगर के प्रसिद्ध दैनिक के प्रथम पृष्ठ पर उसी नवजात-शिशु के चित्र के साथ एक समाचार काले अक्षरों में प्रकाशित हुआ था—जिस नवजात शिशु को अलका तथा आलोक गोद लेना चाहते थे, उस पर अपनी

ममता तथा प्यार लुटाना चाहते थे, उसे कुल-दीपक बनाना चाहते थे, वंश-बेलि को परवान चढ़ाना चाहते थे, लेकिन लाल फीताशाही की पेचीदगियों की भूल-भुलैयों, अमानुषिक तथा अव्यावहारिक नियमों तथा ममता के अभाव ने उस नवजात-शिशु की जान ले ली...नवजात-शिशु की मौत का समाचार पढ़कर अलका, जिसने उसे चार घण्टों तक अपने सीने से चिपकाकर माँ होने का भरपूर एहसास किया था, की आँखों में आँसू छलछला आये और उसका वजूद तड़प उठा, उसे लगा जैसे नवजात-शिशु की मौत नहीं हुई बल्कि मौत हुई है व्यवस्था की, जिसकी सड़ी लाश उसके सामने पड़ी है, जिसे भिनभिनाती मक्खियों ने अपनी गिरफ़्त में ले रखा है...।

●

बाँझ नहर

अपने खेतों में चना, मटर, गेहूँ, आलू, प्याज, अरहर, सरसों तथा गन्ना की लहलहाती, हवा के झोंकों से झूमती फसलों को देखकर बमरौली गाँव के किसानों के सीने गज भर हो रहे थे, वे फूले नहीं समा रहे थे, उनके दिलों के महासमुद्र में नयी-नयी योजनाओं की लहरें इठलाती, बलखाती मीठी मुस्कान के साथ उठ रही थीं, इनमें भी यदि किसी की ख़ुशियों के पारावार का कोई अन्त नहीं था, जिनके दिल बल्लियों उछल रहे थे और ख़ुशियों से बोझिल हो रहे थे, वे थे राघव तथा रधिया और उसकी विधवा माँ सतिया जो अभी क़ुछ देर पहले खेतों के मेड़ों पर अपने क़दमों के निशान बनाते, टहलते हुए अपनी लहलहाती फ़सलों की ओर भरपूर नज़रों से देखकर लौट रहे थे, राघव को तो बैंकवाले रास्ते में मिल गये उसे गली के मोड़ पर रोककर कहने लगे-राघव, पिछले सोमवार को हम लोग आये थे और तुम घर में ताला डालकर घरभर कहाँ खिसक लिये थे...? लगता है हमारे आने की कहीं से भनक तुम्हें लग गयी थी, देखो छुपने-छुपाने से काम नहीं चलेगा, जेल में डाल दिये जाओगे, सड़ जाओगे।

साहेब, न हम खिसके रहे, न छुपे रहे, हमरे ससुर की अब-तब की ख़बर मिली रही, घरभर वहीं चले गये रहे, अबकी फ़सल कटने पर एक-एक पैसा मिल जाई साहेब।

बमरौली गाँव के सीवान के दामन को स्पर्श करती एक नहर का अस्तित्व ज़रूर था लेकिन नाममात्र के लिए क्योंकि दस वर्षों के तवील अरसे से पानी के अभाव में वह विधवा की माँग तथा बाँझ स्त्री की कोख हरी होने की ख़्वाहिश की तरह सूनी पड़ी थी, उसका पेट भर जाय उसमें किसी तरह पानी आ जाय इसके लिए किसान

अधिकारियों की चौखटें चूमते-चूमते हार गये थे, दौड़ते-दौड़ते उनके जूतों के तलवे घिस गये थे। फिर भी पानी नहीं आया, क्योंकि काग़ज़ में उसमें पानी चल रहा था, हर साल नहर की सिल्ट की सफ़ाई तथा पटरियों की मरम्मत काग़ज़ों पर हो रही थी, जिसका फ़र्ज़ी भुगतान किया जा रहा था, विवश होकर गाँववालों को अपने खेतों के चेकों में ट्यूबवेल की बोरिंग करानी पड़ी थी, इतनी अधिक बोरिंग से पृथ्वी के नीचे के पानी के दोहन के कारण जल-स्तर कहीं बहुत नीचे न चला जाय और कालान्तर में सारे ट्यूबवेल बेकार होकर पानी देना ही बन्द न कर दें, इसके लिए ऊसर-बंजर तथा खाली ज़मीन पर बड़े-बड़े जलाशय खोदकर वर्षा के पानी को व्यर्थ में नालों के सहारे बहकर नदियों की गोद में अठखेलियाँ करता सागर में जाने से रोककर पहले से खोदे गये जलाशयों के पेट को लबालब भर लिया था।

ट्यूबवेलों तथा जलाशयों के उस संचित पानी के समय-समय पर अपेक्षित सिंचाई तथा खाद देने से फ़सलें दिन-दूनी रात-चौगुनी परवान चढ़ रही थीं...एक सर्दी पार करके दूसरे सर्दी में क़दम रख चुके गाँव के बड़े बुज़ुर्ग मातादीन तथा ग़फ़ूर दादा बता रहे थे कि खेतों में फ़सलों का ऐसा लहलहाना उन्होंने इस बार की तरह अपनी ज़िन्दगी में पहले कभी नहीं देखा था, उधर से हर गुज़रनेवाले की नज़रें अनायास ही उधर उठ जाती थीं, फ़सलों में कोई कुप्रभाव न पड़े, नज़र न लग जाये उसके लिए लोगों ने अपने-अपने खेतों में लकड़ी का डण्डा गाड़कर उसमें काला कपड़ा अथवा मिट्टी की छोटी मटकी को काले रंग से ख़ूब गाढ़ा रंगकर उस पर काली माँ का चेहरा बनाकर टाँग रखा था...कोहरे के प्रभाव से बचाव के लिए कोहरा के पद-चापों की आहट को भाँपते ही खेतों की सिंचाई करके, सूरज के नवाब साहब की खँडहर हो चुकी हवेली के पीछे चले जाने के बाद साँवली शाम के आगमन होते ही घास-फूँस तथा गोबर से बने कण्डों से धुआँ करना लोग नहीं भूलते थे, अपेक्षानुसार खेतों में समय-समय पर वैज्ञानिक ढंग से खाद-पानी, कीटनाशक दवाओं के छिड़काव बराबर किया करते थे जिससे फ़सल अपने शबाब पर थी। किसी अल्हड़ हसीना की तरह अपने शबाब को सँभालना उसे भी मुश्किल हो रहा था।

किसान की उम्मीदें फ़सल को देखकर दोबाला हो रही थीं, परवान चढ़ रही थीं...कोई कुएँ की दूब की तरह बढ़ती अपनी बेटी के हाथ पीले करने के लिए ख़्वाब बुन रहा था... कोई ट्यूबवेल अथवा ट्रैक्टर के नाम पर बैंक से लिये क़र्ज़ के बोझ को फसल कटने के बाद उतारने के लिए सोचे बैठा था, कोई इन्जीनियरिंग तथा मेडिकल में पढ़ रहे अपने बेटे-बेटियों की बकाया फ़ीस जमा करने के लिए सोचकर ख़ुश हो रहा था...कोई अपने छप्पर तथा खपरैल के घरों को पक्के घर में बदलने की उम्मीदें लगाये बैठा था, ग़रज कि गाँव का हर किसान अपने दिलों में ख़ुशियों के दीप

जलाये उसकी रोशनी में अपनी मंज़िल की ओर बढ़ रहा था, लेकिन एक सुबह मनहूसियत के उगते सूरज की मनहूस छाया ने गाँववालों की उम्मीदों पर पानी फेर दिया उनकी आशाओं पर ओस पड़ गयी, ख़ुशियों के दीये बुझ गये, क्योंकि डबडबायी बे-नूर आँखों ने देखा कि बाँझ नहर के सीने को चीरता दोनों किनारों की पटरियों को ध्वस्त करता तेज़ वेग से हरहराता सैलाब अपने राक्षसी नापाक पंजों से फसलों को रौंदता हुआ गाँव की ओर बढ़ता चला आ रहा था, गाँव तो ख़ैर एक ऐतिहासिक ऊँचे टीले पर बसा था जो कालान्तर में शायद वहाँ कोई बस्ती रही होगी, जो प्राकृतिक उथल-पुथल के कारण ज़मींदोज़ हो गयी होगी, बस्ती होने के अवशेष आज भी वहाँ बिखरे पड़े हैं, गाँव के ऊँचाई पर बसे होने के कारण पानी की उसमें प्रवेश करने की हिम्मत नहीं हुई।

खेतों में जल-प्लावन के दृश्य को देखकर किसानों की अक़्ल पथरा गयी, उनकी सोच को जैसे लकवा मार गया हो, उन पर बेहोशी-सी तारी होने लगी...कुछ देर बाद जब उनकी नीम-बेहोशी ख़त्म हुई तो उनके मस्तिष्क की शिराओं में यह बात उभरने में देर नहीं लगी कि यह सब बाँझ नहर की करतूत है।

—चाचा, बिलकुल बाँझ नहर की वजह से ऐसा हुआ है जो दस वर्षों से सूखी पड़ी थी उसमें यकायक पानी छोड़ दिया गया, कल ही मैंने समाचार-पत्रों में पढ़ा था—सिंचाईमन्त्री ने विधानसभा में विपक्षी सदस्यों के प्रश्नों का उत्तर देते हुए कहा था कि बमरौली नहर में पानी चल रहा है उसे बाँझ कहना सरासर ग़लत है, महोदय, यह विपक्ष की मानसिक दिवालियापन का द्योतक है, मन्त्री जी ने सोचा होगा कि उनके इस सफ़ेद झूठ को विपक्ष सुबह कहीं आईना न दिखा दे इसलिए अपने चहेते चीफ़ इन्जीनियर, जो पार्टी तथा प्रदेश की मुखिया के जन्मदिन पर पैसे देने में अपना सानी नहीं रखते थे, पैसों के बल पर अपनी पोस्टिंग जिस बड़े प्रोजेक्ट में चाहते थे कराया करते थे, को रात के अँधेरे में अपने बँगले में बुलाकर कहा कि शारदा नहर का फाटक तुरन्त खुलवाकर बमरौली नहर में पानी डाल दिया जाय, किसी भी दशा में सवेरे उस नहर में पानी होना चाहिए।

मन्त्री जी का सही अथवा ग़लत आदेश पत्थर की लकीर हुआ करता है, नौकरशाही हरकत में आ गयी, इधर-उधर फ़ोन की घण्टियाँ बजने लगीं, और उस बाँझ नहर की कोख़ एक ही रात में हरी कर दी गयी, बमरौली नहर में शारदा नहर से आनन-फानन में पानी छोड़ दिया गया, नौकरशाहों ने इस बात की परवाह नहीं किया कि दस वर्षों से सूखी पड़ी उपेक्षित नहर का क्या हश्र होगा, नहर सही सलामत है भी की नहीं...? दस वर्षों से सिल्ट की सफ़ाई न होने के कारण नहर में सिल्ट की मोटी पर्त जम गयी थी, और उस पर घास-फूस, सरपत तथा पौधे उग आये थे,

नहर की तलैटी में इनकी मज़बूत उपस्थिति के कारण पानी के वेग में अवरोध उत्पन्न हो रहा था, परिणामस्वरूप मरम्मतविहीन पटरियों पर गाज गिरी और पानी के वेग ने उसे जिनमें रैट-होल्स तथा शाही के घर बने थे वह ध्वस्त करके तबाही मचा दिया, किसानों का जीवन नरकमय हो गया।

किसानों ने जब कामरेड गदर के नेतृत्व में डी.एम. साहब से मिलने का प्रयास किया तो उन्हें 'उल्टे चोर कोतवाल को डाँटे' की कहावत अपने सामने खड़ी मिली...मन्त्री जी की शह पर प्रशासन का कहना था कि नहर किसानों ने खुद काटी है, और भुक्तभोगी किसानों को ही दोषी ठहराया जाने लगा...'गये थे रोज़ा बख़्शवाने नमाज़ गले पड़ी'...किसानों के ख़िलाफ एफ.आई.आर. (प्राथमिकी) करने का फ़रमान सींचपाल तथा ज़िलेदार को जारी कर दिया गया, सरकार अधिकारियों के कन्धों पर बन्दूक रखकर अपना गर्दन बचाने में जुटी थी, मन्त्री जी रू-पोश हो गये थे, पत्रकारों तथा विपक्षी दलों को फ़ोन पर उत्तर मिल रहा था—मन्त्री जी दौरे पर गये हैं, कहाँ गये हैं...? पूछने पर चुप्पी के बाद लाइन काट दी जाती थी, विपक्षी दल के एक तेज़ तर्रार नेता ने जब मन्त्री जी के मोबाइल पर सम्पर्क करना चाहा तो वह बराबर स्विच आफ मिलता रहा।

राघव प्रधान जी के पैर पर चिंघाड़ मारकर रो पड़ा—काका, अब बैंक का क़र्ज़ कहाँ से भरबै...? बैंक से रोज़-रोज़ लठैत आवा थे, जेल में डालै को धमकावै थें।

—हाँ काका, क़र्ज़ लेते समय दलालों ने औना-पौना करके रुपया दिया था, और अगूँठा पूरे पर लगवाया था, मैंने इसका विरोध उसी वक़्त किया था, लेकिन हमारे बीच के कुछ लोग भी दलालों से मिले थे, दलालों तथा हमारे अपने आवाज़ों के बीच मेरी आवाज़ नक़्क़ारख़ाने में तूती की आवाज़ बनकर रह गयी, काका आप तो जानते हैं कि बैंक के दलाल गाँव-गाँव घूमकर किसानों को क़र्ज़ लेने के लिए सब्ज़बाग़ दिखाते हैं, तरह-तरह के हथकण्डों का इस्तेमाल करते हैं, ज़रूरतमन्दों को अपनी ज़रूरत पूरी करने के लिए पैसा चाहिए, वह भेड़-बकरी बन जाता है, उसे चाहे जैसे हाँक लो, गदर के शब्द थे।

—ठीक कहते हो गदर प्रधान जी बोले।

गदर प्रधान जी से बातों में मशगूल था, राघव कुछ बुदबुदाता हुआ वहाँ से खिसक गया, टहल साव तथा मिठाईलाल की दुकान से कुछ लेकर घर पहुँच गया, उसके सिर पर फ़सल के नष्ट होने, क़र्ज़ के न उतार पाने का भूत सवार था, वह पागल हो रहा था, उसे जाने क्या सूझी कि टहल साव तथा मिठाईलाल के यहाँ से ख़रीदी वस्तुओं को मिलाया और पहले पत्नी तथा बच्चों को प्रसाद के नाम पर खाने के लिए दिया बाद में स्वयं खा लिया।

अभी-अभी पानी में डूबी अपनी फ़सल को देखकर लौटी थोड़ी दूर खड़ी रधिया की माँ सतिया जो बड़ी देर से प्रधान जी तथा गदर की बातों की ओर कान लगाये थी, आँखों के कोयों में छलछला आये आसुओं को रोक न सकी और फ़फ़ककर रो पड़ी—काका, हमरी रधिया का का होई...? का हाथ पीला न होई...? बिन ब्याही रह जाई...?

प्रधान अवाक् सतिया की ओर देख ही रहे थे कि मोहन हाँफता-डाँफता आया और बोला काका, गदर भैया, राघव घरभर को चूहा मार दवा मिठाई में मिलाकर खिलाने के बाद स्वयं भी खा लिया है।

प्रधान जी तथा गदर, कुछ सोचते हुए, राघव के घर की ओर दौड़ पड़े...।

•

वतन की रेत

रसूलपुर गाँव...जो किन्हीं रसूलबख़्श ख़ाँ के नाम की याद ताज़ा कराता है, जिनके नाम पर उस गाँव का नाम रसूलपुर पड़ा था, उनकी खँडहरनुमा हवेली अपनी बुलन्दियों का पता आज भी दे रही है। पाकिस्तान के वजूद में आने के बाद जिन्ना की जादुई तक़रीर के जाल में फँसकर रसूलबख़्श ख़ाँ पाकिस्तान का रास्ता नापने चले गये थे...कुछ वर्षों के बाद उनका एक ख़त अपने जिगरी दोस्त पण्डित राधेश्याम मिश्र के पास आया था जो आँसुओं में डूबा था लगता था कि ख़त लिखते समय उनका दिल फूट-फूटकर रोता रहा होगा, परिणामस्वरूप आँसू आँखों से टपककर, ख़त की लिखावट को भिगोते रहे...ख़त बड़ा भावनात्मक था क्योंकि आज वह पाकिस्तान में 'महाज़िर' थे, जो उन्हें गाली की तरह लगती थी, आज उन्हें अपनी जन्म-भूमि रसूलपुर छोड़ने का एहसास शिद्‌दत से हो रहा था।...

राधे, पाकिस्तान आने का फ़ैसला मेरी ज़िन्दगी का सबसे मनहूस तथा ग़लत फैसला था। आज मेरी दशा परकटे पंछी-जैसी होकर रह गयी है कि अगर मैं उड़ना भी चाहूँ तो उड़ भी नहीं सकता मैं यहाँ 'महाज़िर' हूँ, रोज़ सुबह-शाम मुँह से जिन्ना के लिए बद्‌दुआएँ ही निकलती हैं, जिन्ना मुसलमान थोड़े थे...? उनके दिल में मुसलमानों के लिए हमदर्दी थी क्या...? जिससे उन्होंने पाकिस्तान बनाया था, बिलकुल नहीं वह खुदग़र्ज़ थे अगर उन्हें भारत में प्रधानमन्त्री बना दिया जाता तो आज के सत्तालोलुप नेताओं की तरह उन्हें भी कुर्सी प्यारी थी देश तथा क़ौम नहीं, पण्डित राधेश्याम मिश्र भी सोच में डूब गये, कल जब वह रेलगाड़ी से अपने मुकदमे की पैरवी करने फैज़ाबाद कचहरी जा रहे थे तो रेलगाड़ी के डिब्बे की बातें उनके मस्तिष्क में उभरने लगीं, बग़लवाली सीट पर बैठे कुछ मुसलमान जिन्ना की बखिया उधेड़ रहे थे...जिन्ना हम मुसलमानों के हमदर्द नहीं दुश्मन थे पाकिस्तान बनाकर

वह यहाँ के मुसलमानों के पैर में ऐसी कुल्हाड़ी मारी है कि उससे जो ज़ख़्म बना वह नासूर बनकर आज भी रिस रहा है।

बग़लवाली सीट पर बैठे लम्बी दाढ़ीवाले महाशय जो देखने में मकतब के मोलवी लगते थे, लेकिन थे बहुत बड़े विद्वान् क्योंकि कुछ देर पहले सामनेवाली बर्थ पर बैठे एक मद्रासी से राजनीति पर फर्राटेदार अंग्रेजी में बातें कर रहे थे, तपाक से बोल उठे...यहाँ का मुसलमान ख़ुद भी तो ज़िम्मेदार है साँप तो चला गया अब लकीर पीटने से क्या कुछ हासिल होगा...बार-बार पाकिस्तान के हवाले से रोना लेकर बैठ जाने से क्या कुछ हासिल होगा...? शिक्षा की गणना जब होती है तो मुसलमान सबसे पीछेवाली पंक्ति में सबसे नीचे नज़र आता है शिक्षा के बिना क्या किसी का भविष्य सँवारा जा सकता है ?

—जी हाँ, सँवारा जा सकता है नेता बनकर...हैं अँगूठा छाप और बन गये मन्त्री...बग़ल से किसी की आवाज़ उभरी...

—लेकिन कितने लोग नेता बनेंगे पूरी क़ौम...? दूसरे नेता अपनी हैसियत सुधारेगा क़ौम की नहीं जैसा की आज देखा जा सकता कि भ्रष्ट नेता कुर्सी पर बैठते ही रातोंरात पेट्रोल पम्पों, फैक्टरियों, ऊँची-ऊँची इमारतों तथा करोड़ों का मालिक बन जाता है उसकी चाल-ढाल तथा बोलने का ढंग बदल जाता है, शान-शौकत में चार चाँद लग जाते हैं, नौकर-चाकर, सगे-सम्बन्धी यहाँ तक कि गाय, भैंस तथा कुत्तों के नाम बैंक में खाते खुल जाते हैं।

पण्डित राधेश्याम का ध्यान इधर से हटकर फिर रसूल ख़ाँ के पत्र की यादों में डूब गया जिसमें आगे उन्होंने लिखा था...पण्डित, यहाँ भी बाग़-बगीचे, ताल-तलैया, खेत-खलिहान, पशु-पक्षी तथा आदमी रहते हैं लेकिन लँगड़ा आम का पेड़, लखन-ताल, कौड़िया का रेतीला क़ब्रिस्तान, लखपेड़ावाली बाग़, बेलवा के खेत, कोटवा के खलिहान, पैंतीपुर के नीलगाय, बैरागी के हाता के मोर और तुम्हारे जैसा दोस्त, यहाँ ख़्वाबों में भी नहीं आता...आज मैं इसका अर्थ समझ पाया हूँ कि मादरे-वतन उसकी सोंधी मिट्टी की बात कुछ और ही होती है जिसकी व्याख्या करने के लिए सदियों शब्दों को तलाश करने पर भी उसकी अज़मत का बखान नहीं किया जा सकता...ऐ मेरे वतन की ठण्डी हवाओं, सुहानी फिज़ाओं, हरे-भरे खेत, फल-फूल, मीठे पानी के लहराते-बलखाते झरनों तथा धरती, तुझे सलाम...ये सब सोचते-सोचते मुझे लगने लगता है कि जैसे मैं अपने गाँव रसूलपुर में हूँ लेकिन कुछ ही देर में सामने धुएँ की दीवार उठ जाती है और मैं जल-बिन मीन की तरह तड़पकर अपनी की गयी ग़लती पर ख़ुद झुंझलाकर सामने मकड़ी के जाले को देखने लगता हूँ... वहाँ की मिट्टी, पुरखों की क़ब्रों तथा गाँववालों से कहियो की रसूल को माफ़ कर देंगे, वरना मरने के बाद भी मुझे चैन नहीं मिलेगा।

बरियावन से आया भयानक चेहरेवाला मुल्ला बोला, ''यहाँ के हिन्दू तुम लोगों को मार डालेंगे''

—तो मर जायेंगे, इसी मिट्टी से जनम हुआ इसी मिट्टी में मिल जायेंगे, दूसरे देश की मिट्टी का एहसान तो नहीं लेना पड़ेगा...पाकिस्तान न जाने का इरादा करनेवाले मक़बूल ने कहा।

मुल्ला को जवाब के लिए शब्द नहीं मिले और वह बग़लें झाँकने लगा।

रसूलपुर में ज़्यादातर घर मुसलमानों के ही थे मुसलमानों के अतिरिक्त और जाति के लोग भी थे, जैसे पण्डित राधेश्याम मिश्र, दक्षिणी किनारे पर दलित-जाति के पाँच घर, उत्तरी छोर पर एक बढ़ई, एक लोहार, एक नाई, एक कुम्हार, एक कहार, एक साहूकार, एक बारी, दो घर यादवों के थे, पूर्वी छोर की बगिया में कल्लू जमादार ने भी ग्राम समाज की ज़मीन पर अपना छप्पर का घर बना लिया था जो दूर से देखने में बड़ा सुन्दर लगता था, कल्लू जमादार दुधवा-नेशनल पार्क में काम करता था, घास-फूस के सुन्दर घर की परिकल्पना शायद थारुओं के घरों को देखकर उसके मन में आयी होगी। आज़ादी के इतने वर्षों बाद भी रसूलपुर गाँव नेताओं के वादों को बड़े जतन से सहेजकर रखे हुए था उत्तर प्रदेश का यह गाँव विकास की रोशनी से अभी तक वंचित था, भविष्य में शायद कोई उच्च पदासीन नेता यहाँ से एम.एल.ए. होकर मन्त्री हो जाये तो इसके भी दिन बहुर सकते हैं और उन गाँवों की तरह जहाँ के नेता उच्च पदों पर आसीन हैं और वह गाँव विकास की अंन्तिम सोपान पर पहुँचने के बाद अब यहाँ हवाई पट्टी भी बन गयी और यहाँ रसूलपुर गाँव में अभी तक पहुँचने के लिए कोई सम्पर्क-मार्ग भी नहीं है, मात्र एक पगडण्डी भट्ठावाले खड़ंजे से होकर गाँव तक आती है, बरसात में जिस पर पानी भर जाता है, पुरुष तो किसी तरह पानी में घुसकर, अपनी धोती, पायजामा अथवा पतलून थोड़ा ऊपर चढ़ाकर वैतरणी पार कर लेते हैं लेकिन स्त्रियों को जिस शर्मनाक अवस्था से गुज़रना पड़ता है उसे देखकर शर्म को भी शर्म आ जाती है।

इस गाँव में अपनी ढपली अपना राग की तरह भिन्न-भिन्न प्रकार की नालियाँ भी हैं जिसने भी घर बनाया अगर कुछ ईंटा, बालू-सीमेण्ट बच गयी उससे येन-केन-प्रकारेण नाली का रूप दे दिया, ढाल किधर है, पानी जायेगा कि नहीं...पता नहीं...बस नाली बन गयी...यही कारण है कि पूरे गाँव में नालियाँ बजबजाती रहती हैं।

पैन-टाइप शौचालय कुछ लोगों के घरों की शोभा बढ़ाते हैं जिसका मैला बग़लवाले गाँव की मेहतरानी चाची सुबह-शाम अपनी टोकरी में राखी डालकर, टिन की खुरचनी से मैला खींचकर मैला उसी टोकरी में डालकर अपनी कमर पर टोकरी को अटकाकर दूर सोनरा की गढ़ई के किनारे गड्ढे में डाल आती हैं उसके लिए चाची

को कोई महीनावारी नहीं दी जाती बल्कि फ़सल के समय में कुछ ग़ल्ला दे दिया जाता है जिससे उनके परिवार का गुज़र बसर हो जाता है। शादी-विवाह में कुछ अतिरिक्त 'परजाई' के रूप में मिल जाता है।

जिनके घरों में शौचालय नहीं है उनके पुरुष, स्त्रियाँ, लड़के तथा लड़कियाँ खेतों, नालों सरपत के किनारे तथा बँसवारी के आड़ में अपनी ज़रूरत पूरी करते हैं, भयावह तथा शर्मनाक स्थिति उस वक़्त पैदा हो जाती है जब कोई स्त्री या लड़की शौच कर रही होती है और पगडण्डी पर अथवा खेत के किनारे कोई आता दिखायी पड़ जाता है तो उन्हें बिजली के झटके की भाँति शर्म के मारे उठना पड़ता है और उसके ओझल होते ही फिर जल्दी से बैठ जाती हैं, उस वक्त वह किस मनःस्थिति से गुज़रती होगी पेट का आधा मल अन्दर आधा बाहर...स्वतन्त्र भारत की ज़मीनी हक़ीक़त को देखकर देश के देशभक्त, ज़मीनी हक़ीक़त के अलमबरदार गाँव से शहर में जाकर अट्टालिकाओं में रहनेवाले नेताओं की ज़बान कहते हुए नहीं थकती कि हमने गाँव के हर घरों में शौचालयों का प्रावधान कर दिया है... अब गाँव तथा शहर में कोई फ़र्क़ नहीं रहा...हमने गाँव को स्वर्ग बना दिया है...नवयुवक व्यर्थ में शहरों की ओर पलायन कर रहे हैं जबकि वास्तविकता यह है कि...'रोज़ उठते हैं यहाँ झूम के बादल लेकिन, सब-के-सब गाँव के बाहर ही बरस जाते हैं', शिक्षा के नाम पर इस गाँव में कोई प्राइमरी स्कूल भी नहीं है, एक दिन ज़िले से कुछ लोग आये थे सर्वेक्षण करने...प्रधान जी के यहाँ मुर्ग़ा हलाल हुआ था, बिरयानी कोफ़्ता-कबाब, रोटी दस्तरख़्वान की शोभा बढ़ा रहे थे। खाना खाकर डकार के साथ प्रधान जी से कुछ सूचनाएँ लेकर फाइल में बन्द कर लिया सदा के लिए धूल चाटने के लिए अथवा...?

रसूलपुर गाँव के अधिकांश मुसलमानों के सदर दरवाजों पर टाट का पर्दा टँगा हुआ ज़रूर मिलेगा, टाट का पर्दा देखते ही सरकारी अहलकारों को समझने में देर नहीं लगती कि यह किसी मुसलमान का घर है। टाट के पर्दे का इस्तेमाल एक जगह और अन्दर भी किया जाता है। यदि इनके घर में पैन-टाइप लैट्रिन बनी है तो शौचालय के दरवाज़े पर टाट टाँग दिया जाता है, कुछ मुसलमानों के धरों में मुर्ग़ी तथा बकरी आपको देखने में मिल जायेंगी। मुर्गियाँ आँगन में बने दरबों में तथा बकरियाँ बरामदे में रहती हैं, बकरियों तथा मुर्ग़ियों के मल-मूत्र की मिली-जुली बदबू उधर से निकलनेवालों के नथुनों में भर जाती हैं उनमें रहनेवालों पर क्या गुज़रती होगी अल्लाह जाने...यही कारण है कि हर वर्ष संक्रामक रोग इस गाँव में दस्तक अवश्य दे जाता है। कुछ बच्चे-जवान, बूढ़े काल का ग्रास बन जाते हैं। दलित-जाति के लोगों ने काले सुअरों के स्थान पर सफ़ेद सुअरों को पालना शुरू कर दिया है जिसे बड़े-बड़े व्यापारी आकर बाहर भेजने के लिए अच्छे पैसे देकर ले जाते हैं...सुअरों को रहने के लिए

सुअरबाड़े बनाये गये हैं जिनके मुँह को दरवाज़े के बजाय लकड़ी का बड़ा-सा टुकड़ा रखकर बन्द कर दिया जाता है, सुअर सुबह तथा शाम को भोजन के लिए खोले जाते हैं जो भागकर तालाब और अन्य स्थानों पर जाकर मल खाते हैं। एक दिन जोखन का सुअर पण्डित राधेश्याम मिश्र के कुएँ के पास बने नहानेवाले चबूतरे पर चढ़ गया...एक बड़ी घटना होते-होते बची क्योंकि दोनों ओर से असलहे निकल आये थे। इस मुस्लिमबाहुल्य गाँव में बगिया के किनारे बने मकानों में चौथा मकान मक़बूल का था। मक़बूल के दो पुत्र तथा पाँच पुत्रियाँ थीं मक़बूल सभी का विवाह करके मुक्त हो चुके थे पुत्रियों का विवाह किसान परिवार में हुआ था बहुएँ भी किसान परिवार से आयी थीं मक़बूल विधुर थे उनकी पत्नी दो साल पहले अल्लाह को प्यारी हो चुकी थीं। इस समय उनकी आयु 57 वर्ष थी। वैसे देखने में वह 57 के नहीं लगते थे, क्योंकि उन्होंने जीवन भर ख़ान-पान पर विशेष ध्यान दिया था, वह बताया करते थे कि शुरू से ही वह शाकाहारी हैं उनके घर में और सब मांस-मछली, अण्डा खाने के शौकीन थे लेकिन घर में मांसाहार भोजन बनता तो इनके लिए अलग से सब्ज़ी बनायी जाती वह जब कभी किसी बारात में जाते थे तो पूछते थे कि भैया शाकाहारियों के लिए किधर प्रबन्ध है, मुसलमानों की बारात में लम्बी दाढ़ीवाले को शाकाहारी पण्डाल में देखकर लोग कह उठते—"चाचा आपका इन्तज़ाम बग़लवाले पण्डाल में है।"

—बग़लवाले पण्डाल में क्या है मैं जानता हूँ बेटा भूल से यहाँ नहीं आया हूँ।

—लोग अपने कहे पर खुद शर्मिन्दा हो जाते और खुसुर-फुसुर करने लगते कि एक चाचा हैं कि शाकाहारी हैं और मिश्रौली तथा पाण्डेय पैकवली के पण्डितों को देखो बग़लवाले पण्डाल की ओर बड़ी तेज़ी से क़दम बढ़ा रहे हैं मुर्ग़ा-मछली खाने के लिए...बकरा काटनेवाला शकूरा कह रहा था कि अगर हिन्दू गोश्त खाना छोड़ दें तो मेरी दुकान में ताला लग जायेगा, प्रायः आपने भी देखा होगा कि मंगल, सावन तथा नवरात्रि को बकरा काटना बन्द हो जाता है क्योंकि इन दिनों अधिकांश हिन्दू गोश्त नहीं खाते हैं, पण्डाल में लगी खानेवाले मेज़ के सामनेवाली कुर्सी पर बैठते हुए मक़बूल बोले—सेहत के लिए ख़ान-पान पर विशेष ध्यान देना चाहिए। अल्लम-गल्लम खानेवाले रोज़ डॉक्टर के दरवाज़े पर खड़े रहते हैं भैया, मैं आज तक किसी डॉक्टर या वैद्य के यहाँ नहीं गया। खँडहरवाली कोठी के रसूलबख़्श को शायद तुम लोगों ने नहीं देखा होगा, वह पाकिस्तान चले गये, वह तो मुझसे भी दो हाथ आगे थे संयम के मामले में, उन्हीं को देखकर मैं भी संयमी बन गया।...पाकिस्तान से आज भी राधे भाई के पास उनके ख़त आते हैं। वह राधे भाई के लँगोटिया यार थे। अगर वह अपनी कोठी पर नहीं हैं तो समझो राधे भाई के यहाँ गप मार रहे हैं, उनकी बेगम तो हँसी-मज़ाक में अक्सर कहा करती थीं—'इनकी ब्याहता बीवी तो राधे रानी हैं', मैं तो

ऐसे-वैसे कोठी में घुस आयी हूँ, राधे रानी जब नहीं मिलती हैं तब मुझे भी कुछ वक़्त मिल जाता है, इस पर रसूलबख़्श अपनी बेगम से कहते क्या बका करती हो अज्जू की माँ, लोग क्या सोचते होंगे...याद है तुम्हें जब तुमने अपनी ख़ाला के सामने यही बात कही थी तो उन्होंने समझा कि राधे रानी किसी औरत का नाम है।

—हाय अल्लाह, मैं क्या सुन रही हूँ आने दो नासपीटी, कलमुँही को उसे बताती हूँ अगर उसे छठी का दूध न याद दिलाया तो मेरा नाम भी बतूलन नहीं।

—अरे ख़ाला आप क्या सोचने लगीं पण्डित राधेश्याम मिश्र इनके बचपन के जिगरी दोस्त हैं जिन्हें मैं हँसी में राधे रानी कहती हूँ।

—मेरा तो ख़ून सूख गया था आँखों में मोती उतर आये थे।

—आप भी ख़ाला...?

—मक़बूल चाचा, आप ही की तरह एक दिन बरसाती काका भी उनके बारे में तरह-तरह के संस्मरण सुना रहे थे, बड़ा मज़ा आ रहा था सतीश बोला।

—रसूलबख़्श थे भी लम्बी-चौड़ी डील-डौलवाले ख़ूबसूरत आदमी रोते को भी हँसा देते थे, उनकी तथा राधेश्याम मिश्र की दोस्ती तो गाँव के हर व्यक्ति के ज़बान की नोंक पर हुआ करती थी सुना है कि वे पाकिस्तान में ख़ुश नहीं हैं।

—हाँ भैया, राधे के पास जो ख़त आते हैं उन्हें पढ़कर दिल बैठ जाता है अच्छा हुआ हम लोग पाकिस्तान नहीं गये। ख़त में उन्होंने बड़े दर्द के साथ लिखा है कि वहाँ वह ख़ून के आँसू रोते हैं। ज़ब उन्हें वहाँ 'महाज़िर' कहा जाता है उन्हें लगता है कि जैसे किसी ने बड़ी भद्दी घिनौनी गाली दी हो, जिससे उनका वजूद आग-बबूला होकर शोला बन जाया करता है। शान्ति उन्हें जब मिलती है जब वह आँखें बन्द करते हैं और उनके आँखों के सामने पूरा गाँव कौंध जाता है। यहाँ के मिट्टी की सोंधी ख़ुशबू नथुनों में समाती महसूस होने लगती है और तब यादों के ये शीतल झरने उन शोलों को ठण्डा कर देते हैं थोड़ी देर के लिए, वह ख़ुशियों से अपना दामन भर लेते हैं, भले ही वह ख़्याली होता है।

—मक़बूल चाचा वह देखिये रसूल चाचा की कोठी के खँडहर से सटे नीम के पेड़ के नीचे एक बूढ़ा आदमी फटे-पुराने कपड़ों में लिपटा, सिर तथा दाढ़ी के लम्बे-लम्बे सफ़ेद बाल उलझे हुए हैं एक आँख भी नहीं है। लगता है कोई साधू फ़क़ीर है भैंने अभी-अभी उधर से आते हुए देखा है।

—उसे भी एक ख़ुराक़ खाना दे आओ नरेन्द्र।

—ठीक है चाचा।

—बाबा खाना खाओगे...?

—हाँ बेटा, दो रोटी और थोड़ी-सी सब्ज़ी।

—मीट भी खाते हैं कि नहीं...?

—मीट कभी नहीं खाया बेटा...

—नरेन्द्र एक पत्तल में रोटी-सब्ज़ी बाबा को दे आता है, बाबा दुआएँ देता हुआ खँडहर बनी कोठी की ओर साँस रोककर एक दार्शनिक की भाँति देखता है और देखते-देखते जैसे उसी में डूब जाता है,...रात अपने पाँव की चादर फैलाती जा रही है चाँदनी अपने शबाब पर है, खँडहरनुमा कोठी साफ़ नज़र आ रही है। जिस पर झाड़-झंखाड़ ने अपना क़ब्ज़ा जमा रखा है। पूरबवाले अधटूटे कमरे पर उसकी नज़र फिसलती है।

राधेश्याम मिश्र जो रविवार को अपने रिश्तेदार के यहाँ गये थे आज लौट रहे थे, इतनी रात को आने का कारण था रेलगाड़ी में बम की अफ़वाह...रेलगाड़ी को ओयल स्टेशन पर कई घण्टे तक रोक दिया गया...पूरी रेलगाड़ी की बड़ी देर तक जाँच होती रही लेकिन बम की ख़बर अफ़वाह निकली उसी से गाड़ी लेट हो गयी, राधेश्याम जब खँडहरनुमा कोठी के किनारेवाले रास्ते से होकर नीम के नीचे से गुज़र ही रहे थे कि एक आवाज़ हवा में लहरायी—राधे...? राधेश्याम मिश्र इधर-उधर देखने लगे।

—राधे, इधर देखो मैं हूँ... राधे की नज़र बाबानुमा व्यक्ति पर पड़ी जहाँ से आवाज़ आ रही थी।

—राधे शक्ल से पहचानना तो मुश्किल है मैं खुद समझ रहा हूँ लेकिन लगता है कि वक़्त ने शक्ल के साथ मेरी आवाज़ को भी बदल दिया है, राधे मैं रसूल हूँ।

—क्या...? रसूल...? ये हालत...? एक आँख...? हे भगवान् मैं क्या देख रहा हूँ लेकिन रसूल तुम पाकिस्तान से यहाँ आ कैसे पाये...?

—ग़म में डूबी हुई कातर आवाज़ के साथ-बड़ी लम्बी दास्तान है राधे...

—आओ घर चलो, वहीं सुनेंगे तुम्हारी रामकहानी।

—नहीं राधे, घर न ले जाओ मेरा राज़ खुल जायेगा, सामनेवाला अधटूटा कमरा देख रहे हो न जो मेरी आरामगाह हुआ करता था आज जिस पर घास-फूस उग आयी है। उसे कल साफ करके वहीं डेरा जमा लूँगा, भौजी, गाँववालों को भी नहीं बताना कि मैं रसूल हूँ, बता देना कोई फक़ीर आया है, मैं फक़ीर तो लगता हूँ न...? लोग विश्वास कर लेंगे और फक़ीर के नाम पर दो रोटी भी मिल जाया करेगी। नहीं-नहीं खाना मेरे घर से आ जाया करेगा रसूल...क्या बात करते हो...?

—रसूल नहीं बाबा बोलो, कहीं मेरे किये-धरे पर पानी न फिर जाय। मुझ पर बहादुरशाह 'ज़फ़र' की बदनसीबी की छाया न पड़ जाय और मेरी पुश्तैनी कौड़िया की कब्रिस्तान में मुझे भी दो गज़ ज़मीं नसीब न हो सके।

—यह सब क्या बकते हो रसूल, तुम्हारी यह दशा कैसे हो गयी?

—मेरे लिये वह क्षण मनहूस क्षण था, जिस क्षण मैंने पाकिस्तान जाने का फैसला किया था, मेरी अक़्ल पर पत्थर पड़ गया था, दुर्भाग्य मेरी परछाईं बनकर मेरे साथ-साथ चल रहा था...राधे, आज़ादी के उस दीवाने इन्क़लाबी फ़क्कड़ की बात जैसे मेरे दिलो-दिमाग़ पर चिपकी हुई है...जब मैं उस कोठी से निकल रहा था तो वह सामने खड़ा मिला था मैंने कहा फ़क्कड़ आओ तुम भी चलो तो उसने नफ़रत से मुँह बनाकर कहा था--थू...और मुझे लक्ष्य करके ज़ोर-ज़ोर से कहने लगा—'वतन की रेत मुझे एड़ियाँ रगड़ने दे मुझे यक़ीन है पानी यहीं से निकलेगा', पाकिस्तान में आकर उसकी यह बात मुझे परेशान कर दिया करती थी। और जब हम 'महाज़िर' बन गये तो फ़क्कड़ का चेहरा हरदम मेरे सामने रहने लगा, जैसे वह कह रहा हो—रसूल मैंने ठीक कहा था न...? 'वतन की रेत मुझे एड़ियाँ रगड़ने दे', यह सुनकर मैं अन्दर तक काँप जाता था और यह कँपकँपी उस दिन और तेज़ हो गयी जिस दिन से तुम्हारी भाभी ने साथ छोड़ दिया यानी अल्लाह को प्यारी हो गयी, अल्लाह उनको जन्नत नसीब करे...मरते वक़्त उनकी आँखों में आँसू थे, यहाँ की हर चीज़ को याद करके फफक पड़ती थीं, क्योंकि मैं तो उन्हें ज़बरदस्ती ले गया था, वह जाने को तैयार कहाँ थीं, उन्होंने तो अपने शौहर की मर्ज़ी के सामने आख़िर में अपना हथियार डाल दिया था आँसुओं से दामन भिगोकर, रास्ते में भी वह बार-बार कहती थीं—अज्जू के अब्बू, हम लोग ग़लती कर रहे हैं, अपनी मिट्टी छोड़कर जा रहे हैं।

—कोई ग़लती नहीं कर रहे हैं, उस वक़्त तो मेरे ऊपर पाकिस्तान का भूत सवार था, जिन्ना की तक़रीर का जादू सिर चढ़कर बोल रहा था। मैं झिड़क देता और वो बुत बन जातीं, शायद इसी टीस के साथ उन्होंने आख़िरी साँस ली होगी अब मुझे एहसास हो रहा है काश! आज वह मेरे साथ होतीं उनकी मौत के बाद तो मैं एकदम अकेला पड़ गया था। हाँ उनकी ज़िन्दगी में ही अज्जू बहू और फूल जैसी प्यारी बेटी के साथ अमेरिका चला गया था, मुझसे भी अक्सर फ़ोन पर वह अमेरिका आने की बात करता रहता था। लेकिन मैं अब एक ग़लती और नहीं करना चाहता था, बिना जीवन-साथी के जीवन के ज़हरीले तथा कड़ुवें अनुभव से आज मैं भी गुज़र रहा था. ..रामदीन की बातें रह-रहकर आँखों के सामने नाचने लगती थीं जब वह अपने एकाकीपन के क्षणों के भोगे हुए यथार्थ को अपनी दर्दभरी आवाज़ तथा नम-आँखों से बताया करता था और मैं उसे नज़रअन्दाज़ करके नाराज़ कर दिया करता था। क्योंकि शायद वह अपने दिल पर गुज़री तकलीफ़ों को बताकर दिल का बोझ हलका कर लेना चाहता था, जिसकी ज़रूरत आज मुझे ख़ुद है। मैं भी किसी-न-किसी की तलाश में रहता हूँ कि उसे अपने दिल की बातें बताकर सकून पा सकूँ, आज मैं महसूस कर रहा हूँ कि रामदीन मेरे सामने खड़ा मुझ पर हँस रहा है फब्तियाँ कस

रहा है—पैर में फटी बिवाई का दर्द कैसा होता है अब पता चल रहा है, तुम्हारे पास वक़्त नहीं होता था, मेरे दर्द को बाँटने का। अब क्यों चाहते हो कि तुम्हारा दर्द कोई बाँटे...? कोई नहीं बाँटेगा रसूल...तिल-तिल मरना होता है...तनहाई की परछाइयाँ भी काटने को दौड़ती हैं...घर की दरों-दीवार चारों ओर मनहूसियत का माहौल बिखेरकर मुझसे दूर बहुत दूर भाग जाना चाहती हैं, रामदीन आते ही हम लोगों से कहा करता था न...'बिन घरनी घर भूत का डेरा' याद है न तुम्हें...? कितनी सच्चाई थी रामदीन के वाक्य में...आज उसका एहसास हो रहा है जब अपने ऊपर पड़ी है.....एक बीमार की रात कैसे कटती है वह कोई बीमार ही बता सकता है, वरना जब कोई बीमार अपने रात के बीते तड़पते क्षणों को बताना चाहता है तो उसकी बात को सुनने को कोई गँवारा नहीं करता और बड़े बेरुखी से कह देता है—'अरे भाई बीमारी का नाम ही कष्ट है' लेकिन वह कष्ट कैसा होता है, गूँगे का गुड़ बनकर मरीज़ के अस्तित्व को अन्दर-ही-अन्दर खोखला बनाता जाता है...राधे, आज मैं भी ऐसे ही एहसासों से दुनिया में गुज़र रहा हूँ, अनुभव के रिसते-नासूरों के दर्द को झेल रहा हूँ। मुझमें भी इन दर्दों को झेलने की ताक़त तो है लेकिन 'महाज़िर' शब्द सुनकर जो दिली तकलीफ़ होती थी, उसे झेलना मेरे वश की बात नहीं रह गयी थीं, उसे सुनने की सारी शक्ति जवाब दे गयी थी, न चाहते हुए भी मैं लोगों से इस पर बहस कर बैठता था कि आख़िर हम महाज़िर किसलिए कहे जाते है? उस वक़्त तो नारा दिया जाता था हिन्दुस्तान नहीं पाकिस्तान हमारा असली मुल्क है...रोटी-बेटी का मुल्क है...एक दिन की बात है मेरे घर के सामने चौराहे पर इसी पर बहस चल रही थी...दोनों तरफ़ से नोक-झोंक का आलम था, बात इतनी बढ़ गयी कि गोला-बारी तथा पथराव शुरू हो गया, भगदड़ मच गयी, मेरी बायीं आँख पर आकर एक पत्थर लगा और उसकी रोशनी सदा के लिए गुल हो गयी, उस आँख को निकलवाना पड़ा, देख रहे हो न यह आँख, भगदड़ में मैं गिर गया, कई लोग मेरे ऊपर से गुज़र गये, उसी में मेरी एक टाँग टूट गयी, और लँगड़ा, हो गया, उसी दिन से मैं उन लोगों की आँखों की किरकिरी बन गया और एक दिन एक हुजूम नारा लगाते हुए आया और मेरे घर पर पेट्रोल छिड़ककर आग लगा दिया घर धूँ-धूँकर जलकर राख का ढेर हो गया, ग़नीमत यह थी कि मैं उस दिन बाहर गया था, आकर देखा तो सब-कुछ स्वाहा हो चुका था, अब मेरा वहाँ क्या रह गया था, तन पर जो कपड़ा था उसे पहने हुए चल पड़ा वहाँ से अपनी मंज़िल की ओर जिसके लिए मैं तिल-तिल तड़प रहा था, गिरते-पड़ते बार्डर पर आया, कई बार पकड़ा गया और ढकेल दिया जाता था फिर उसी नर्क की ओर लेकिन मैं था कि सरहद के आस-पास मँडराया करता था कि कभी तो मेरी मुराद बर आयेगी...अब मैं रसूलबख़्श नहीं बल्कि सरहद के लोगों को

'लँगड़ा-फ़क़ीर' तथा 'बाबा' बन गया था यहाँ तक कि सीमा सुरक्षा-गार्डों का भी क्योंकि सिर-दाढ़ी, मूँछ तथा भौंवों के बाल काफ़ी बड़े-बड़े तथा सन-सफ़ेद हो गये थे क्या मैं अब रसूलबख़्श लगता हूँ राधे...? तुम भी तो नहीं पहचान सके थे।

—बिलकुल रसूल, मेरी आँखें धोखा खा गयीं, गाँव का कोई व्यक्ति तुम्हें पहचान नहीं सकता।

—हाँ मेरी शक्ल भी तो बदल गयी है...पहले दो आँखें थीं अब समदर्शी हो गया हूँ...पहले हट्टा-कट्टा, ख़ूबसूरत, लम्बा-तड़ंगा ज़वान था और आज बुड्ढ़ा-खूसट, अन्धा तथा लँगड़ा हो गया हूँ, लेकिन आज मुझे जो ख़ुशी हासिल हो रही है वह सारे दुःखों-कष्टों पर भारी है।

—लेकिन रसूल तुम सरहद पार कैसे कर पाये...?

—उन सबका बाबा होने के नाते मैं सबकी आँखों का तारा हो गया था, सरहद के दोनों तरफ के सीमा-सुरक्षा गार्डों का भी मैं बाबा था, सरहद किनारे रहते-रहते काफ़ी दिन हो गये थे। एक गार्ड जिसका नाम प्रीतमसिंह बग्गा था, को मैंने अपनी दास्तान दिल से, दर्दभरे लहजे में सुनायी तो उसकी आँखें भींग गयीं, क्योंकि शायद वह मुझमें अपने स्व. पिता की परछाईं देख रहा था, उसके पिता मेरी तरह चाहते थे कि वह अपनी जन्मभूमि गुजराँवाला में जाकर ज़िन्दगी के आख़िरी दिन गुज़ार सकें, वहाँ की मिट्टी में उसका तन मिल जाये, लेकिन ऐसा नहीं हो सका, उस बाप के बेटे ने एक दिन रात के अँधेरे में जब मैं सीमा पार करने की कोशिश कर रहा था उस वक़्त उसकी ड्यूटी थी, शायद उसकी आँखों में उसके सामने मेरी जगह उसके बाप का चेहरा उभर आया होगा और उसने जाने-अनजाने अनदेखी कर दी होगी, यह मेरी सोच हो सकती है, क्योंकि उस दिन जब मैं सीमा पार करने की कोशिश कर रहा था उसका मुँह दूसरी ओर को था मैं नहीं कह सकता कि उसने जान-बूझकर ऐसा किया था या मेरी क़िस्मत के सितारे या मेरे वतन की मिट्टी या अल्लाह के करम ने उससे ऐसा करवा दिया...और जैसे ही मेरे क़दम अपनी सर ज़मीन पर पड़े मेरे ख़ून में जवानी आ गयी, मुझे कितनी ख़ुशी उस वक़्त हुई थी मैं कह नहीं सकता, क्योंकि कभी-कभी मायूसी का बादल मेरे सिर पर मँडराने लगता था, लेकिन मेरे मज़बूत इरादों का सूरज मायूसी-भरे बादलों का सीना चीरकर बाहर आ जाता, राधे यहाँ से जाने के बाद और आने तक की अपनी ज़िन्दगी की खुली किताब तुम्हारे सामने रखकर मैं अब हलका महसूस करने लगा हूँ...

—रसूल, यहाँ भारत में भी तो आग लगी हुई है, रोज़-रोज़ बम-ब्लास्ट हो रहे हैं, धमाकों के भयावह दृश्य को देखकर इन्सानियत का कलेज़ा भी फट गया होगा।

—ये ज़लील, आतंकवादी किसी के भी नहीं हैं, न तो इन्सान हैं और न ही उनका कोई मज़हब, आनेवाली नस्लें उन्हें नेस्तनाबूद कर देंगी, भारत में ही नहीं दुनिया से भी उनका नामोनिशान मिट जायेगा, काफ़ी रात हो गयी है...अब तुम भी घर जाओ, भौजी वगैरह सोच रही होंगी कहाँ रह गये तुम...?

—तुम भी चलो रसूल।

—नहीं राधे, मुझे न ले जाओ और फिर एक बार याद दिला दूँ कि मेरे बारे में किसी से ज़िक्र भी नहीं करोगे, क्योंकि मैं ऐसा मुज़रिम हूँ जिसने जुर्म जान-बूझकर तथा पूरे होशोहवास में किया है, मेरी ज़बान इनकार नहीं कर सकती...अब तो एक ही इच्छा रह गयी है कि एक अजनबी, 'लँगड़ा फ़क़ीर' के रूप में मेरी मौत मादरे-वतन की गोद में हो जाये और कौड़िया की क़ब्रिस्तान की रेतीली मिट्टी मुझे अपने आगोश में ले ले...।

•

बिना धुएँ की आग

उसका नाम सुनते ही आत्मा काँप उठती है, पूरे वजूद पर जैसे निराशा की चादर अनायास ही तन जाती है, चेहरे पर हवाइयाँ उड़ने लगती है। चेहरा बर्फ़ की मानिन्द सफ़ेद होने लगता है। रोयाँ-रोयाँ खड़ा हो जाता है भयवश...लगता है सामने मौत खड़ी है जो दिखायी तो नहीं देती है लेकिन अपना एहसास बड़ी शिद्दत के साथ कराती है।

अख़बार पढ़ने के बाद उसने महसूस किया कि वे सारी मनःस्थितियाँ उसके मन-मस्तिष्क पर जोंक की भाँति चिपकती जा रही हैं और ज़ेहन तथा सोच के रक्त को बड़ी तेज़ी से चूस रही हैं, क्योंकि अख़बार में उसके लक्षण के विषय में लिखा था कि जीभ पर सफ़ेद निशान तथा गाल के अन्दरूनी भाग में भूरे रंग के दाग़ होते हैं। इन लक्षणों को पढ़ते ही उसने बड़ी तीव्रता से अख़बार को एक झटके के साथ मेज़ पर फेंककर वाश-बेसिन की ओर लपका और वाश-बेसिन का उपयोग न करके उसके ऊपर लगे आईना की ओर थोड़ा झुककर अपनी जीभ को मुँह से आगे निकालकर लक्षण की तलाश अपनी नज़रों से करने लगा...हूबहू वही लक्षण देखकर उसे लगा जैसे उसके शरीर का सारा ख़ून सूख गया हो...मात्र एक ढाँचा रह गया है जिसे ज़िन्दा-लाश का नाम दिया जा सकता है।

—तो क्या सचमुच लक्षण मिल रहे हैं? मस्तिष्क के एक कोने से शंका ने धीरे-धीरे सिर उठाया...इसमें भी कुछ शक है, ख़ुद अपनी आँखों ने देखा है, इसे तो होना ही था...क़दम-क़दम पर अनगिनत समस्याओं के कारण चिन्ता का मन-मस्तिष्क में प्रवेश...अख़बार में लिखा था कि चिंता के कारण भी इसका प्रवेश शरीर में बिना किसी रोक-टोक के हो जाता है, तो क्या अब वह चिता की ओर बढ़ रहा है क्योंकि

चिता तथा चिन्ता में मात्र एक बिन्दी का अन्तर ही तो होता है। यदि धीरे-धीरे उसके क़दम चिन्ता की ओर बढ़ते रहे तो स्वाभाविक है कि एक-न-एक दिन चिता तक पहुँचकर उसका ग्रास बन ही जायेगा, इस प्रकार के विचार के सिर उठाते ही उसके शरीर में जैसे बिजली का करण्ट प्रवाहित हो गया हो, आँखों के सामने तारे नाचने लगे, उसने बड़ी तीव्रता के साथ सिर को झटका दिया और देखते-ही-देखते सामने का दृश्य काफ़ूर हो गया।

अब वह सामान्य-सा हो गया...उसने अपनी आँखों को मूँदकर अन्दर की ओर दबाया, मस्तिष्क की शिराओं के बे लगाम घोड़े दौड़ने लगे...अगर मेरे साथ ऐसा हो गया तो...? देश के लाखों शिक्षित बेरोजगारों की तरह उसके बेटे का क्या होगा, जिसके लिए उसने अपना सब-कुछ लुटाकर उच्च-शिक्षा दिलाने में कोई कोर-कसर बाक़ी नहीं रखी। इस आशा से कि कल अपना होगा, लेकिन साक्षात्कार देते-देते उसके बेटे की जूते के तलुए घिस गये और लगा सिर्फ़ और सिर्फ़ बेरोज़गारी का ठप्पा...निराशा...वही ढाक के तीन पात ... शिक्षित बेरोज़गारी की तरह जब कभी वह भी कुण्ठाओं का शिकार होकर बे-सिर-पैर की बातें करता, पागलों की भाँति अपने-आपसे बातें करते-करते ख़ामोशी की चादर ओढ़ लेता और शून्य में कुछ तलाश करने की मुद्रा में बैठ जाता तो मेरा हृदय भी बैठ जाता। कुछ अपशकुन सोचकर, उसकी असामान्य हरकतें देखकर मैं उसे झकझोरकर ऊपरी मन से कहता—इस देश में तुम्हीं अकेले बेरोज़गार तो हो नहीं, तुम्हारे साथियों में कितनों को नौकरी मिल गयी...? संजू, गिरधर, अजय, पारस, अनवर, वेद, जावेद तो कल ही तुमसे मिलकर गये हैं, अपनी परेशानियों के पहाड़ के बोझ का एहसास दिलाते रहे। ज़िन्दगी की सच्चाइयों को नज़दीक से देखने का ज़िक्र करते रहे क्योंकि उनके सुनहरे सपने तार-तार होकर बिखर रहे थे, तुम्हारी तरह तो वे भी तो पापड़ बेल रहे हैं, समस्याओं के साथ संघर्ष कर रहे हैं, माँ-बाप की अपेक्षाओं पर खरा उतरना चाहते हैं, ठीक कहा तुमने, अब उनके भी स्वर उखड़ने लगे हैं, कह रहे थे...लगता है अब गाँव जाना पड़ेगा, कब तक यूनिवर्सिटी के हॉस्टल में रहकर नौकरी की मृगतृष्णा के पीछे-पीछे दौड़ते रहेंगे, दूसरे हॉस्टल छोड़ने का आदेश भी तो हो गया है लिंगदोह कमेटी रिपोर्ट के कारण रिपोर्ट बहुत अच्छी है शिक्षा का माहौल परवान चढ़ सकता है...

वे लोग तो अपने-अपने गाँव चले जायेंगे लेकिन मैं तो गाँव भी नहीं जा सकता क्योंकि गाँव में थोड़ी-बहुत जो ज़मीन थी भी उसे आप बेचकर मेरी पढ़ाई, दीदी के विवाह तथा माता जी की बीमारी की भेंट चढ़ा चुके हैं। गाँव में ले-दे कर एक मकान ही बचा था उसे भी बेचना पड़ा दीदी के लोभी ससुरालवालों की माँग के कारण, जिससे दीदी ससुराल में उनके अत्याचार से बची रहे।

वह सोचने लगा बेटा ठीक कह रहा है क्योंकि कोई भी नौकरीपेशा इन्सान जो आज के विषाक्त-वातावरण में अपने चेहरे नहीं बदलता, क़द को तराशकर अपने-आपको छोटा करके नीलाम नहीं करता तो उतना ही कर पाता है जितना कि मैंने किया.. .केवल घर को चलाता रहा, पारिवारिक ज़िन्दगी को किसी तरह घसीटता रहा...हाँ कभी-कभी सहकर्मी छप्पर-फाड़ कमाईवालों के रहन-सहन को देखकर श्रीमती जी के तानों-तिश्नों की सौग़ात मिल जाया करती थी, जिससे मेरा समूचा अस्तित्व ही हिल उठता था, मस्तिष्क में अच्छे-बुरे ख़याल उभरने लगते थे।

अगर मुझे कुछ हो गया तो मेरे बेरोज़गार बेटे का क्या होगा, वह तो अकेला पड़ जायेगा इस बेरहम दुनिया में, नाते-रिश्तेदार भी बुरे समय में अँधेरे की परछाइयाँ बन जाते हैं, देखकर मुँह फेर लेते हैं कि कहीं कुछ मैं अपनी ज़रूरतों की बात न करने लगूँ...सोचा था रिटायरमेण्ट के बाद बाप-बेटा मिलकर कुछ करेंगे लेकिन अख़बार के लेख ने जैसे सोचने की शक्ति को भी छीन लिया हो, हर तरफ़ से पंगु बनाकर रख दिया हो...इसी ऊहापोह में ज्वार-भाटा के समान विचारों की लहरों से जूझता अब वह उस मूजी मर्ज़ के प्रसिद्ध चिकित्सक डॉ. एन.सी. मिश्र की कोठी के सामने जाकर ठिठक गया। कोठी के सामने मल्टीस्टोरी कंक्रीट का जंगल उग आया था जो आसमान से बातें कर रहा था। लगता है अभी हाल ही में वह अस्तित्व में आया है क्योंकि कुछ महीने पहले जब वह यूनिवर्सिटी रोड को पैदल नापता हुआ आई.टी. चौराहा से होकर निराला जी की भव्य आदमक़द प्रतिमा पर नज़रें फिसलाता हुआ वहाँ से गुज़र रहा था कि हर मोहल्ले के नाम के साथ बाग़ शब्द अवश्य जुड़ा रहता था, उसने उस विशाल गगनचुम्बी इमारत से नज़रें हटाकर डॉक्टर साहब की कोठी की ओर देखा...बड़ा गेट बन्द था, लोग कारों, टेम्पो तथा रिक्शों से उतरकर बड़े गेट के बग़ल में बने तीन फुटवाले छोटे गेट से होकर अन्दर जा रहे थे।

—तो क्या मेरी तरह सभी लोगों को वही मर्ज़...? इतने सारे लोगों को...?

अन्दर बरामदे में बेंच, तख़्त, कुर्सियाँ पड़ी थीं। दाहिनी ओर डॉक्टर साहब के डॉक्टर बेटे तथा डॉक्टर बहू की मटीज़ तथा सेण्ट्रो गाड़ियाँ खड़ी थीं, बग़ल में किचेन-गार्डेन के चारों ओर ख़ूबसूरत डिज़ाइनदार गमले रखे थे जिनमें भाँति-भाँति के फूल खिल थे। बाउण्ड्री के किनारे अशोक पेण्डुला तथा बाटल पाम के सुन्दर पेड़ लगे थे जो अपनी एक अलग छटा बिखेर रहे थे।

बेंचों तथा तख़्त पर बैठे कुछ कान्तिहीन दुबले-पतले चेहरे कराहते हुए दीख पड़े, उन्हें देखकर सोचने में देर नहीं लगी कि क़ब्रों में पैर लटकाये इन लोगों में आज भी ज़िन्दगी की चाह है क्योंकि हर जीव में ज़िन्दगी की चाह अन्तिम साँस तक रहती है।

—तो क्या मैं भी ऐसे ही हो जाऊँगा...? सोचकर दिल बैठने लगा उसका लेकिन उसने एक लम्बी साँस लेकर अपने-आप पर काबू पा लिया।

प्रतीक्षारत मरीज़ों के लिए डॉक्टर साहब ने अच्छा-सा कमरा बनवा रखा था जिसमें सोफ़े पड़े थे, जिन पर बैठे लोग अपनी बारी की प्रतीक्षा कर रहे थे। ज़िन्दगी से थके-हारे कुण्ठाग्रस्त मरीज़ों को कुछ देर के लिए कुण्ठामुक्त करनें के लिए संगीत की मद्धिम स्वर-लहरियों का प्रबन्ध कर रखा था डॉक्टर साहब ने ...रंगीन टी.वी. किनारे की दीवार की शेल्फ़ पर रखा था जिस पर सहारा समय से समाचार प्रसारित हो रहा था। स्वर-लहरियों तथा समाचार ज़िन्दा लाशों को थोड़ी देर के लिए सब-कुछ भुला देने के लिए विवश कर देता, शायद इसीलिए डॉक्टर साहब ने ऐसा प्रबन्ध कर रखा था। पहलवान, गणेश तथा दुबे नाम के डॉक्टर साहब के तीन कर्मचारी मरीजों के गाइड के रूप में विद्यमान थे, इनमें दुबे अपने-आपको बड़ा स्मार्ट समझता था, पहलवान नाम के व्यक्ति ने मुझे भौचक्का देखकर प्रश्न किया—'क्या आपको नम्बर मिल गया'...?

—मैं चौंककर बोला...'नहीं'

—लीजिये...मैंने एक छोटी-सी पर्ची उसके हाथ से लेकर देखा-मेरा नम्बर 19 था यानी मुझसे पहले 18 लोग आ चुके थे।

—क्या इतने लोगों को वही...?

पहलवान जब अपनी विशिष्ट शैली में नम्बर पुकारता तो मरीज़ स्वयं अथवा किसी के सहारे डॉक्टर साहब के कक्ष में प्रवेश कर जाता, मरीज़ अन्दर हुआ नहीं कि पहलवान दरवाज़ा बन्द करना नहीं भूलता था, डॉक्टर साहब जब मरीज़ की अच्छी तरह जाँच कर लेते तब अन्दर से पुराने वक़्तों की याद ताज़ा करनेवाली पीतल की घण्टी पर हथेली का वज़न रखते तो उसमें टन की आवाज़ होती, टन की आवाज़ से पहलवान समझ जाता कि डॉक्टर साहब ने मरीज़ की जाँच समाप्त कर ली है वह फ़ौरन दूसरे नम्बर की पुकार कर देता। डॉक्टर साहब के कमरे से निकलनेवाले मरीज़ के चेहरे से आसानी से पढ़ा जा सकता था...किसी के चेहरे पर तनाव होता, किसी के चेहरे पर मुर्दनी छा जाती तो किसी का चेहरा सामान्य तो किसी के चेहरे पर खुशियाँ नज़र आती थीं मतलब उसे वह मूज़ी मर्ज़ नहीं है जिसका उसे सन्देह था, चेहरे पर खुशियाँ नज़र आनेवाला मरीज़ सोचने लगता और ख़ुशियों से वाकिफ़ हो जाता, कुछ देर पहले उठे उसके मनहूस विचार सिर पर पैर रखकर भागने के लिए मज़बूर हो जाते।

अहमदाबाद से आयी महिला जब कमरे से निकल रही थी तो उसके चेहरे को निराशा के बादलों ने अपने गिरफ़्त में ले रखा था, शायद डॉक्टर साहब ने उससे

साफ़-साफ़ कह दिया था—'अब बहुत देर हो चुकी है', मर्ज़ की सच्चाई को उसके सामने रख दिया था, झूठी ढाँढ़स दिलाना उनके स्वभाव में नहीं था, ऐसे मरीज़ों से वह अपनी परामर्श फ़ीस भी नहीं लेते थे, डॉक्टर साहब अपने इस चरित्र के लिए प्रसिद्ध थे।

—मुझे भी तो डॉक्टर साहब ऐसा कह सकते हैं, मेरा वज़ूद काँप उठा, अन्दर से घण्टी बजी, पहलवान की ज़ुबान पर मेरा नम्बर 19 उछला, मैं सोफ़े से उठकर चला तो मुझे लगा कि मेरी चाल पहले जैसी नहीं है, बदलाव-सा आ गया है शायद अन्दर डर जो घर करके बैठ गया था जो अब अन्दर-ही-अन्दर तूफ़ान बरपा कर रहा था, मैं कमरे के अन्दर गया, मैंने डॉक्टर साहब को दोनों हाथों को जोड़कर नमस्कार किया...विशाल व्यक्तित्व, औसत लम्बाई से कुछ अधिक लम्बाई, कश्मीर की ख़ूबसूरत वादियों जैसा चेहरा, चश्मे के फ्रेम से झाँकती बड़ी-बड़ी आँखें, प्रसिद्धि की पराकाष्ठा पर आसीन असाधारण व्यक्ति मुझे मसीहा-सा लगा, आँखों तथा चेहरे के इशारे से बग़ल में रखे स्टूल पर बैठने को कहा।

—मैं बैठ गया, मेरी दशा क़त्ल के उस मुल्ज़िम की तरह थीं, जो जज महोदय से, अपने बारे में फ़ैसला सुनने के लिए एकटक उनकी ओर आँख कान लगाये हुए आतुर रहता है।

—क्या तकलीफ़ है...?

—ज़बान पर सफ़ेद उभरे निशान हैं, गालों के अन्दर का भाग भूरापन लिये हुए है।

—मुँह खोलिये, ज़बान और आगे निकालिये, टार्च की रोशनी में कुछ देर देखते रहे और बिना झिझक के अपनी उँगली डालकर, उसे ज़बान के चारों ओर घुमाकर बाहर निकालकर निर्निमेष ख़ामोशी मेरे चेहरे पर निगाहें जमाये रहे, मेरे काटो तो ख़ून नहीं, मेरे अन्दर की शंकाओं का ज्वालामुखी फटने ही वाला था, उतनी देर में जाने मैं क्या-क्या सोच गया था।

डॉक्टर साहब ने बड़ी विनम्रता से पूछा—'किसने कह दिया कि आपको कैन्सर है...?'

—डॉक्टर साहब,...तो क्या मुझे कैन्सर नहीं है?

—बिलकुल नहीं...फ़गस है।

डॉक्टर साहब का उत्तर सुनकर अभी तक जो मानसिक पीड़ा पर्वत बन चुकी थी, धीरे-धीरे बर्फ़ की तरह पिघलने लगी...।

•

भीष्म की पीड़ा

पाण्डेय के पहले कुछ शब्द और अवश्य होंगे जो उनके पूरे नाम को पूरा करते होंगे लेकिन अधिकांश लोग उन्हें पाण्डेय के नाम से ही जानते हैं...। लम्बा क़द, छरहरा बदन, बड़ी-बड़ी आँखें, सिर के पीछे का भाग बंगालियों की तरह सपाट, खिचड़ी बाल तथा ऊँचे ललाट को यदि सम्पृक्त करके कैनवास पर उतारा जाये तो पाण्डेय की तस्वीर उभरती है।

पाण्डेय वह नाम है जो आज के विषाक्त वातावरण की हवाओं के साथ औरों की भाँति न चलकर विपरीत दिशा में चलने का संकल्प ले रखा है, यही कारण है कि उन्होंने न तो अपना चेहरा बदला, न तो क़द को तराशा और न ही अपने-आपको नीलाम किया। गोण्डा रेलवे स्टेशन के प्लेटफार्म नं.-1 पर कोचीन एक्सप्रेस आकर रुकी। गाड़ी के आने से असंख्य मक्खियाँ एक साथ भनभनाकर उड़ीं, जैसे किसी ने बर्रे की छत्ते को छेड़ दिया हो। सामान्य डिब्बों के साथ-साथ वातानुकूलित डिब्बे की ओर लोग जल्दी-जल्दी जाने के लिए उतावले दीख पड़े, क्योंकि शायद गाड़ी का ठहराव बहुत कम था, डिब्बे से लोग उतर भी नहीं पाये थे कि सामान्य डिब्बे में लोग घुसने की नाकाम कोशिश कर रहे थे, इसी कशमकश में एक सज्जन के ख़ूबसूरत सफ़ारी सूट पर किसी वेण्डर ने सब्ज़ी गिरा दिया, जो डिब्बे के अन्दर सब्ज़ी-पूड़ी लेकर घुसने का प्रयास कर रहा था...रेल के रुकने से पहले ये वेण्डर चलती गाड़ी में बड़ी कलाकारी के साथ दौड़ते हुए पूड़ी-सब्ज़ी का पात्र एक हाथ में ऊपर उठाये (तत्कालीन स्टेशन मैनेजर श्री डी.के. रैना के शब्दों में 'चक्र-सुदर्शन' उठाये) डिब्बे में घुसने लगते हैं, इससे पहले कि गाड़ी प्लेटफार्म पर रुके, लोग उतरें, कलाकार वेण्डर डिब्बे के अन्दर जाकर पूड़ी-सब्ज़ी बेचना प्रारम्भ कर देते हैं, इसी प्रक्रिया में कभी-कभी यात्रियों के कपड़े दाग़दार हो जाते हैं।

वातानुकूलित डिब्बे की ओर कुछ लोग जल्दी-जल्दी जाने लगे लेकिन अनियमितता का जामा पहनकर अनियमित यात्रा करनेवालों के क़दम यकायक रुक गये, जैसे उन्हें साँप सूँघ गया हो, ठग से मार गये हों अथवा उन पर बिजली गिर पड़ी हो, क्योंकि पाण्डेय वातानुकूलित डिब्बे की गैलरी में डिब्बे की हैण्डिल को दोनों हाथों से पकड़े सामने खड़े थे।

—इसमें तो पाण्डेय हैं। एक स्वर उभरा...

—रुक क्यों गये भाई? चलो-चलो...

—देखते नहीं हो सामने कौन खड़ा है?

—अरे! ये तो पाण्डेय हैं...जैसे किसी ने उनकी आवाज़ तथा होश-हवास छीन लिया हो...

चीफ टी.टी.आई. श्री मिश्र काश्मीरी टोपी सिर पर पहने सिगरेट का कश लेते हुए ख़रामा-ख़रामा आते दीख पड़े, विमल उनकी ओर लपका यह सोचकर कि जिलाधिकारी तथा न्यायाधीश कार्यालय में जब भी वह अपना अथवा सरकारी काम के लिए आये हैं, मैंने उनका काम तुरन्त किया अथवा कराया है और उसके लिए कभी उनसे सुविधा-शुल्क की बात नहीं किया अभी परसों ही तो कर्फ़्यू-पास स्टेशनवालों के लिए लेने गये थे मैंने बिना विलम्ब किये पास जारी करवा दिया था तो क्या आज वह पाण्डेय से इतना भी नहीं कहेंगे कि इनके पास द्वितीय श्रेणी का टिकट हैं इन्हें आप अपने साथ वातानुकूलित डिब्बे में लेते जायें।

—मिश्रा जी, नमस्कार।

—नमस्कार विमल जी।

—वातानुकूलित डिब्बे के पास खड़े होकर नमस्कार करने का अर्थ श्री मिश्र को समझने में लेशमात्र भी देर नहीं लगी कि विमल जी कहीं पाण्डेय से कहने के लिए न कह दें। उनका सोचना सिर मुँड़ाते समय बाल की तरह सामने आ गया।

—मिश्र जी, लखनऊ जाना है।

—इसमें तो पाण्डेय जी हैं।

—तो क्या हुआ? आप तो इनके इन्चार्ज हैं।

—पाण्डेय जी के सामने इन्चार्ज होना तो क्या अधिकारी होना भी कोई बड़ी बात नहीं...अभी दो सप्ताह पहले की बात है, कि एक जज साहब को जी.आर.पी. के नये-नये आये दारोग़ा साहब बड़े रोब के साथ बैठाने गये, लेकिन पाण्डेय जी ने मना कर दिया, जबकि इससे पहले जज साहब प्रायः वातानुकूलित डिब्बे में ही जी.आर.पी. के सौजन्य से सफ़र किया करते थे। कोई भी हो अनियमित रूप से इनके डिब्बे में सफ़र नहीं कर सकता। इसीलिए अक्सर लोग इनसे भिड़ जाते हैं लेकिन पाण्डेय जी भी उसे भाषण कर ऐसा मिक्स्चर पिलाते हैं कि उसकी नानी याद आ जाती है।

अगर ज़रा भी उसके ग़ैरत होती है तो फिर वह पाण्डेय जी के सामने पड़ने का साहस नहीं जुटा पाता, उन्हें देखते ही कन्नी काट जाता है।

रेलवे कर्मचारियों तथा अधिकारियों को सुविधा-पास मिलता है जिससे वह रेलगाड़ी में सफ़र करते हैं, पास की अवधि चार महीने होती है, प्रायः लोग उस पर तारीख़ नहीं डालते, जिससे उसी पास से कई बार सफ़र कर सकें, लेकिन क्या मजाल कि पाण्डेय जी के डिब्बे में यात्रा करें और पास पर तारीख़ न डालें।

एक दिन किसी अन्य रेलवे के एक अधिकारी इनके वातानुकूलित डिब्बे में सफ़र करने के लिए लखनऊ से सवार हुए...गाड़ी रेंगने लगी, पाण्डेय जी टिकट की जाँच करते हुए अधिकारी महोदय के पास पहुँचकर बोले, 'आप का टिकट ?'

—पास है। मैं फलाँ रेलवे में...

—नमस्कार साहब, क्या मैं 'पास' देख सकता हूँ?

—अधिकारी महोदय की आँखें खुली-की-खुली रह गयीं। वे पाण्डेय जी के चेहरे को निर्निमेष देखते रहे क्योंकि यह पहला मौक़ा था जब किसी ने अधिकारी कहने के बाद भी पास देखने के लिए माँगा हो, बड़ी खुन्नस के साथ उन्होंने पास निकालकर पाण्डेय जी के हाथ में थमा दिया।

—पाण्डेय जी ने पास का जायज़ा लेकर उस पर तारीख़ डालकर अपना हस्ताक्षर करके चार्ट पर चढ़ा लिया।

—आप यह क्या कर रहे हैं...? अधिकारी महोदय का स्वर था।

—जो आपको करना चाहिए था। सर!

—आप तो बड़े अजी़ब आदमी मालूम देते हैं, मैं आपकी शिकायत आपके सीनियर डी.सी.एम. से करूँगा। वह मेरे मित्र हैं।

—आपकी इच्छा सर।

अधिकारी महोदय ताज्जुब से पाण्डेय को देख रहे थे कि किस मिट्टी का बना है कि अपनी शिकायत के बारे में सुनकर भी नहीं डर रहा है, उनका सोचना था कि वह मुझ से गिड़गिड़ायेगा। लेकिन शायद वह इस बात से अनभिज्ञ थे कि पाण्डेय जी की शिकायत एक बार एक डॉक्टर ने चार्ज होने के बाद किया था, जिसमें नीर-क्षीर विवेक होकर रह गया। कुछेक माननीय विधायक तथा सांसद जब रेलगाड़ी से वातानुकूलित डिब्बे में सफ़र करते हैं तब उनके साथ उनके क्षेत्र का पूरा लाव-लश्कर होता है, जिनमें अधिकांश अनियमित रहते हैं। जिनके पास माननीय की हनक का टिकट रहता है, यदि किसी टिकट जाँचकर्त्ता ने टिकट माँगने का दुस्साहस किया तो जवाब होता है, "देखते नहीं हो विधायक जी के साथ हूँ।"

—सांसद जी के साथ हूँ।

—बाल-बच्चे नहीं हैं क्या?

—वर्दी उतरवा दूँगा।

—सड़क पर आ जाओगे।

तुम्हारे अधिकारी से आज ही तुम्हारी शिकायत करूँगा।

ऐसे ही संसार में निवास करनेवाले एक सांसद महोदय अपने लाव-लश्कर के साथ एक दिन पाण्डेय जी से टकरा गये, अपनी हनक की भाषा का बे लगाम प्रयोग करने लगे, जिसका पाण्डेय जी पर कोई असर न देख वह और आग-बबूला होते गये।

—सर, आप शिकायत करें लेकिन मेरा आपसे विनम्र निवेदन है कि इन लोगों से सरकारी पैसा दिलवा दीजिये, ये लोग अपना टिकट बनवा लें।

माननीय सांसद जी ने जब देखा कि उनके शब्द-बाणों का असर उस पर लेशमात्र भी नहीं हो रहा है तब वह क्रोधाग्नि प्रज्वलित करते हुए सभी के टिकट बनाने का आदेश देते हुए कहा, "तुम्हारी नौकरी खा जाऊँगा, दर-दर की ठोकरें खाओगे।"

सचमुच नौकरी खाने का प्रबन्ध उन्होंने कर लिया था, माननीय रेलमन्त्री को मनगढ़न्त शिकायती पत्र भेजा था, पत्र घूमते-घामते सीनियर डी.सी.एम. आलोक सिंह महोदय के पास टिप्पणी के लिए आया, जो स्वयं ईमानदार अधिकारी के रूप में जाने जाते थे, वह पाण्डेय जी को व्यक्तिगत रूप से उनकी अच्छी छवि के कारण जानते थे।

उन्होंने पाण्डेय जी को वस्तुस्थिति जानने के लिए बुलवाया।

पाण्डेय जी ने अपनी स्थिति स्पष्ट करते हुए वास्तविक वस्तु स्थिति से अवगत कराते हुए कहा, 'सर माननीय सांसद जी के दस आदमी उनके साथ वातानुकूलित डिब्बे में बिना टिकट चल रहे थे, मैंने उनका टिकट जुर्माना के साथ बना दिया था, अभिलेख आपके सामने है।'

सीनियर डी.सी.एम. महोदय आश्वस्त हो गये रिकार्ड देखकर उन्होंने अपनी टिप्पणी, पाण्डेय जी के पक्ष में देते हुए परिवाद का निस्तारण करा दिया, पाण्डेय जी पर आँच तक नहीं आने दिया। लेकिन पारिवारिक बातों की आँच से पाण्डेय जी के मन-मस्तिप्क पर आहत के फ़फ़ोले उसी तरह उभर जाते थे जैसे ईमानदार व्यक्तियों के साथ सदियों से होता आया है और आख़िरी सदी तक होता रहेगा। पुत्र की बातों से कभी-कभी वह मानसिक रूप से दुःखी हो जाया करते, क्योंकि उसके बचकाने सोच के दायरे में यह बात सिर उठाती रहती थी कि उसके पापा ने उसके लिए तथा परिवारवालों के लिए क्या किया, उनकी ईमानदारी से घरवालों को क्या मिला। सिवा दुःख, सन्त्रास एवं मानसिक पीड़ा के। पाण्डेय जी की पत्नी काफ़ी समझदार तथा सुशील स्वभाव की हैं लेकिन कॉलोनी की औरतें पाण्डेय जी को लक्ष्य करके उनसे

अतिशय रगड़ किया करती हैं। 'अतिशय रगड़' से चन्दन से आग निकल सकती है तो पाण्डेय जी की पत्नी की क्या बिसात जो मात्र मिट्टी का एक पुतला हो, परिणामस्वरूप उनके मस्तिष्क की शिराओं में भी कभी-कभी बल पड़ जाते...टुन-फुन हो जाया करती, दो-चार दिन आपस में बोल-चाल बन्द रहती, फिर किसी बात पर दोनों की मिली-जुली हँसी से सामान्य स्थिति हो जाती। जैसा कि दाम्पत्य जीवन में प्रायः हर घर में होता रहता है, लोगों का मानना है कि इससे प्रेम में वृद्धि होती है। कुएँ की दूब की तरह बढ़ रही बेटी पर जब कभी पाण्डेय जी की नज़र पड़ जाती, जिसके लिए उन्होंने जाने कितने नगरों तथा शहरों की ख़ाक छानते-छानते जूते के तलुए घिस डाले, जिससे भी वह बात करते वे भ्रष्ट आसुरी प्रवृत्ति के उपासक होते, उनकी अन्तहीन सुरसा की जीभ जैसी माँगों के आगे पाण्डेय जी के पहाड़ जैसे ईमानदारी के व्यक्तित्व की दशा जल बिन मीन जैसी होकर भीष्म की पीड़ा बन जाती और उनकी ईमानदारी के बे लगाम घोड़े बेतहाशा दौड़ने लगते...।

•

आख़िरी दाँव

काम पर लगे मिस्त्रियों तथा मज़दूरों को कुछेक आवश्यक निर्देश देकर मुन्शी जी ने चश्मा आँखों पर फिट किया और अख़बार खोलकर पढ़नें लगे पृष्ठ पर ऊपर ही मोटे-मोटे अक्षरों में लिखा था—'सिंचाई मन्त्री द्वारा देश के सबसे बड़े बाँध का उद्‌घाटन'। मन्त्री महोदय ने बाँध का उद्‌घाटन करते हुए कहा, हम यह सोचकर फूले नहीं समा रहे हैं कि पश्चिमी क्षेत्र में जहाँ आज दूर-दूर तक तपता रेगिस्तान दीख पड़ता है, हरियाली का कहीं नाम व निशान तक नहीं है, लेकिन वह दिन दूर नहीं जब दूर तक फैले हुए रेगिस्तान में चारों ओर हरियाली-ही-हरियाली नज़र आयेगी और हम अपनी खाद्य-समस्या हल करने के लिए स्वयं अपने पैरों पर खड़े होंगे, विदेशों के आगे हाथ नहीं फैलाना पड़ेगा...। देश की ग़रीबी का मर्ज़ ठीक हो जायेगा, इसका सेहरा हमारे देश के इंजीनियरों, जो समाज के मस्तिष्क तथा राष्ट्र के मेरुदण्ड है, के सिर बँधता है।

मुन्शी जी बड़ी देर तक अख़बार में खोये रहे, अन्तिम पृष्ठ के एक समाचार ने उन्हें चौंका दिया, वह एकदम सकते में आ गये मोटे-मोटे अक्षरों में लिखा था सिंचाई मन्त्री द्वारा उद्‌घाटित देश का विशाल बाँध पानी के वेग को न रोक सका और बह गया, कहा जाता है कि सीमेण्ट तथा लोहा की मात्रा की कमी के परिणामस्वरूप ऐसा हुआ है, क्योंकि अब ठेकेदारी में जिसकी लाठी उसकी भैंस की भावना के वर्चस्व का शिकंजा कसता जा रहा है, यहाँ तक कि टेण्डर-फार्म वही आदमी ख़रीद सकता है जिसे लाठीवाले चाहेंगे, यदि किसी ने एन-केन प्रकारेण टेण्डर-फार्म ख़रीद कर, टेण्डर-बॉक्स में डाल भी दिया तो बन्दूक़ की नोंक पर फार्म को निकाल कर टेण्डर-क्लर्क के सामने उसका भुर्ता बनाकर रद्‌दी की टोकरी की शोभा बढ़ाने के लिए उसमें डाल दिया जाता है, बेचारा टेण्डर-बाबू मूक दर्शक बनने के अतिरिक्त कुछ

नहीं कर सकता, वैसे नियमानुसार मोहरबन्द टेण्डर-बॉक्स इन्जीनियर के कमरे में होने चाहिए लेकिन इस महौल की छाया भी इंजीनियर महोदय पर न पड़ने पाये, इसलिए बॉक्स, बेचारे टेण्डर-बाबू के पास रखवा दिये जाते हैं...क्योंकि यदि जाने-अनजाने इंजीनियर महोदय के ज़मीर ने किसी कोने से भी विरोध में सिर उठाने की जुर्रत करनी चाही तो कमीशन के स्थान पर उनकी जेबें ठेगों की सौग़ातों से भर दी जाती हैं; यदि इस पर भी उनकी आत्मा में किसी कोने से हरकत के आसार नज़र आये तो उसको सदा के लिए ठण्डा कर दिया जाता है, ऐसी परिस्थितियों के साये में निर्माण-कार्य में अपेक्षित मात्रा में मानक सामग्री के इस्तेमाल के विषय में मात्र इंजीनियरी किताबों में पढ़कर सन्तोष किया जा सकता है, वैसे कुछ ऐसे इंजीनियर भी हैं जो ऐसे महौल को वरदान समझते हैं और अपनी पोस्टिंग सौदेबाजी से इच्छित स्थान पर करा कर बिना कार्य किये फर्ज़ी भुगतान करके ज़मीर को बेंचकर पौ बारह किया करते हैं क्योंकि उनकी पोस्टिंग में ठेकेदार का विशेष हाथ रहने के कारण उनके एहसानों का बदला चुकाना भी तो ज़मीर का ही काम है।

मुन्शी जी को लगा, पीछे से कोई उसका नाम लेकर आवाज दे रहा है, मुन्शी जी ने अख़बार में डूबी आँखों को हटाकर पीछे मुड़कर देखा—ठेकेदार हरपाल सिंह खड़े थे, मुन्शी जी आज की ताज़ा खबरों, पुल के बह जाने तथा टेण्डर-फार्म को टेण्डर-बाक्स से नोचने के समाचार ठेकेदार साहब को सुनाने के बारे में सोच ही रहे थे कि ठेकेदार हरपाल सिंह मुन्शी जी के क़रीब आकर कुछ फुसफुसाने के बाद बोले—सड़कवाला काम, जिसमें चार इंच के स्थान पर दो इंच पत्थर की गिट्टी डाली जा रही है, आज बन्द कर दो, ईंटों के चट्टों पर क्रास का निशान लगा जिससे मालूम हो कि इन ईंटों को पास नहीं किया गया है, बाद में इन ईंटों को इस्तेमाल तो करना ही है, सरिया, सीमेण्ट तथा ईंटों का वही काम किया जाये जहाँ अधूरे काम खराब लग रहे हों लेकिन आज काम बड़ी सूझ-बूझ से होना चाहिए।

आप तनिक भी चिन्ता न कीजिये, मेरे बाल धूप में सफ़ेद नहीं हुए हैं, मैंने कच्ची गोलियाँ नहीं खेली हैं, मुझे कल शाम को ही पता चल गया था कि वह स्साला...

आज का काम सादा से निराला था, काया ही पलट गयी थी—स्लैब तथा लिण्टल की सरिया ड्राइंग के अनुसार बाँधी जा रही थी, फ़र्श की ढलाई में स्थानीय बालू के स्थान पर मूरम लगाया जा रहा था, नींव में पड़नेवाली चूना गिट्टी बिना चूना के नहीं बल्कि आज चूना मिलाकर डाली जा रही थी, टपकने वाली छतों पर चूना गिट्टी डालकर मुँगरी से खूब पिटायी हो रही थी जिससे छत बनने के बाद टपकने की गुंजाइश न रहे, वैसे पहले की तरह नहीं कि छत तो नयी बन गयी लेकिन टपकने में पहले से भी ज़्यादा बाज़ी मार ले गयी, बालू बजरी नापने का नपना मसाला बनाने

के लिए बने तगाड़ के पास अपने-आपको पाकर धन्य हो रहा था, पड़े-पड़े उस पर जो ज़ंग लग गया था, आज साफ़ हो जायेगा, उसकी सूरत निखर आयेगी, क्योंकि आज से पहले सीमेण्ट, बालू की मात्रा अन्धाधुन्ध मिलाने के कारण उसे कभी घास ही नहीं डाली गयी, सूखी तथा रद्दी ईंटों से आज चुनाई नहीं होगी, बल्कि पहले उन्हें चट्टों से छाँटा जायेगा तथा पानी से भरे हौज़ में डालकर खूब भिगोया जायेगा, कलेजा तक तर हो जाने के बाद ही चुनायी के काम में लगायी जायेंगी, अगर कोई पूछे तो कह दिया जाये—कल शाम से भिगोयी गयी हैं मुन्शी जी का कुछ देर ऐसा करने का हुक्म था, कल की बनी दीवारों पर रबड़ के पाइप से पानी का छिड़काव अपनी जवानी पर था, पूरी दीवार पानी से सराबोर थी, ऊपर से नीचे पानी धीरे-धीरे बह रहा था जैसे दीवार के आँसू हैं ये, जो उसकी आँखों से निकल कर कपोलों पर सरक रहे हैं, परसों बने पलस्तर पर तो इतना पानी डाल दिया गया था कि उसका रंग कुछ अजीब-सा हो गया था, पत्थर की बजरी को बार-बार स्नान कराया जा रहा था कि आज बदन पर ज़रा-सी भी मैल न रह जाये और पहले मिट्टी मिली बजरी ही उत्तम मानी जाती थी... बड़े वाले छन्ने को तिरछा करके बालू छाना जा रहा था कि एक भी कंकड़ी न रह जाये, पलस्तर जो करना है, जग्गू को याद आया—उस दिन जब वह बालू में पड़ी बड़ी-बड़ी कंकड़ी तथा शीशम की पत्तियों तथा लकड़ी के छोटे-छोटे टुकड़े निकाल रहा था तो पीछे से ठेकेदार साहब का कर्कश स्वर फूट पड़ा था—अबे जगुवा, ऐसे ही काम होगा, तब तो मैं कर चुका ठेकेदारी।

जग्गू-ईंटा छाँटते हुए (जैसा कि मुन्शी जी ने आज के लिए बताया था) बोला—बलेसूर दादा, आज तो ईंटा छाँट के लगावा जात हैं, नाहीं तो पीला ईंटा लगत रहा, ऊ किनारेवाला क्वाटर, पीला ईंटा से परै साल बना है, और लोनी लागै लागी।

—यह सब राज काज है जग्गू, आज क्या हो रहा है, देख नहीं रहे हो नक़ाबपोश से लेकर सफ़ेदपोश तक देश का ख़ून चूस रहे हैं।

—उस दिन जूनियर इंजीनियर साहब काफ़ी देर तक मसाला के तगाड़ पर खड़े रहे, कमरे के पलस्तर के लिए मसाला बनाया जा रहा था, जैसे ही वह वहाँ से हटे कि मनचाहा बालू उसमें झोंक दिया गया, मुला दादा आज तो काम कुछ और ढंग से हो रहा है।

—अरे तुम नहीं जानते क्या...? आज नयेवाले इंजीनियर साहब आनेवाले हैं, तभी बड़ी सख़्ती है उनमें...मज़दूरों से क़सम खिलाकर पूछते हैं, गंगा की क़सम...काली माई की क़सम...अल्लाह की क़सम...लड़के की क़सम...लेकिन जाने इनकी सख़्ती बनी रहेगी या ये भी पहलेवाले इंजीनियर की तरह बदल जायेंगे और सड़क की ओर देखते हड़बड़ाकर बोला—वह देखो नयेवाले इंजीनियर साहब आ रहे हैं, साथ में

जूनियर इंजीनियर तथा ठेकेदार साहब भी हैं, और अपने काम में जुट गया कि कहीं ठेकेदार ने बात करते देख लिया तो सात पुश्तों की माँ-बहनों...नये इंजीनियर साहब कुछ ही देर में मसाला बनाने के तगाड़ के पास जाकर खड़े हो गये, चारों ओर एक नज़र डालने के बाद सीमेण्ट-बालू के मसाला के बारे में पूछा—यह मसाला, सामने वाली चुनायी में लगा रहे हो न?

—हाँ सरकार, जग्गू फावड़े से मसाला को पलटते हुए बोला।

—किस हिसाब से बनाया है...?

—एक और दस (अर्थात् एक भाग सीमेण्ट दस भाग बालू)

—एक छह के बजाय एक दस...?

जग्गू कहने को तो कह गया, लेकिन अब उसको चीरो तो ख़ून नहीं, वह कैसे यह कह गया, उसे स्वयं नहीं मालूम क्योंकि नये इंजीनियर की आमद के सुनने के बाद से ही मुन्शी जी के बताये मन्त्र एक छह-एक छह का वह जाप कर रहा था, लेकिन नये इंजीनियर के व्यक्तित्व के सामने झूठ बेनक़ाब हो गया।

—क्यों ठेकेदार साहब...? नये इंजीनियर साहब का संक्षिप्त लेकिन गम्भीर सावल था।

—साहब इस साले का दिमाग़ फिर गया है, भला एक दस...? मुन्शी जी तुमने भी किस गदहे को मसाले पर आज लगा दिया जो ठीक-ठीक बता भी नहीं सकता, प्रसादी को रखो मसाले के तगाड़ पर, साहब-सूबा से बात करने की तमीज़ चाहिए। नये इंजीनियर साहब ने उनके वार्त्तालाप को गम्भीरता से सुना और अपनी डायरी में कुछ नोट किया। निर्माणाधीन नये भवन की ओर वह चल पड़े, निर्माण-कार्य तथा उसमें प्रयोग की जानेवाली सामग्री को देखकर एक अनाड़ी भी कह सकता था कि क्या देश के पैसे का समुचित उपयोग किया जा रहा है...? भले ही नये भवन में साल-भर के अन्दर ही पुनः कार्य करने के लिए विवश होना पड़े जैसा कि अम्बेडकर आवासीय भवनों में आज हो रहा है। नये इंजीनियर साहब होल्ड फास्ट तथा बेड ब्लाकों को अपनी छड़ी में लगी हथौड़ी से ठोंक-ठोंक कर देखने लगे—वे बजरी मिलाकर नहीं बनाये गये थे बल्कि दीवार पर नौ इंच, छह इंच पलस्टर करके उनके रूप दे दिये गये थे, रूप भी ऐसा कि क़यामत की नज़र रखनेवाले को भी ताड़ने में लोहे के चने चबाना पड़े, लेकिन हथौड़ी की मार के आगे नीर-क्षीर विवेक की कहावत चरितार्थ हो गयी। साइट इंचार्ज की ओर नये इंजीनियर ने घूर कर देखा, साइट इंचार्ज यक्ष-प्रश्न तथा भीष्म की विवशता लग रहे थे, नये इंजीनियर साहब ने अपनी डायरी में कुछ नोट किया और जूनियर इंजीनियर महोदय के कार्यालय तथा भण्डार का

निरीक्षण करने चले गये, कार्यालय अपनी कहानी स्वयं अपनी ज़बानी कह रहा था, फाइलें अपने बोझ के अलावा गर्द-गुबार के बोझ से दबी जा रही थीं, किसी फाइल की टाँग टूटी है तो किसी का हाथ ग़ायब, किसी की नाक कटी है तो किसी फाइल को समदर्शी के नाम से विभूषित किया जा सकता है गरज़ कि इससे ज़्यादा लापरवाही तो स्वयं लापरवाही भी नहीं कर सकती थी...भण्डार का यह आलम था कि कम्पाउण्ड के सामान पर घास ने अपना आधिपत्य जमा रखा था और अन्दर के सामानों में साँप, बिच्छू, कनखजूरा तथा चूहों ने अपने पुश्तैनी घर बना रखे थे।

कार्यालय तथा भण्डार की उपर्युक्त वर्णित दशा का अवलोकन करके नये इंजीनियर महोदय का पारा सातवें आसमान पर चढ़ने लगा, लेकिन उनके व्यक्तित्व की यह विशेषता थी कि उनके अन्दर कैसी हलचल हो रही है, उसे उनके चेहरे से पढ़ा नहीं जा सकता था, इस बात के लिए वह काफ़ी प्रसिद्ध थे कि वह कब नाराज़ हैं तथा कब खुशी की लहरें उनके अन्दर के सागर में हिलोरें मार रही हैं, कोई भाँप भी नहीं सकता था लेकिन निरीक्षण के दौरान अच्छा-बुरा क़लम बन्द करना उनकी आदत थी, उनकी कलम की नोंक से जो घायल हो गया तो वह जीवन-भर कराहता ही रहा...और जिसके काम से प्रसन्न हो गये तो समझो उसकी पौबारह।

आज का निरीक्षण करके उन्होंने अपनी नोट बुक में बहुत सारी चीजें नोट किया और चले गये अन्दर के तूफ़ान को दबाये हुए जिसकी भयानकता की गाज़ दो-तीन दिन बाद गिरेगी।

नये इंजीनियर साहब को बिदा करके जब ठेकेदार साहब अपने झाले पर लौटकर आये तो मुन्शी जी ने याद दिलाया कि आज चिट्‌ठा (साप्ताहिक मजदूरी वितरण) का दिन है।

सभी मजदूरों के भुगतान के लिए ख़जांची बाबू को निर्देशित करके स्वयं भी वहीं साइट पर पड़ी कुर्सी पर बैठ गये। राधे, सोहन, चिरकुट, घिसियावन, भगेलू, मंगरू के बाद रजिस्टर में जग्गू का नाम था, अपना नाम सुनकर वह बोला—मालिक...

—तू अभी गया नहीं, ख़जांची बाबू इसको एक छदाम भी न देना, इस साले ने तो...कल से काम पर मत आना, मुझे ऐसे लोग चाहिए जो मेरी कही बात को पत्थर की लकीर समझें, तुम्हारे और नये इंजीनियर जैसे लोग नहीं।

—मालिक हमार लड़का भूख से तड़प रहा होई, दूसरा दिन है आग नहीं जली।

—तो मैं क्या करूँ...?

—मालिक आज का दिन जोहत रहे कि चिट्‌ठा मिले पर...

—जाता है कि...! साले उस इंजीनियर की तरह धर्मराज युधिष्ठिर बनते हो, घर में खाने को नहीं...एक दस का मसाला...।

—मुन्शी जी के चापलूसी के चम्मच से आवाज़ आयी—आज तो बड़ा गड़बड़ हो गया था—

क्या टेढ़ा कर लेंगे वह मेरा...पहले वह खुद के बारे में सोचें...? कौन नहीं जानता कि ठेकेदार को ग़लत काम करने के लिए विवश होना पड़ता है, नीचे से लेकर ऊपर तक सभी को ख़ुश करना होता है, अभी कल ही चीफ़ इंजीनियर के मार्फ़त मोटा लिफाफा मन्त्री जी के लिए देना पड़ा, आख़िर यह सब कहाँ से आयेगा, यह कल के छोकरे...? अभी इन्होंने देखा ही क्या है ज़्यादा दिन नौकरी करना इनके नसीब में नहीं है...चीफ़ इंजीनियर से हम लोगों ने इनके बारे में कहा था, चीफ़ इंजीनियर तो पहले से ही खार खाये बैठा है इन पर। बन्धों के पिचिंग के काम में लाखों रुपये बिना हल्दी-फिटकरी के मिल जाते थे लेकिन इस साल इस इंजीनियर ने एक भी खाली 'करेट' पानी में नहीं जाने दिया दिन-भर स्वयं डटा रहता था। बेचारे ठेकेदार मंगलदास की उम्मीदों पर पानी फिर गया...चीफ़ इंजीनियर ने उससे जब कमीशन की बात कही तो मंगलदास ने साफ़-साफ़ कह दिया—साहब, उसने तो कमर ही तोड़कर रख दिया, फर्जी करेटों की बात तो छोड़िये उसने खाली करेट तक नहीं गिराने दिया, तीन चार साल पहले बनी सड़कों का भुगतान दोबारा करना तो आम बात है, सभी जानते हैं लेकिन जब इस नये इंजीनियर से कहा गया तो बोला—क्या कहा...? उसका चेहरा तमतमा आया, मैं तो कंगाल हो गया हूँ बस यही थोड़ा-सा...चीफ़ इंजीनियर को मोटी रक़म की आशा थी लेकिन मिला...? वह नये इंजीनियर पर आगबबूला हो रहा था...? कह रहा था कि उस दिन जब विधायक जी ने गेस्ट हाउस (जिसे उन्होंने अपना आशियाना बना रखा है) में बुलाकर पार्टी-फण्ड के लिए 30 लाख रुपये फ़र्ज़ी भुगतान करके देने के लिए इससे कहा था तब इसके साफ़ मना करने पर आँखों के शोलों को हवा देते हुए बोले—लगता है उस इंजीनियर की तरह तुम भी आख़िरी दाँव से तड़प-तड़प कर मरना चाहते हो, जिसका प्रयोग हमारे मित्र विधायक अभी कुछ दिन पहले कर चुके हैं।

●

बया

जब कभी गाँव जाने का विचार उसके मन-मस्तिष्क में आता है तो उसकी आँखों के सामने घुरहु-कतवारु कहे जानेवाले उसके गाँव के साथियों की तरह-तरह की तस्वीरें उभरने लगती हैं, उसे लगता है जैसे वे तस्वीरें उसे चिढ़ा रही हैं।

वह शर्म के मारे गड़ जाया करता है और उसकी नाक पर पसीने की बूँदें झलकने लगती हैं। वह शक्तिहीन नुचे पंख के पक्षी की भाँति छटपटाने लगता है, आँखें मुलमुला कर सब कुछ भूल जाने की कोशिश में जुट जाता है। काफ़ी देर के बाद वह ठण्डी साँस ले पाता है।

लेकिन आज उसे कुछ भी महसूस नहीं हो रहा है, वे तस्वीरें जाने कहाँ चरने चली गयी हैं, वह अपने आप में चुस्ती तथा फुर्ती महसूस करता है, मेज़ पर पड़े रेलवे समय-सारिणी को उठाकर उसके बीच के पन्ने में कुछ खोजता है और फिर उसे यथावत् रखकर कमरे में रखे स्टोव की ओर मुड़ता है, झुक कर स्टोव उठाता है, उसकी पेंदी में चारों उंगलियाँ लगाकर अँगूठे से ऊपर पकड़ता है, स्टोव को ज़ोर से हिलाता है, कोई आवाज़ नहीं, मतलब मिट्टी का तेज़ नहीं है, बोतल की ओर देखता है... ख़ाली...एक बूँद भी नहीं,...वह कुछ सोचने लगता है, खूँटी पर टँगे कपड़ों को उतार कर पहनता है, लुंगी को खूँटी के सुपुर्द करके कमरे से बाहर आ जाता है, कमरे में ताला लगाता है, बरामदे की सीढ़ियों पर उसके क़दम रुक जाते हैं, सामनेवाली बेर पर एक बार फिर बया अपना घोंसला बना रही है, सरपत-फूस को चीरकर लाती है, एक-एक तिनकों को किस क़रीने से जोड़ रही है, देखकर जीवों में सर्वोपरि कहे जानेवाले मनुष्य का मस्तिष्क भी चकरा जाता है। उसके बुनने तथा बनाने के ढंग

को एक सिद्धहस्त कलाकार सोच भी नहीं सकता उसे याद आता है कि जब बया अपने बच्चों को लेकर उड़ गया था तो उसने अपने बर्तनों की सफ़ाई के लिए उसके खाली घोंसले को नोच लिया था, और बड़ी देर तक उसकी संरचना को देखता रहा। दो भागों में वह बनाया गया था, बड़ा ही सुरक्षित था, एक-एक तिनका का फँसाव ऐसा था कि बुनकर भी हैरत में पड़ जाये। हवा जाने का पर्याप्त स्थान था, उसी में एक कोने पर थोड़ी-सी मिट्टी रखी थी, उसे याद आया कि दादी माँ कहा करती थी कि जब बया के बच्चों की आँखें खुलने के दिन आते हैं तो बया जुगनू पकड़ कर उस मिट्टी में गाड़ देती है जिससे उन्हें रोशनी मिला करती है।

घोंसले की ओर एकटक देखते-देखते उसे भी बड़ी तेज़ी से कुछ याद आने लगता है, जिसे सिर को एक झटका देकर वह भूल जाना चाहता है, लम्बे-लम्बे डग भरता सड़क पर आ जाता है, सड़क पर काफ़ी भीड़ है, शायद कोई शो ख़त्म हुआ है, उसकी निगाहें सिनेमा के पोस्टरों की ओर उठ जाती हैं, फ़िल्म का नाम तो वह दूर से नहीं पढ़ पाता है लेकिन किसी हीरोइन की नग्न तस्वीर अपने पूरे शबाब पर नज़र आती है, वह अपनी नज़रें उधर से हटा लेता है और छंगामल होटल की दहलीज़ की ओर मुड़ जाता है।

होटल खचाखच भरा है, उसे लगता है जैसे उसकी तरह इनके घरों में भी मिट्टी का तेल ख़त्म हो गया है लेकिन बाद में उसका यह सोचना ग़लत साबित होता है, जब वह देखता है कि अधिकांश लोग मिठाइयाँ, नमकीन खा रहे हैं और चाय सिप कर रहे हैं खाना खा रहे हैं जिन्हें पैसों की क़ीमत समझने की फ़ुरसत ही नहीं है, पर्स निकाला और कुँआरे नोट काउण्टर पर सिर धुनने लगे और देखते-देखते उस बड़ी-सी तोंदवाले, मोटे सिन्धी की तिजोरी में क़ैद हो गये, सदा कुँआरे रहने के लिए। वह भी एक कोने में बैठ गया, लोग अनाप-शनाप आर्डर दे रहे थे, उसकी मेज़ पर एक लड़का आर्डर लेने आया।

—क्या लेंगे सॉब...

—क्या-क्या है?

—मुर्ग़ा, कोरमा, भुनाइस्टू, कलेजी, कबाब, फ्राई मछली, अण्डा कढ़ी, आलू गोभी, आलू टमाटर, आलू बैगन, बैगन का भुर्ता, दाल फ्राई...एक लम्बी-सी लिस्ट वह एक साँस में खड़ा-खड़ा बोल गया।

—आलू बैगन लाओ।

—लड़का मन-ही-मन कुछ बुदबुदाता हुआ उसकी ओर अर्थ-पूर्ण दृष्टि से देखकर चला गया और काफ़ी देर के बाद दो अधजले फुलके और एक प्याला में आलू बैगन

की सड़ियल सब्ज़ी रखकर जाने लगा, उसे जाते देखकर उसने प्याज और पानी लाने की बात कही, लड़का फिर कुछ बुदबुदाया, उसने सोचा शायद उसकी आदत है लेकिन तभी यह बात उस पर हावी हो गयी कि अल्लम-गल्लम के आर्डर न देनेवालों के साथ वह कुछ ऐसा ही करता है और वह स्वयं में समझ कर गूँगे के गुड़ का स्वाद लेने लगा। लड़का हाथ में गिलास नचाता हुआ आया और मेज़ पर पटक दिया, बग़ल वाली मेज़ से एक अधभरा जग उसकी मेज़ पर सरका दिया।

वह खाने लगा।

—और कुछ...? इस बार उसने सॉब कहना शायद मुनासिब नहीं समझा।

—एक फुलका और...

—उसने तीन-चार फुलकों से भरी प्लेट में से एक फुलका उसकी प्लेट में सरका दिया।

—और क्या लायें...?

—कुछ नहीं...

—बस...! लड़के की आँखें देखने लायक़ थीं। वह उठा और वाशवेसिन पर मुँह धोकर काउण्टर पर आ गया, लड़के द्वारा पैसे बताये जाने पर तोंदियल सिन्धी ने भी मुँह बिचका लिया और जल्दी से पैसे लेकर रख लिया। दूसरी ओर मुड़कर एक दूसरे सज्जन के पैसे पकड़ने लगा जो मेरे सामनेवाली मेज़ पर मुर्ग़-मुसल्लम के टुकड़े करने में पिले पड़े थे। उसने देखा, काफ़ी लम्बा बिल था उनका। रुपये वापस करने के बाद तोंदियल ने उन्हें सौंफ़ तथा गरी की ओर इशारा किया, सज्जन ने एक-एक चुटकी दोनों चीज़ों को लिया और बाहर आने लगे तो लड़के ने सलूट मारा। पाँच रुपये का नोट उसकी ओर बढ़ाकर वह महाशय आगे बढ़ गये, फिर एक ज़ोरदार स्लूट...अब उसकी हिम्मत जवाब दे चुकी थी और वह बिना सौंफ़-गरी लिये ही बाहर आ गया। अनायास आलीशान अट्टालिकाओं की ओर उसकी नज़रें उठ गयीं।

वह घर आया, अपना बैग कन्धे के हवाले किया और बाहर निकलकर कमरे का ताला बन्द करके रेवले स्टेशन की ओर चल पड़ा।

प्लेटफ़ार्म खचाखच भरा था, लोग उतावले से नज़र आ रहे थे, उसने पूछताछ कार्यालय से अपनी गाड़ी के बारे में पूछा तो पता चला कि चार घण्टे देर से आयेगी। ड्राइवर साहब की ड्यूटी पूरी हो गयी थी, वह रनिंगरूम में विश्राम कर रहे हैं, और जब उनका विश्राम पूरा हो जायेगा तो फ़ायरमैन महोदय का विश्राम प्रारम्भ होगा...ऊपर से सौ दिन का बोनस चाहिए, वह दाँत पीस कर रह गया।

गाड़ी आयी और वह एक डिब्बे में खिड़की के किनारे बैठ गया। गार्ड की सीटी हवा में गूँजी और गाड़ी रेंगने लगी, अगले स्टेशन से पहुँचने से पहले ही इंजन पीं.पीं. करके रुक गया, लगा किसी ने चेन-पुलिंग कर दिया है, बात सच थी, लेकिन भयावह उसके बग़ल के डिब्बे को डकैतों ने लूट लिया था और अब उतर कर सामने खेतों की ओर जा रहे थे, स्कोर्ट के रूप में चल रहे जी.आर.पी. के सिपाही शायद किसी अन्य डिब्बे में बिना बुक किये माल की सौदेबाज़ी कर रहे थे, डिब्बे में कोहराम मचा था, एक अर्द्ध-विक्षिप्त-सा व्यक्ति फूट-फूट कर रो रहा था, एक-एक पैसा जोड़कर वह अपनी ज़वान लड़की की शादी के लिए इस कमरतोड़ महँगाई में सामान जुटा कर ले जा रहा था जो अब एकदम खाली हाथ था, इसलिए उसका नीम पागल तो क्या पूरा पागल होना स्वाभाविक था, उसने इस तवायफ़ी सियासत तथा शासन तन्त्र को एक भद्दी-सी गाली दिया और दूर खेतों की ओर देखने लगा।

अब वह अपने घर के सामने खड़ा था, जहाँ कभी एक कच्चा-सा मकान अपनी बोसीदगी की कहानी कहा करता था जो कहने के लिए मकान तो ज़रूर था लेकिन बस एकाध कमरा ही सिर छुपाने के लिए बाक़ी बचा था जिसे उसके दादा ने अपनी नौकरी के दौरान न बनवा पाने की ख़्वाहिश को इस आशा के साथ छोड़कर परलोक सिधार गये थे कि उनका जवान बेटा यानी उसके पिता इसे ज़रूर बनवा लेंगे लेकिन उसके पिता जी की छोटी-सी नौकरी भी उसके दादा की आत्मा को शान्ति देने में असमर्थ रही और जब उसके पिता ने इस दुनिया को अलविदा कहा था तो वह भार उन्होंने उसको सौंप दिया था...लेकिन वह तो अब किसी को सौंपने की भी हालत में नहीं है क्योंकि वह तो आज के इस विषाक्त दौर में कुछ ऐसा मारा गया कि शादी भी तो नहीं कर सका।

उसने इधर-उधर देखा, उसके साथ के घुरहू-कतवारु कहे जानेवालों के ऊँचे-ऊँचे मकान जैसे उसे तथा उसके समूचे खानदान को चिढ़ा रहे हों। शराफ़त की नौकरी तथा ईमानदारी का हश्र देखा...? उसकी ज़ेहन की आँखों के सामने इंजीनियर श्री बर्मन का चेहरा कौंध गया जो मनचाहे आर्थिक दृष्टि से मूल्यवान् स्थान पर स्थानान्तरण के लिए एक मुँह लगे बाबू के माध्यम से विदेशी बी. सी. आर. लेने के लिए प्रसिद्ध थे जिसे वह अपने गाज़ियाबादवाले आधुनिकतम तकनीक से बने पचास लाखवाले शानदार बँगले के बग़ल में बनी दुकान पर भेज कर बेच दिया करते थे।

उसने उधर से नज़रें फेर लिया और अपने घर की ओर देखने लगा, जहाँ अब

मात्र खँडहरों का ढेर था...खँडहर बता रहे हैं इमारत बुलन्द थी, उसी बुलन्द इमारत से बने खँडहर पर एक बेर का पेड़ उग आया था। जिस पर बयों ने घोंसले बना रखे थे, अब वह अपने आपको बयों से भी शक्तिहीन समझने लगा, क्योंकि अब तो उसका अपना कोई घोंसला भी नहीं रह गया था, जहाँ वह नौकरी से उकताने के बाद कुछ दिनों के लिए सिर छुपाने आ जाया करता था, वह वहाँ से हटकर चल पड़ा एक अन्तहीन यात्रा के लिए जो न जाने कब तक चलती रहेगी...।

•

ज़हरीली सोच

शाकिर दरवाज़ा खोलकर अन्दर घुसे।

ज़ीनत जो रूमाल में फूल काढ़ रही थी, शाकिर को देखकर दुपट्टा ठीक-करती हुई बोली,—'मौलाना साहब का नौकर आया था।'

'हो, मैं तो भूल ही गया था।' शाकिर बालों पर हाथ फेरते हुए बोले।

'क्या बात है?'

'मौलाना साहब ने कहा था—आज दोपहर का खाना मेरे साथ खाइयेगा।' और घड़ी देखते हुए बोले, 'अभी तो पौने बारह ही हैं, जाऊँ उनके यहाँ हो आऊँ।'

'अबकी क्या बात है कि मौलाना साहब आप पर ख़ुश हैं? वैसे तो सीधे मुँह बात भी नहीं करते थे।'

'अरे, बड़ा मतलबी है बुड्ढा-खूसट, कह रहा है कि मेरा लड़का भी आपके साथ रहना चाहता है।'

शाकिर अपने शरीर पर नज़रें डालकर बोले, 'क्यों ज़ीनत, यह नीला सूट और नागरा शू जँच रहा है न?'

'माशा अल्लाह, चश्मेबद्दूर!' ज़ीनत ने मीठी मुसकान ली, वह फूली नहीं समा रही थी आज इतनी-सी बात शाकिर के कर लेने से।

'फिर यही पहनकर चला जाता हूँ।'

शाकिर साहब बड़े-बड़े क़दम बढ़ाते हुए जा रहे थे, कभी अपने कपड़ों पर नाज़ भरी नज़र डालते हैं, और कभी इधर-उधर देखने लगते हैं कि कोई उन्हें देख रहा है

या नहीं, अगर किसी की नज़र उनकी तरफ़ होती तो वह अपनी निगाह सामने कर लेते।

मीर इब्बन के यहाँ आज कोई ज़नाना उत्सव है, मोहल्ले की औरतें काला नक़ाब लगाये अपने दीदों को नक़ाब की जालियों के अन्दर घुमाती हुई जा रही हैं, शाकिर को देखकर फातमा 'छिः-छिः' करने लगी।

फ़रीदा ने पूछा, 'आपा, आप छिः-छिः क्यों करने लगी?'

'उस शैतान को देखकर।'

'कौन है वह?'

'जाओ धीया, कितने दिनों से तुम यहाँ आती हो और उसे नहीं जानती हो?'

'अल्लाह जाने, नहीं आपा।'

'शकिरा है, शकिरा। परसों लखनऊ से आया है।'

'हाँ, एक दिन बतूलन बूबू उनका नाम ले रही थीं।'

'बड़ा कमीना है, औरतों के वक़ार को तो वह कुछ समझता ही नहीं, दौलत के नशे में चूर है बहिनी, लखनऊ में इसका एक न जाने किस चीज़ का कारख़ाना है।'

'कहाँ लखनऊ में?'

'हाँ, इसी के बूते पर इसकी एक के बाद एक चार शादियाँ भी हुईं, जिनमें से दो बीवियों को तो इसने तलाक़ दे दिया एक बेचारी एड़ियाँ रगड़-रगड़कर मर गयी और एक इसके ज़ालिमाना बर्ताव से ऊबकर खुद भाग गयी।'

'तौबा-तौबा!'

'बड़ा ज़ालिम है बहिनी, लेकिन फिर भी लोग अपनी बहन-बेटियों का रिश्ता उसके साथ जोड़ने से नहीं हिचकते क्योंकि उनकी नज़रों में उसकी अथाह दौलत रहा करती है, कुछ तो इस उम्मीद पर करते हैं कि लड़की खूब आराम करेगी और कुछ इस उम्मीद पर कि शाकिर के बाद सारी दौलत लड़की की होगी, जिसमें उनका भी दख़ल होगा।'

'अब कोई साथ है या नहीं?'

'एक बहुत नेक लड़की है जलालपुर की ज़ीनत, वह मुआ उस बेचारी से सीधे मुँह बात भी नहीं करता, ज़िन्दगी उसकी जहन्नुम बन गयी है, फिर भी वह इस निगोड़े को हर तरह से खुश रखने की कोशिश करती है कि कभी तो रास्ते पर आ जायेंगे लेकिन बहिनी, वह मुँह-पिटना हरामी इस बेचारी के पर्दे की आड़ में औरों के गोश्त नोचने के चक्कर में रहा करता है।'

शाकिर मौलाना साहब के यहाँ गये, उनकी काफ़ी आवभगत हुई, खाना बड़े ढंग से सीनी में सजाकर आया। खाना खाने के बाद शाकिर ने होंठों से सिगरेट पकड़कर लाइटर जलाया।

मौलाना साहब अपने लड़के अमीन की बातें करने के बाद बोले, 'और क्या ख़िदमत करूँ आपकी?'

'अब तो अगर इजाज़त होती तो अच्छा था, क्योंकि बड़ी देर से निकला हूँ।'

'मैं अपने मुँह से भला कैसे कह सकता हूँ।'

'अच्छा, मौलाना साहब, फिर आऊँगा।' शाकिर उठते हुए बोले।

शाकिर घर की ओर चले आये और आगे वाले कमरे में पड़ी मसहरी पर धमाड़ से पड़ रहे, ज़ीनत को आवाज़ दी। ज़ीनत अपनी चोटी ठीक करती हुई कमरे में आयी और शाकिर के बालों पर हाथ फेरती हुई बोली,—'ज़्यादा खा लिया है क्या?'

'नहीं रे, थक गया हूँ।'

'चलिये अन्दर, दाब दूँ बदन।'

'नहीं, तुम जाओ जल्दी से चाय बना लाओ, मेरी आदत खाना खाने के बाद चाय पीने की पड़ गयी है कुछ दिनों से।

उसकी आशाओं पर पानी फिर गया और दामन में निराशा समेटे वह अन्दर चाय बनाने चली गयी।

शाकिर उठे, कोट उतारकर खूँटी पर टाँग दिया और कमीज़ तथा पतलून पहने हुए फिर लेट गये, उनकी नज़रें सामनेवाले दरवाज़े से होकर बाहर जा रही थीं, देखा, खैरी इधर ही आ रही है। शाकिर कुछ चौंके और मन-ही-मन प्रसन्न भी हुए। कुटनियों की वह ख़ूब आव-भगत करते थे क्योंकि कुटनियाँ ही उनके कामों में अगुआ का काम करती थीं, एक-से-एक ख़बरें दिया करती थीं। ज़ीनत को ये सब बातें मालूम थीं, इसलिए वह इन हम्मालाओं के लिए अपना दरवाज़ा बहुत कम खुला छोड़ती थी।

ख़ैरी ने आगेवाले कमरे में शाकिर को देखा और इधर-उधर दीदा घुमाने के बाद मद्धिम आवाज़ में बोली, 'आऊँ, बेटा?'

'आओ, आओ ख़ाला, बहुत दिनों के बाद दीदार नसीब हुआ।' शाकिर उठकर बैठते हुए बोले।

'क्या करूँ, बेटा! इस मुई ज़िन्दगी में तो मरने तक की फ़ुरसत नहीं।'

'आज मैं सोच रहा था कि मुझे तीन दिन लखनऊ से आये हो गये लेकिन ख़ाला नहीं आयीं।'

'हाँ बेटा, अभी तुझे आते हुए देखा, वैसे कल जुम्मन की जुबानी सुना भी था लेकिन रात हो गयी थी, नहीं आ सकी, मुई आँखें भी तो धोखा दे रही हैं, जब दांत

रहा तो चना नहीं, अब चना हुआ तो दाँत नहीं। इधर जब तुम्हारे लिये दौड़ने-धूपने का बखत आया तो यह आँखें निगोड़ी अलग ही दौड़ने लगीं।'

'कहो ख़ाला, क्या हाल है?

'हाँ बेटा, एक बात तो मैं भूल ही जा रही थी, भले याद कराया।'

'उमर के साथ-साथ याददाश्त भी कमज़ोर हो जाती है, ख़ाला!'

'नहीं, बेटा! मैं अपनी याददाश्त को तो ख़ूब कहूँगी, बचपन की बातें भी मैं तुम्हें अंगुलियों पर गिना सकती हूँ, इधर मुझे बहुत सदमे हो गये हैं।'

'हाँ तो ख़ाला, कौन-सी बात है वह?' शाकिर साहब ने उत्सुकता प्रकट की।

'बेटा, आज हफ़्ता...हाँ अल्लाह रक्खे हफ़्ता भर हुआ, क़रीम की साली आयी है।'

'क़रीम की?' शाकिर कुछ चौंके जैसे उन्हें कोई बात यकायक याद आ गयी हो।

'हाँ बेटा, अभी कुँआरी ही है, उसे देखने पर यही ख़याल में आता है कि वह इन्सान नहीं, बल्कि कोई परी है जो परिस्तान से टपक पड़ी है, नाक-नक़्शा के लिए तो कहना ही नहीं, किससे उसकी बरोबरी करूँ मैं...बेटा, मेरी नज़र में तो यहाँ दो-चार मील में कोई आता ही नहीं, मैंने तो जब से उसे देखा है मेरे सीने पर साँप लोट रहा है, रह-रह के तुम्हारी याद आती थी, सोच रही थी कि तुम्हें तार दे दूँ।'

'तार की क्या ज़रूरत थी ख़ाला, मैं तो खुद ही आ गया।' शाकिर साहब तारीफ़ की ज़द में आ गये।

'हाँ बेटा, लगता है खुदा को कुछ अच्छा ही मंजूर है कि तुम अचानक टपक पड़े।'

'उसकी कहीं बातचीत तो नहीं हुई है?'

'नहीं बेटा, और अगर हुई भी होगी तो तेरे सामने कौन मुआ आयेगा?'

शाकिर की बाँछें खिल उठीं।

'लेकिन...हाँ बेटा, बड़े मौक़े से एक बात याद आ गयी।'

'क्या, ख़ाला?'

'क़रीम के बग़ल में वह जो महमुदवा रहता है न?'

'हाँ, क्या वह आये हैं?'

'हाँ...हाँ बेटा, डॉक्टरी की पढ़ाई ख़त्म करके आया है, उसी को मैं कभी-कभी देखती हूँ, चोरी-चुप्पे ताक-झांक लगाये रहता है।'

'अरे खाला, उसके लिए आप फ़िक्र न करें। वह कबाब में हड्डी नहीं बन सकता।'

अन्दर से किसी के आने की आहट ख़ैरी को मालूम हुई, वह उठकर कहने लगी—'अच्छा बेटा, काफ़ी देर हो गयी, कल फिर आ जाऊँगी, या तुम्हीं टहलते-टहलते चले आना।'

'अच्छा, मैं ही चला आऊँगा।'

ज़ीनत हाथ में कप और सॉसर लिये आयी और पूछा, 'चला आऊँगा, केय रहा?'

'ओ...ओ...वहीद, अपना पुराना दोस्त।'

'अच्छा, लीजिये चाय, पीकर चलिये अन्दर लेटिये।'

'नहीं, मेरे सिर में दर्द है।' कहकर करवट बदल लिया।

ज़ीनत काफ़ी रात गये तक शाकिर का सिर दबाती रही, जब वह सो गये तो बाहर का दरवाज़ा बन्द करके स्वयं पैताने पड़ रही।

सबेरा हुआ, पूरबवाली बाग़ में पपीहा ने 'पी कहाँ - पी कहाँ' की रट लगाना शुरू किया। शाकिर बिना मुँह धोये ही ख़ाला का दीदार करने चल पड़े। और ख़ाला के साथ उस परी-पैकर की एक झलक के लिए क़रीम के पिछवाड़े से गुज़रे। क़रीम की साली पिछवाड़े खड़ी इधर-उधर देख रही थी, शाकिर साहब ने उसे एक झलक देख लिया, देखते ही जैसे उन्हें सकता-सा हो गया। कलेजा उछलने लगा, अपने आपको सँभाल पाना मुश्किल हो गया, ख़ाला की बात चरितार्थ हो गयी, ख़ाला दूर खड़ी शाकिर के चेहरे को पढ़ रही थीं और मन-ही-मन फूली न समा रही थी कि तीर का निशाना ठीक रहा, तुक्का नहीं हुआ।

घर आने के बाद ख़ैरी कहने लगी—'देखा उस परी-पैकर बेमिसाल को?'

'सचमुच ख़ाला, आपने तो कमाल कर दिया।'

इस प्रकार शाकिर का रोज़ाना का काम हो गया कि वह ख़ाला का दर्शन करते और क़रीम की साली के बारे में कुछ-न-कुछ बातें करते। एक दिन शाकिर ने पूछा—'ख़ाला, आप तो उसके यहाँ कल गयी थीं न?'

'हाँ-हाँ, बेटा!'

'तो क्या कहा उसने?'

'वही जो माक़ूल बात थी।'

'आख़िर कुछ तो?'

'यही कि एक म्यान में वह दो तलवार नहीं चाहती।'

शाकिर वहाँ से उठकर घर आये तो ज़ीनत ने शिकायत भरे स्वर में कहा,—'आप जब से लखनऊ से आये हैं, पता नहीं कहाँ रहते हैं? ठीक से दो बात करने की भी फ़ुरसत नहीं है आपको, क्या शौहर और बीवी का यही सम्बन्ध होता है? मैं आपके आगे हाथ जोड़ती हूँ—कि ख़ुदा के लिए बता दीजिये कि मैंने क्या क़सूर किया है?' आज पहली बार शादी के एक साल बाद इन बातों को कहने का साहस किया था ज़ीनत ने।

शाकिर ने उसकी बातों पर कोई ध्यान नहीं दिया और बोले, 'मैं तो यह बताना भूल ही गया था कि आज मेरी दावत हामिद के यहाँ है।'

'हामिद के यहाँ?'

'हाँ, तुम मेरा खाने का इन्तज़ार न करना, शायद मैं देर से आऊँ।'

'तो आप अभी से जा कहाँ रहे हैं?' और अपनी बड़ी-बड़ी आँखों के सफ़ेद कोयों में काली-काली पुतलियों को नचाकर सिर नीचे कर लिया।

ज़ीनत बेचारी काफ़ी रात तक जागती रही, जब शाकिर नहीं आये, तो वह अपने आपको धोखा देकर नींद की गोद में जा छिपी, वह सोयी ही थी, पहली नींद थी, खर्राटे भर रही थी, शाकिर अपने हाथ में तलाकनामा लिये कमरे में घुसे। उन्हें जान पड़ा जैसे कोई कह रहा है—'शाकिर, ज़ीनत की खुशियाँ क्यों छीन रहे हो, उसकी ज़िन्दगी को जहन्नुम में क्यों डाल रहे हो? इतना बड़ा पाप? इस पाप का प्रायश्चित नहीं होगा, तुम्हारे लिए भी यह दुनिया जहन्नुम हो जायेगी, तुम्हारी कब्र से धुआँ उठेगा और आवाज़ आयेगी कि यह एक ऐसे गुनहगार की क़ब्र है, जिसका गुनाह हश्र तक भी माफ़ न होगा। मत करो ऐसा नीच पाप।' उसके पैर काँपने लगे और वह बग़ल वाले कमरे में आकर पड़ रहा, उसका सारा शरीर काँप रहा था, रातभर उसे नींद नहीं आयी, एकदम तड़के ही उठकर वह ख़ाला की चौखट चूमने गया, ख़ाला शाकिर को देखते ही भगल बनाकर बैठ गयी और अपना मुँह पीटते हुए रो-रोकर कहने लगी—'बेटा, मैं लुट गयी, मेरा नसीब फूट गया, अब मैं ज़िन्दा नहीं रह सकती हूँ। बेटा...बेटा...' और दीवार पर हाथ रखकर बनावटी तरह से सिर को दीवार से टकरा दिया।

'क्या हुआ, खाला?'

'क्या कहूँ बेटा, रोये नहीं चुकता। महमुदवा हरामी आज उसे लेकर भाग कया।'

'आँय...'

शाकिर को लगा, जैसे ज़मीन उनके पैरों से खिसक गयी।

शंकर का तीसरा नेत्र

सिन्हा साहब मेरे पड़ोस में क्या आये कि मेरी ज़िन्दगी में घुन लग गया। मेरा खाना-पीना, उठना-बैठना, सोना-जागना हराम हो गया। मेरी अच्छी-खासी गृहस्थी में जैसे आग लग गयी हो। ज़रा-ज़रा-सी बात पर मेरी श्रीमती जी तुनक उठतीं। ताने-तिश्ने के ऐसे-ऐसे शब्दों के बाण मुँह से निकलते कि यक़ीन ही कोई नहीं कर सकता था कि ये बातें कोई पत्नी अपने पति को कह रही है और वह भी भारत जैसे देश में...हालाँकि सिन्हा साहब तथा उनके परिवार के आने के पहले हमारी भरी-पूरी गृहस्थी को देखकर लोगों को ईर्ष्या होती थी कि जोड़ा अगर भगवान् मिलाये तो ऐसा ही...कभी किसी बात पर तकरार तो क्या, मनमुटाव तक नहीं हुआ...हमारे बच्चे भी हँसी-खुशी से अपने दिन गुज़ारते थे। पढ़ते-लिखते, खेलते-कूदते अपना वक़्त बड़े मज़े में काट दिया करते। किसी बात का कोई ग़म या किसी चीज़ की कमी की छाया तक उनके पास नहीं फटक सकी। पूरी कॉलोनी में इन बच्चों को लोग बड़े प्यार से बुलाते और प्यार करके उनके पहने हुए कपड़ों के बारे में पूछताछ करते कि मम्मी ने यह कपड़े कब सिलवाये? तुम्हारे पापा ये कपड़े कहाँ से लाये? तुम्हारा नाम क्या है? तुम किस क्लास में पढ़ते हो? लेकिन धीरे-धीरे ये बातें काफ़ूर होती गयीं।

जिस दिन सिन्हा साहब परिवार सहित मेरे पड़ोस में आये, मोहल्ले की औरतें एक झुण्ड में उनके घर घुस गयीं, जैसा कि आमतौर पर नये आगन्तुक के साथ होता है। अभी कुछ दिन पहले चौधरी साहब की गाँव से पहले-पहल महानगरी में आयी पत्नी से कॉलोनी की ये औरतें मिलने गयीं और उसे जी-भरकर बेवकूफ़ बनाया। हालाँकि चौधरी साहब आते ही दो-तीन अच्छी साड़ियाँ खरीद लाये थे...बेचारे सिन्हा साहब बनियाइन तथा पाजामा पहने सिर पर पैर रखकर बाहर आ गये। यहाँ कॉलोनी

की औरतों को नये आगन्तुकों को मज़ाक़ के ज़द में लेना टेढ़ी खीर-सा लगा क्योंकि उनके रहन-सहन तथा बातचीत से लगा कि श्रीमती सिन्हा तथा उनके बच्चे आधुनिकता में इतने आगे हैं जहाँ तक पहुँचने के लिए कॉलोनी की औरतों को एक जन्म और लेना पड़ेगा। सभी अपना परिचय दे-लेकर अपना-सा मुँह लिये लौट आयीं...श्रीमती सिन्हा ने आते ही बड़े करीने से अपने साज़ व सामान को सजा दिया था जिसे देखकर आँखें फटी-की-फटी रह जाती थीं। आधुनिक वैभव-विलास की कोई ऐसी चीज़ न रही होगी जो सिन्हा साहब के उस नये घर की शोभा न बढ़ा रही हो। श्रीमती सिन्हा कभी-कभी बातों-ही-बातों में वे चीजें कैसे, कहाँ से तथा कितने पैसे में प्राप्त की गयी हैं बड़े गर्व से आँखें मटका-मटकाकर बतातीं और मन-ही-मन ख़ुशी से बोझिल हो जाया करतीं। कॉलोनी की अन्य स्त्रियों में एकाध जो अपने आपको आधुनिकता की जीती-जागती तसवीर समझती थी आज श्रीमती सिन्हा के समक्ष काँपती लौ के समान प्रतीत होने लगी थी...वह अपने अस्तित्व को विस्मृति के गर्भ में डूबता हुआ प्रतीत कर रही थी और एकाग्रचित्त, निर्निमेष श्रीमती सिन्हा की बातों में डूबी जा रही थी।

अलका, सिन्हा साहब की षोडशी पुत्री ख़ूबसूरत पॉलिस्टर के नवीनतम डिजाइन के सूट में नाश्ता लेकर ड्राइंगरूम में आयी। वह नाश्ता क्या, पूरा खाना था। काफ़ी मात्रा में नाश्ते की चीज़ें थीं जो बड़े क़रीने से सजाकर लायी गयी थीं कि नाश्ता करनेवाला नाश्ता से पहले उसे व्यवस्थित ढंग से रखनेवाले का हाथ चूम ले... सनमाइका की ट्रे में सारे बर्तन स्टील के थे, जिसका आभास श्रीमती सिन्हा ने कुछ देर पहले दे दिया था—'मेरे यहाँ सारे बर्तन, क्रॉकरी फ़ारेन स्टील के हैं, ऐरे-गैरे बर्तन मैं नहीं रखती...' चाय-नाश्ता तो कम, बातें ज़्यादा होती रहीं। उनकी बातों के तार के सिलसिले का कहीं ओर-छोर ही नहीं था...न तो औरतें उठने का नाम ले रही थीं और न श्रीमती सिन्हा उठने देना चाहती थीं। लेकिन ड्यूटी से वापस आये पतिदेवों के सन्देशों ने जैसे उनके रंग में भंग कर दिया हो। धीरे-धीरे उन्हें खिसकना पड़ा। घर आयीं तो आँखों देखा हाल सुनाने बैठ गयीं। मेरी श्रीमती जी का तेवर तो सबसे निराला था। उन पर जाने कैसा जादू असर कर गया था कि वह बताते-बताते एकदम चुप्पी साध लेतीं। कुछ सोच में डूब जातीं। बात-बात में सिन्हा साहब के घर का प्रसंग अवश्य आ जाता। धीरे-धीरे हमारी घरेलू बातें हमसे अपना पीछा छुड़ाने में सफल हो गयीं। मुख-रूपी बांसुरी से मेरे कानों के परदों पर हथौड़ा बरसानेवाले स्वर फूटने लगे—

'अलका की मम्मी ने बड़ी अच्छी-अच्छी चार साड़ियाँ मंगवायी है।'

'उन्होंने चार बेड शीटें ख़रीदी हैं आज...'

'सोनू कितना बढ़िया सूट पहने था। अपने टीटू के बदन पर ख़ूब फबेगा।'

'अलका की मम्मी की ऊँची एड़ी की सैण्डिल देखी थी आपने न? वैसी ही मैंने कहा था आपसे लाने के लिये।'

इस तरह की अनेक बे-सिर-पैर की बातें जब तक घर में रहता, सुनने को मिलतीं। मैं मौनी बाबा की तरह सारी बातें सुनता रहता। लेकिन अब मैं धीरे-धीरे महसूस करने लगा था कि इन बातों से मुझे घुटन-सी होती थी और मेरी चुप्पी से श्रीमती जी अन्दर-ही-अन्दर जल-भुन उठती थीं। एक दिन उन्होंने कह ही दिया—'मेरी बातें सुनकर हाँ-हूँ तो कह दिया कीजिये। मैं कहा करती हूँ कि वे सब चीजें मेरे लिये भी ले आइये।' फिर अपने आप ही एक उसांस भरकर—'मेरे भाग्य में कहाँ वह।'

बातों के साथ-साथ अब धीरे-धीरे उनके व्यवहार में भी परिवर्तन होने लगा था। जहाँ शाम को सोने से पहले रोजाना मेरे सिर पर तेल डाला जाता था अब महीने में एकाध बार बारी आ जाये तो आ जाये वरना वह भी नहीं...नाश्ता जो मुझे रोज़ाना सात बजे मिल जाता था अब उसके लिए आठ बजे तक टुकुर-टुकुर ताका करता। बच्चे रोज़ाना स्कूल देर से पहुँचने लगे। यदि कभी ज़बान खुल गयी मेरी तो आसमान सिर पर उठ जाया करता बीच हजार रुपल्ली फेंक देते हैं लाकर, इस डायन मँहगाई में महीने-भर जोड़-गाँठकर किसी तरह चलाती रहती हूँ...अगले महीने से रखो अपने पास अपना खज़ाना।'

प्रशासनिक समस्याओं से दिन-भर जूझकर थका-हारा लौटकर घर आया। मुँह-हाथ धोकर खाने पर बैठा ही था कि सबसे छोटे बच्चे ने कहा—'मम्मी, कल फी डे है।'

'माँगो न? बैठे तो हैं, मेरी जान क्यों खाते हो?'

'डैडी, दीजिये मेरी फीस।'

'अच्छा बेटे, मिल जायेगी।'

'कब मिलेगी...?'

'सबेरे ले लेना।'

सबेरे कहीं से मेरे एक बहुत पुराने मित्र आ गये। उनको चाय-नाश्ता कराने में श्रीमती जी ने वह नख़रे किये कि मुझे दिन में तारे नज़र आने लगे। मेरी मानसिकता निचुड़ उठी। खैर, किसी तरह उल्टा-सीधा उन्हें नाश्ता कराया और स्वयं 'परहेज कर रहा हूँ आजकल' का बहाना करके मैंने उनका साथ नहीं दिया और बिना नाश्ता किये घर से निकल आया। आज शुरुआत थी बासी मुँह घर से निकल आने की। फिर

तो यह ऐसा मनहूस दिन निकला कि प्रायः मैं बिना कुछ खाये-पिये ही घर से निकलने लगा और होते-होते बात यहाँ तक पहुँची कि खाना डाइनिंग टेबिल पर लगा है और मुझे फाका करना पड़ रहा है। क्योंकि श्रीमती जी ने खाना लगाया ज़रूर, लेकिन खाना लगाने के साथ-साथ बीच में कुछ ऐसी बातें टुपुकती भी जो रही हैं, जो मेरे पेट को भरती जा रही हैं और मैं चुपचाप दुम दबाकर पलँग की पट्टी के सहारे लेट जाता हूँ क्योंकि मैं नहीं चाहता हूँ कि उस दिन की भाँति फिर घर में महाभारत छिड़ जाये और बच्चे निर्निमिष देखकर सहम उठें और उनके कच्चे मस्तिष्क पर अभी से ही इसकी छाया पड़ने लगे। इन्हीं सब बातों को लेकर अब मैं घर में बहुत कम समय बिताने लगा। पहले घर में अधिक-से-अधिक समय बिताया करता था। सोचकर अन्दर से रो उठता हूँ। लेकिन हाथ मलने के सिवा कुछ मिलता नहीं। और उधर प्रशासनिक कार्यों का आलम यह था कि जहाँ मैं तुरन्त निर्णय लेनेवाले अधिकारी के रूप में प्रसिद्ध था वहाँ अब मेरी टोकरी काग़ज़ों के बोझ से दबने लगी। कुछ करने को मन ही नहीं करता था। अपनी ग़लती को छिपाने के लिए बात-बात पर अपने अधीनस्थ कर्मचारियों को झिड़क देना, उल्टी-सीधी बातें कह देना, नौकरी खा जाने की धमकी देना आम बात हो गयी थी। जिस दिन घर से श्रीमती जी की कुछ टुन-फुन की सौगात के साथ कार्यालय आता, फिर तो सारे कार्यालय के लोग पनाह माँग जाते। निरर्थक बातों को लेकर बेलगाम फटकार को सुनकर लोग दांतों तले उँगली दबाते कि आख़िर मुझे हो क्या गया? क्योंकि मैं आशुतोष औघड़दानी शंकर जैसे एक सीधे-सादे, सभी की भलाई करनेवाले अधिकारी के रूप में प्रसिद्ध था। मैं कितना भी चाहता कि किसी को कुछ न कहूँ, लेकिन जाने क्यों बहुत कुछ कह जाता था।

मैं अपना कमरा छोड़कर कभी कार्यालय में नहीं जाता था परन्तु आज जाने क्यों यकायक उठकर कार्यालय की ओर चला गया, मेरे अधीनस्थ कर्मचारी यकायक सकते में आ गए क्योंकि कोई गप मार रहा था, कोई सिगरेट के छल्ले बनाता हुआ सामयिक राजनीति पर उल्टी-सीधी बातें कर रहा था। कार्मिक अनुभाग के कुछ बाबू तो किसी मुर्गे को फाँसकर बाहर किसी कैण्टीन में उसे हलाल करने चले गये थे। हालाँकि उस मुर्गे को किसी एक ने फांसा था परन्तु एक के फंसाये मुर्गे में दस-बारह भागीदार रहा करते हैं। जैसा कि इन बाबुओं की अपनी परम्परा है कि जहाँ आप एक बाबू को चाय पिलाने बाहर ले चले तो वह बाबू अपनी आविष्कार की हुई सांकेतिक भाषा से दर्जनों को बुला लेगा कि चलो मुर्ग़ा हलाल होने जा रहा है...सिन्हा अपनी मेज़ पर फाइलों का बोझ लादे मेरे आने को जैसे अन्यमनस्क भाव से लेता हुआ बैठा रहा। मैंने उससे फाइलों के जमाव के बारे में पूछा तो देखा कि उसके कॉलर के पास की

नसें तन-सी गयीं। वह अन्दर-ही-अन्दर घुटकर खामोश रहा...मैं भी आगे बढ़ता हुआ फिर अपने कमरे की ओर जाने लगा तो मेरे कानों में सिन्हा की आवाज़ टकराने लगी—'बड़े आये हैं बोझ देखनेवाले...क्या कर लेंगे? नौकरी ही तो ले सकते हैं? ऐसी नौकरी को मैं जूते की नोक पर रखता हूँ... जो सूट पहनकर मैंने फाड़ डाला होगा आज तक इन्होंने देखा भी नहीं होगा। बड़े आये हैं अफ़सर बनने...? जब चाहूँ यहाँ से पत्ता साफ़ करवा दूँ।' इन बातों को सुनकर मैंने सोचा, कार्यालय के अन्य लोगों पर वह अपना रोब जमा रहा है। मैंने जल्दी-जल्दी अपना काम निपटाया और हीनभावना के मारे कुछ जल्दी ही कार्यालय से उठकर घर आ गया। घर पहुँचा तो श्रीमती जी ने बताया कि सिन्हा के यहाँ दो गोदरेज की अलमारियाँ आयी हैं...आज रात को उनके यहाँ डिनर पर कई बड़े-बड़े अफसर, नेता तथा मन्त्री आ रहे हैं और झट से सवाल कर बैठीं—'वह तो आपके अण्डर में काम करते हैं न?' आपसे कम वेतन पाते होंगे? मैंने सुना तो लेकिन हाँ—ना में कुछ जवाब नहीं दिया क्योंकि मैं तो जानता ही था कि उस पर मन्त्री जी का वरद हस्त है। क्योंकि मन्त्री जी के आदेश से उसे नियुक्ति, स्थानान्तरण, उन्नति तथा पदोन्नति की अलादीनी चिराग़ जैसी कुर्सी पर आसीन किया गया है, जहाँ वह एक स्थानान्तरण अथवा नियुक्ति में दस हज़ार रुपये से कम में तो सीधे मुँह बात भी नहीं करता है...और उधर छप्परफाड़ कमाई वाले लोगों के लिए दस हज़ार तो क्या बीस हज़ार रुपये देने में माथे पर लेश मात्र भी शिकन नहीं आती है...इस मामले में अगर सिन्हा अपने-आपको साँपनाथ समझता है तो वे अपने-आपको नागनाथ की श्रेणी में रखते हैं...मेरे सोच के जैसे पर लग गये हों और मैं जाने कहाँ-कहाँ इन्हीं बातों के साथ बड़ी देर तक उड़ता रहा कि मेरे स्टेनो अब्बासी ने मेरे विचारों की शृंखला को तोड़ दिया—'साहब, सिन्हा बाबू को पुलिस पकड़ ले गयी।'

मैंने पूछा, 'क्यों?'

'महानिदेशक के आदेश से सी.बी.आई. वालों ने उनके घर पर छापा मारा था, उन्हें उनके यहाँ भारी नगद धनराशि, बेशक़ीमती ज़ेवरात, सोने के बिस्कुट, ब्लू फ़िल्में, मादक तथा उत्तेजक वस्तुओं के साथ-साथ सम्भ्रान्त घरों की लड़कियों की नंगी तस्वीरें बरामद हुई हैं'...'मादक तथा उत्तेजक वस्तुओं के साथ-साथ सम्भ्रान्त घरों की लड़कियों की नंगी तस्वीरों' के सामंजस्य को बैठाने में मुझे तनिक भी देर नहीं लगी और मेरे मस्तिष्क की शिराओं में यह बात घर कर गयी कि सिन्हा की वैभवपूर्ण ज़िन्दगी बिताने का राज़ केवल अलादीनी चिराग़वाली कुर्सी ही नहीं थी बल्कि...? मैं अवाक् स्टेनो की बातें सुनता रहा। मेरी आँखों के सामने निदेशक महोदय का चेहरा नाच गया जो अपनी कर्तव्यनिष्ठा तथा ईमानदारी के लिए रोशनी के मीनार समझे